となりの革命農家

黒野伸一

廣済堂出版

となりの革命農家

装幀　片岡忠彦
装画　木内達朗

目次

第一章　それぞれの進む道　4
第二章　近代農業ＶＳ有機農業　209
第三章　未来農家　336

第一章　それぞれの進む道

一

小原和也(おばらかずや)がその少女に気づいたのは、道の駅の直売所で働き始めてから、三ヶ月ほど経(た)ったある日のことだった。

陳列された獲れたて野菜をおずおずと眺(なが)めていた少女は、どこか一般の買い物客とは違った雰囲気を醸(かも)し出していた。ラッピングされた葉物野菜を、両手でそっと抱くように引き寄せ、縦横、斜めにひっくり返して吟味し、注意深く元の場所に戻す。すぐさま隣の野菜に手を伸ばし、同じように入念に観察する。

農家の人間なのか。いや、農家であれば衆目の集まるこんな場所で、ライバル農家が作ったものを、あからさまに品定めすることはないだろう。

ならば、以前自分がそうだったように、農業高校の生徒か。野菜作りを学んでいる最中なら、プロ農家が作ったものに興味を持つのは不思議じゃない。

ここまで想像を巡らせた時、和也は苦笑いした。

自分はそんなに真面目(まじめ)な生徒だったか。普通科に受かる学力がなかったので、仕方なく農業高校に進学し、三年間遊びほうけて農業の「の」の字も学ばなかったのは、どこのどいつだ。

クラスメートもだいたい似たようなものだった。授業中は居眠りしたり、実習をサボって、河原で寝転びながら煙草を噴かしたりするような連中ばかり。卒業後、実家の農家を継いだのは極僅かで、ほとんどの人間は、待ってましたとばかりに田舎を捨て、都会に旅立っていった。和也もそんな上京組の一人だった。

――だけどおれにゃ、やっぱり東京は合わなかったんだ。

僅か二年で挫折して田舎に戻って来た。しばらく実家でブラブラしていたら、親にどやしつけられ、仕方なくこんなところでバイトを始めた。

視線を感じて、和也は顔を上げた。

少女がこちらを見ている。目が合いそうになると、視線を逸らせた。

胃腸が弱そうな顔をしていた。細くて小柄なので、高校生かと思ったが、もう少し上なのかもしれない。

翌朝も少女は直売所に現れた。まだ開店前の八時。地元農家が、獲れたての野菜を、陳列にやってくる時刻である。

少女は、野菜コンテナを運び入れる農家の若い衆たちを、柱の陰からじっと見守っていた。若い衆といっても、青いツナギに長靴姿の彼らは四十歳をとっくに越えている。大半が独身で、先祖代々の百姓ばかりだ。

汚れた長靴で所構わず歩き回るため、床がたちまち泥だらけになった。搬入口の脇にある水道の真上に「屋内に入る前に、ここで靴の汚れを落として下さい」という看板を立てているにも拘わらず、従う者は少ない。

　農家の一人が、自分たちを観察している少女に気づき、手招きした。少女は小さく目礼し、そそくさとその場を立ち去った。

　外に出る前にこちらを振り返ったので、見返すと、今度は逃げずに視線を絡ませてくる。よく見ると、ちょっと可愛い顔をしていた。こんな子が地元にいたのか。

　和也が頭を下げるや、少女はプイと横を向き、行ってしまった。

　それから数日間、少女はやって来なかった。

　どうしたんだろうと気になり始めた頃、戻って来た。

　和也がモップで床の掃除をしていると、背後から「あの～」とくぐもった声が聞こえた。振り向くと、上目遣いの挑むような表情に出くわした。和也の身長は、百八十三。少女の顔は、和也の目線より三十センチほど下にある。

　見つめ返すと、少女の瞳が僅かに揺れた。ぱかっと半開きになった口から、小さな前歯が覗いている。

「何でしょうか？」

　なぜそんな顔で見るんだ、と訝しく思いながら和也は尋ねた。

「え～と、その～」

　少女が目を伏せた。折り畳んだ羽のように、バサリとまつ毛が下まぶたを覆う。

　しばらく床に視線を落としていた彼女は、意を決したように肩に掛けていたバッグの中から、がさごそと何かを取り出した。

泥のついた、虫食いだらけのサニーレタスだった。

「こういうの、どうでしょうか？」

ボロボロのレタスを、まるで我が子のように胸に抱いて、少女が尋ねた。

――は？

どうでしょうか、と問われても、豚の餌ならいいんじゃないですか、としか答えようがない。

まさか、これを人間に食わせようとするわけじゃあるまいな。

「この子を買ってくれるお客さんて……いそうですかね？」

真顔で質問されて、和也は思わずのけ反りそうになった。

「う～ん……」

と難しそうな顔で、考え込む振りをした。早く察してその出来損ないを引っ込め、とっとと退散してくれ、という願いを込めて。

「有機栽培なんです」

――有機栽培？

この辺りで、有機などやっている農家があったのか。有機であれば、農薬を使わないため、虫に食われるのは仕方ない。とはいえ、これ程虫食いになっているのは、やはりどこか栽培方法がおかしいからではないのか。

「ここは会員制なんで、会員以外の農家さんが作ったものは、扱えないんですよ」

和也は直売所の規約を思い出した。

「そうですか……」

少女は目を伏せたが、やがて気づいたように、顔を上げた。

「あたし、木村っていいます。会員名簿に木村という名前はありませんか」

「木村さん……ですか?」

そんな農家は、聞いたことがなかった。ないと答えようとしたが、一つ息を吐き「ちょっと待っててください」と言い残して、バックオフィスに向かった。棚から会員名簿を取り出し、ページを捲りながら売り場に戻った。

「木村さん、ありますね」

確かに名簿には、木村という名前があった。しかし、会員の中には有機栽培農家はいないはずだった。

「木村良助さんですね?」

質問すると、瞳をクルリと一回転させた後、少女はおずおずと頷いた。和也はその仕草に、不審なものを感じた。木村良助なる人物は、和也が勤め初めてこの方、一度もここに野菜を売りに来たことはなかった。

「ご家族の方ですか?」

「えっと、親戚の者です」

「親戚? じゃあなたは、木村良助さんと一緒に農家をやっているんですか?」

「いえ、そうじゃなくて、良助さんはもう引退して、わたしたちは――」

「春菜ちゃ〜ん」

野太い猫なで声がして、少女の肩が小さく震えた。泥がびっしりこびりついた長靴を履いた、大柄な男が近づいて来た。歩を進める度に、土くれが床に飛んだ。松岡毅という、この辺りでは有名な農家だ。

「何を持ってるんだ」

春菜と呼ばれた少女は、慌ててレタスをバッグの中にしまおうとした。しかし、伸びた腕のほうが速かった。真っ黒い爪を生やした無骨な指が、出来損ないの野菜を鷲摑みした。

レタスを一瞥するや、松岡は眉をハの字に下げ、鼻を鳴らして、わざとらしく首を左右に振った。

「これ、春菜ちゃんが作ったの？　ダメだよこりゃ。人間様の食い物じゃないよ」

和也の思っていた通りのことを言っているにも拘わらず、それがこの男の口から発せられると、なぜだか無性に腹が立った。

きびしい評価に、春菜の耳たぶが、たちまち赤く染まった。放り投げて返されたレタスを、春菜は摑み損ねた。ぱさっと床に落ちたレタスから、小さな土煙が舞い上がった。

「だから俺が言ったじゃないか。作り方を教えてやるって。遠慮することはないんだよ。助け合うのが田舎なんだから」

松岡の下まぶたが、いやらしく盛り上がった。そういえば、先日春菜に手招きをしたのもこの男だ。その時春菜は小さく目礼し、逃げるように直売所を後にした。

「今度、うちにおいでよ。うちの畑を見せてやるから」

小さなレタスを拾い上げた春菜と視線が交わった。救いを求めていた。

「一人で閉じこもってるの、よくないよ」

「一人じゃありません。お義母さんと一緒です」

春菜がきっぱりと言った。

「お義母さんって、本物のお母さんじゃないんでしょう。それにあのバアさん、ボケてるじゃない。どうして……」

「松岡さん」

思わず和也は声を上げた。もう一人の自分が、何をやってるんだバカ！　と叱咤していた。松岡は大地主で、地元の実力者だ。敵に回すと、面倒なことになる。

しかし、和也は止まらなかった。これが性格なのだから、仕方ない。

「昨日も売れ残りの野菜、引き取りに来なかったですよね」

直売所では、その日売れ残った野菜は、農家が引き取りに来ることになっている。

松岡が眉をひそめ、和也を見た。「だからナンだ」とでも言いたげな表情だ。和也も長身だが、松岡もデカい。二人の大男は、春菜を挟んで向き合った。

「昨日で三回目ですよ」

「そっちで捨ててくれりゃ、いいだろう。そんなサービスもできねえのか」

手塩に掛けて育てた野菜を、勝手に処分されたら怒るのが農家ではないのか。

しかし、なぜ松岡が平然とこんなことを言うのか、和也には分かっていた。直売所は、地域農家から、不良品の処分場所と見なされているのだ。

スーパーや外食産業では、農家の倉庫まで立ち入って、農薬の過剰散布などを厳重に検査していると聞く。それに引き換え、直売所はノーチェックだ。捨てられても仕方のないような作物を、平然と並べることができる。

農家の連中が、直売所を陰で「ゴミ箱」と呼んでいることも知っていた。

「規則では、本人が回収することになっています」

「じゃあ、その規則を変えろよ」

松岡が凄んだ。

「俺じゃできません。社長に言ってください」

「社長に言うのは、お前だろ。煩わすな」

気がつくと、和也たちの周りにはやじ馬が集まっていた。松岡と同じように、獲れたての野菜を運んできた農家たちだ。春菜の心配そうに見上げる眼差しを、頬に感じた。

和也は松岡の汚れた長靴に、視線を落とした。

「それから、その長靴の泥、入店する前に洗い流してくれませんか」

これも前々から言いたかったことだ。泥だらけの床の清掃をするのは、雑用係の和也一人。十時の開店までに、ピカピカの状態にしておかねばならないため、労力は半端ではない。

「お前、俺に命令するつもりか」

松岡の眉がさらに吊り上がった。

「命令なんかしてません。表の看板に書いてあったでしょう」

和也も負けじと、眉根にしわを寄せた。

「も、もうよしましょう。二人とも、ね?」

小柄な春菜が、二人の大男を見上げながら言った。そんな春菜に視線を落とした松岡が、再び和也をにらみ付けた。

「お前、この子とどんな関係だ」

「ほんの五分前に、会話を交わしたばかりですよ」

「嘘をつけ。何か企んでるだろう」

「何か企んでるのは、あんたのほうじゃないですか」

松岡が春菜に気があるのは見え見えだった。

「何だと、この野郎！」

きゃっ、と悲鳴を上げた春菜を脇に押しやり、和也は松岡と対峙した。腕を伸ばそうとした松岡と、一歩退いて防御の体勢を取った和也の間に、やじ馬たちが割って入った。

皆から「落ち着け」と諭された松岡は、最後に和也を一睨みし、大きく鼻を鳴らした。わざと床を蹴るように歩き、踵についた泥をあちこちにまき散らしながら、松岡は去って行った。

春菜も小さく目礼すると、和也の元を離れた。

野菜売り場のど真ん中に、一人残された和也は、ハッとなってクリーニングロッカーに走った。ロッカーからモップを取り出すと、バケツに水を汲み、床の拭き掃除を始めた。

十時までにきれいにしておかなければ、上司にどやしつけられる。

額に玉の汗を掻いて、何とか床を見られる状態にし、開店時間を迎えた。汗を拭う間もなく、倉庫の棚卸を手伝うよう命じられた。それが終わると、今度は敷地の草刈り。

我ながらよく働くと思った。

だが、クタクタになって事務所に戻って来た和也を待っていたのは、「来月からもう来なくていい」という上司の通告だった。

二

小原和也が高校卒業後上京したのは、進学でも就職目的でもなく、ただこのド田舎を早く離れたかったためだ。

和也の生まれ故郷であるY県x郡大沼は、山々に囲まれた、人口八百人余りの集落である。およそ三分の一が山岳高原地からなっているため、農業の他、高原観光によっても村は支えられていた。

夏場は東京からの観光客も訪れるこの村は、風光明媚ではあるものの、住んでいる人間の心は清らかとは言いがたかった。

人類は皆平等と言うが、少なくともここに、そんなきれいごとは存在しない。大地主一族の権威は絶対的で、普通の村人は、彼ら実力者の顔色を窺いながら日々暮らしていた。

地域の行事や、公共施設の維持管理に、村人は無償で狩り出された。男子は高校卒業と同時に、青年団や消防団に強制加入させられ、集落のために働けと尻を引っ叩かれる。

村人一致団結を掲げているが、隣人同士仲が良いわけでは決してなく、特に農家ではお互いの足を引っ張り合うことなど日常茶飯事。そのくせ、外部の人間が越してくると、一致団結してよそ者イジメを始めた。

よそ者が就農を希望しても、容易に土地を貸さず、どうしてもと言うなら、トラクターも通れないような山間の荒れた農地を貸し出す。そして、地力が蘇った頃合いを見計らって、やはり土地を返してくれと突然契約を打ち切ってしまう。さてこれからという時に、土地を失ったよそ者は、地主のために賃借料まで払って、荒地を耕させられていたことに、ようやく気付く。

これは和也が農業高校時代に、実際に大沼で起きた事件のひとつだ。

この話を聞いた時、和也は大沼を出て行く決意を固めた。元々兼業農家で、今は土地を手放し、製菓工場で働いている両親は反対したが、仕送りは必要ないからと説得し、何とか東京行きを認めさせた。

既に東京で一人暮らしをしている地元の先輩が、賃料を半分払うなら、自分のいるアパートに住まわせてくれるというので、とりあえず頼ることにした。

東京の下町にある一Kのアパートの台所に、寝袋を敷いて寝泊まりしながら、アルバイトを探した。ファミレス、銀行警備、部品工場、スーパー……。様々な職場を経験したが、どれも長続きしなかった。

東京は生活する分には自由で開放的な街だが、いざ企業に勤めると、大沼と同じような、閉鎖的な階級社会であることを思い知らされた。いわゆるブラック企業というやつだ。もちろん健全な企業もあるのだろうが、和也が就職した会社は、なぜだか皆、ブラックの色合いが濃かった。

もっとも、同じ職場でも正社員の事務職として採用された連中は、それほど過酷な労働をしているようには見えなかった。こき使われているのは、バイトや非正規で雇(やと)われている底辺労働者ばかりだ。

かといって、空調の効(き)いたオフィスで、PC画面に向き合う仕事を得るためには、農業高校卒の肩書だけでは不十分。大学か専門学校を出ていなければならない。しかし、進学のための金などなかった。おまけに生来の勉強嫌いときている。

——単なる小遣い稼ぎじゃなくて、一生向き合える仕事を見つけなきゃダメだな。

とはいえ、それが何かが、和也にはまだ見えていなかった。お笑い芸人、格闘技の選手、宮大工……様々な職業が頭に浮かんだが、どれも実現させるのは難しそうだ。

そんな折、勤めていたファミレスでひと騒動が起きた。

大学を卒業したての、名ばかり店長の出したあいまいな指示が招いたミスを、和也たちバイトのせいにされたのだ。

店長は和也の同僚でフロアを任されていた男を、猛烈な勢いで糾弾した。大人しい同僚は、自分に非がないにも拘わらず、泣きながら詫びを入れた。

「ったく、これだから高卒バイトは困るんだよな。猿でも分かるようなことさえ、理解できてないんだから」

和也は頭の中で、何かがプツリと切れる音を聞いた。

「ふざけるな、アホンダラ～ッ。お前が猿だから、人間の部下にきちんと指示が飛ばせないんだろーがぁ」

気がつくと、ヒョロヒョロに痩せた店長に顔面を近づけ、とんでもないことを口走っていた。

店長は「ひっ」と悲鳴を上げ、店を飛び出したまま、その日は戻って来なかった。

翌日早々店長は「こんな野蛮な店には居られない」と本部に辞表を提出した。当然、和也もバイトをクビになった。

職は失ったが、どこかサッパリした気分でアパートに帰ると、若い女がいた。先輩に彼女が出来たらしい。

「この子と一緒に住むことになったから、悪いけど和也、出て行ってくれないか」

こうして和也は、仕事と住処を同時に失った。

新しいバイトを探し、どこかの安いシェアハウスに入居することもできたが、いい加減東京に疲れていた。

――ここは一旦、退散するか。

実家に戻って、仕切り直しをしてから、また東京に戻っても遅くない。故郷に帰った和也は、暫く実家で休んだ後、国道沿いにある道の駅で働き始めた。

再び上京するための資金を作りたかったので、今度こそ波風立てず、真面目に働くつもりだった。

ところが……。


――まあ、しょうがねえわな。

昼休み、和也は草刈り場で握り飯を頬張りながら、フリーペーパーのページを捲っていた。

松岡は代々続く大地主の長男。地元の有力者たるこの男と、あやうく殴り合いの喧嘩をするところだったのだ。臆病者の社長がこれ以上の事態悪化を未然に防ぐため、和也をクビにしたのも仕方ない。

不当解雇を申し立てもできるだろうが、そんな面倒なことをして、貴重な時間を無駄にするつもりはなかった。そもそも和也は、直売所の仕事にそれ程遣り甲斐を感じていたわけではない。

フリーペーパーには、僅かながら求人募集の広告が載っていた。しかし、食指が動くものはない。時給が安いくせにこき使われる仕事は、もういい加減ウンザリだった。

飲み込んだ握り飯の塊が喉につかえた。胸を叩きながら、むせていると、横からスッとペットボトルが差し出された。

奪うようにボトルを摑み、口をつけた。苦味のきいた濃いウーロン茶が、喉元に流れ落ちて行く。

春菜が和也の脇に腰を下ろし、小さな手で背中を擦ってくれた。飯の塊が食道をゆっくりと落下しはじめると、和也はため息をつき、残りのウーロン茶を飲み干した。

「ありがとう。もう大丈夫」

背中を擦る手が止まった。目が合うと、小さな八重歯を覗かせ、ニッコリと笑う。

やけ食いしているところを、見られていたのか。それにしても、何でこの女はこんな所にいる？

「捜しました」

「捜したって、おれを？」

和也が人差し指を、自分の鼻面（はなづら）に向けた。春菜がコクリと頷く。

「この間のこと、謝ろうと思って。ごめんなさい。あたしのせいで、あんなことになってしまって」

「春菜さんのせいじゃないよ」

「あたしの名前、知ってるんですか？」

春菜が瞳を見開いた。

知ってるも何も、普段は玄武岩のような顔をしているあの松岡が、鼻の下を伸ばして「春菜ちゃ～ん」などと、猫なで声を出していたのだから、忘れるはずがない。

「えっと、小原さん？　ですよね」

春菜が和也の胸についた名札に、目を細めた。

「改めて自己紹介します。あたしは、木村春菜。一応、農家やってます」

和也は春菜が持ってきた、虫食いだらけのレタスを思い出した。農家を名乗りたいなら、あんな出来損ないの作物を売りに出しちゃマズいだろう。

「その……今年から始めたばかりで、まだ知らないことが多くて」

和也の考えていることを察したのか、春菜が恥ずかしそうに付け加えた。

「今年から始めたばかり？　前は別の仕事、してたんですか」

「本格的に始めたという意味では、今年からです。以前は主人がやってました」

主人？　子どものように見えるのに、もう結婚していたのか。

年齢を尋ねると、今年二十二歳になると答えた。和也よりいっこ上というのだから、驚いた。

「でも主人は、もういません。去年事故で亡くなりました」

春菜は三年前に、夫と共にこの地に移り住んで来たのだという。夫の親戚が元々大沼の農家で、もう引退するというから、土地を譲り受けたのだ。

「そうか。じゃあその、木村良助さんという親戚の人が、直売所の会員だったんですね」

農家を辞めても、脱会していなかったから、会員名簿には名前が残っていた。

「そうです。だから、あたしが引き継いでもいいのかなって、ダメですかね？」

ダメだろう。あんな野菜しか作れないのだったら。それに、出荷者協議会の審査にパスしなければ、会員にはなれない。

そのことを告げると、春菜は小さな口をキュッと結び、首肯した。

「自分でも変な野菜作ってるって自覚、あります。まだまだ勉強中なんです。やっぱりあたしが会員になるの、難しいですよね」

方法は、ひとつだけある。松岡に取り入ることだ。出荷者協議会の代表が松岡である。しかし、春菜がそんな手段を取らないことはわかっていた。

「力を貸してあげたいけど、俺は底辺のバイトだし、今月いっぱいでクビになるし」

「あたしのせいですか？」

春菜が詰め寄ると、ふわっと石鹸の匂いが、立ち上ったような気がした。

「だから、春菜さんのせいじゃないったら」

「いえ。やっぱりあたしのせいだと思います。ここ、クビになったらどうするつもりですか？」

「次の仕事、探すよ」

和也は膝の上に置いたフリーペーパーに、視線を落とした。

「だけど、なかなかいいの、見つからないんだよね」

「小原さん、ご専門は何ですか」

「専門なんか、ないよ」

農業高校を卒業してこの方、ずっとフリーターをしてきたと説明した。

「じゃあ農業がご専門なんですね」

春菜が瞳を輝かせた。

——だから専門なんかないと言ってるだろう。三年間サボりまくって、お情けで卒業させてもらったんだよ。苗づくりでさえ、まともにしたことがないんだ。

「うちで働いてみませんか？」

はっ？

「うちの圃場、一ヘクタールあるんです。女手ひとつでは持て余して、誰か手伝ってくれる人が欲しいって、前から思ってたんです。小原さんが来てくれたら助かります。あたしのせいで、職を失っちゃったんですから、凄く責任感じてます」

いやいや。

自分に都合のいい方向に話を持って行っていないか？　俺は、ババを引くのは御免だぞ。

「俺以外に、もっと適任者がいるでしょう」

「松岡さんですか?」

悲しそうな目で言われ、さすがに「そうだ」と頷くことはできなかった。

「前から、教えてやるとか、手伝ってやるとか言われてたんです。でもやんわりと、断ってきました。あの方がやっているのは、慣行農法でしょう。うちは有機栽培農家です」

有機栽培とは、化学肥料や農薬を一切使わず、土壌と作物がもつ本来の力で作物を栽培する農法のことだ。農薬を使わないから、たちまち雑草がぼうぼうに生え、頻繁に草取りを強いられる。

そんな面倒な農法をたった一人で、しかも一ヘクタールもの圃場で行っているというのだから、苦労は想像に難くない。

「なんで有機栽培にこだわるんです。大変でしょう」

「大変ですけど。夫がこだわっていましたから」

「おれ、有機のことなんか、まるで知らないよ。誰か知ってる人に手伝ってもらったほうが、いいんじゃないの」

「うちの周りの農家さんも、有機はやってないから、小原さんと同じです。そうだ。一度あたしの畑に見学に来ませんか。学生時代が懐かしくなって、また土に触れる仕事がしたくなるかもしれませんよ」

三

春菜の運転するハイゼットに揺られながら、俺は罠にはまってしまったんだろうか? と和也は自問した。

取りあえず、圃場を見てから決めるということで、春菜を納得させた。しかし畑まで見せられたら、なし崩し的に手伝いをさせられるはめになることは、何となく想像がついた。

突然、軽トラックがガタガタと縦揺れを始めた。でこぼこ道のせいではない。エンストを起こそうとしている。

春菜が「うわっ、うわっ」と悲鳴を上げた。

「クラッチを切って。セカンドにギヤを入れ替えて」

春菜があわただしくギアを動かした。キーキーという音が、車内に響き渡る。

「もっとクラッチを深く踏み込んで！」

「はい！」

ようやくギアがサードからセカンドに入れ替わり、軽トラは安定した。

「あ、あたし、マニュアル免許を取ったばかりで。前はオートマの免許しか持ってなくて、おまけにペーパードライバーでした」

農用の軽トラは、ほとんどが五速マニュアル仕様である。

「おれが運転、替わろうか？」

「い、いえ、大丈夫です」

ハンドルにしがみつくように運転しながら、春菜が答えた。

やれやれ。本当に大丈夫なのだろうか。

春菜の畑は、直売所から車で十分のところにあった。平地のど真ん中にある、日当たりのいい、農地としては恐らく一等地の圃場である。

しかし、思っていた通り、辺り一面草ぼうぼう。耕作放棄地と見まがうばかりだ。

和也と春菜は農道に停めたトラックを降り、圃場を歩き始めた。

「雑草って、取っても取っても生えてくるんです。もういたちごっこみたいな感じで」

「マルチを張ったりはしないの？」

「マルチ？」

春菜がキョトンとした瞳を向けた。

「畑に張る、フィルムみたいなやつだよ。黒いの張ると、雑草の種を焼き殺してくれるんだ」

いくら劣等生でも、そのくらいのことは知っていた。

「あ、はいはい」

春菜が思い出したように、首をカクカク上下させた。多分、知らなかったのだろう。思っていた通り、農業の知識は幼稚園レベルなのだ。

「これだけ雑草が生えてたら、虫も凄いんじゃないの？」

「凄かったです。もう虫だらけで。ピンポン玉みたいに大きな頭の芋虫が、葉っぱを食べていたり、土の中には、白とオレンジの、うじ虫みたいな生き物もいたり……」

春菜が自らの肩を抱き、身震いした。

「もう怖くて、畑に出られなかったです」

――ならどうやって野良仕事をするんだ？

和也がため息をついた。

「それから、クモとかムカデもいました。芋虫よりあっちの方が気味悪かったです。あたし、そういうのに出くわす度に、悲鳴を上げてました」

「それじゃ農家はできないだろう。土地売って、どこかに就職したほうがいいんじゃないの？」

「いえ、今では随分慣れましたから。それに、虫は以前に比べれば、減ったような気がするんです」

減った？

こんな草ぼうぼうな状態で畑を放置して、減るわけがない。むしろ、増えてるんじゃないのか？

雑草の中を歩いていると、紫色の葉っぱを茂らせている一群に出くわした。春菜が先日直売所に持ってきた、サニーレタスだ。

「育てているのは、レタスだけ？」

「いえ、キャベツとか、ブロッコリーもありますけど、ちょっと痛みが激しくて……」

網の目のような状態のブロッコリー畑が、サニーレタスの隣にあった。キャベツやブロッコリーは、蝶（ちょう）や蛾（が）の幼虫の大好物である。

「やっぱりさ、虫は減ってないじゃん。これ見れば分かるだろう」

「そうでしょうか……」

納得していない様子だった。案外頑固な性格かもしれない。

「防虫ネットを張らなきゃダメだよ」

「そうですね。そういうの、ありましたね」

「あのさ～」

去年死んだ夫のことは思い出させたくなかったが、訊（き）かないわけにはいかなかった。

「旦那さんは、一応農家だったわけでしょう。マルチや虫よけネットを張ったりはしなかったの？」

「いえ。主人が存命の頃は、ほとんど作物を育ててなかったんです」

「じゃあ、何をやっていたの」

和也は驚いて尋ねた。

「近所の米農家から藁（わら）を分けてもらったり、山に行って、落ち葉や枯れ草を集めて来たりして、畑に播（ま）いていました」

なんだそりゃ？

「で、藁や枯れ草が土に馴染（なじ）んでくると、また同じものを畑に播くんです。それの繰り返しでした」

有機農家のやることはサッパリわからない。

圃場の脇には水路があり、山から汲んだ水が流れていた。この辺りは緩やかな丘陵なので、水の勢いもいい。水辺にいたカエルが顎（あご）を膨（ふく）らませ、ゲコゲコと鳴いている。

「あたしたちが、住んでいる家があそこです。寄っていって下さい」

圃場から車で一分もかからないところに、春菜の家があった。

昭和の中期に建てられた、普通の一軒家である。春菜はここで、義母と二人で暮らしているという。

家の隣の空き地にハイゼットを停め、家の門を潜（くぐ）った。玄関ではなく、縁側で靴を脱いで、掃き出し窓から中に入った。

居間に通されると、そこには小さな仏壇があった。遺影が、こちらに向かって微笑（ほほえ）んでいる。

――これがこの子の死んだ旦那か……。

人懐っこそうな瞳に、がっしりした顎。太くて長い首。

若くはない。春菜より二回り以上年上に見える。恐らく四十は超えていただろう。

「似てると思いませんか？」

お茶を持ってきた春菜が、遺影を見つめている和也に声をかけた。

「似てるって、誰に？」

「小原さんですよ」

俺？　いやいや、似てないだろう。

「小原さんがもう少し年を取ったら、こんな感じになると思います。目元なんか、そっくりじゃないですか」

「そうかなあ。俺、そんな鏡見ないし。こんな顔してるかなあ」

遺影の顔が、自分とダブることはなかった。はっきり言って、向こうのほうが男前だ。

「してますよ。直売所で初めて小原さんも見た時、ビックリしちゃって。だから、何度もジッと見つめちゃったんです」

春菜は、夫との馴れ初めを語り始めた。

春菜は父を幼いころ亡くし、母親の女手ひとつで育てられた。水商売をしながら、娘の学費や生活費を工面してくれたことには感謝したが、何人もの男をとっかえひっかえし、浮き名を流す母親からは、早く独立したいと願っていた。

高校三年の夏休み、ボランティアに行った被災地で、後に夫となる木村健吾と知り合った。その時春菜は十八、健吾は四十。

年の差のギャップを乗り越え、二人は恋に落ちた。親子ほど年齢が離れている男性に恋をしたのは、健吾に死んだ父親の面影を見たからだろう。春菜は同世代の男には、まるで興味が湧かなかった。

ボランティアから帰った後も、メールのやり取りを続け、春菜の高校卒業と同時に健吾が正式にプロポーズした。元々結婚願望が強かった春菜は、涙を流しながら「お願いします」と頭を下げた。

結婚して間もなく、大沼に住んでいた農家の親戚が、そろそろ引退するから土地を買わないか、と打診してきた。瓦礫処理で生計を立てていた被災農家の健吾は、二つ返事でこれを承諾。母親と共同で土地を購入し、大沼に引っ越してきた。三年前のことだ。

「でもここは、慣行農法で耕された圃場だったから、有機栽培には向いてなかったみたいなんです。それでまず、土を甦らせることから始めなきゃいけないって」

藁や枯れ葉を圃場に播いていたのは、そのためだった。

「だけど、何でそんなに有機栽培にこだわるの？」

「先祖代々有機農家でしたから。義父は早くに他界し、主人が農家を継いだんです。主人はお義母さんと一緒に、土づくりに励んでいました」

でも……と春菜は言葉を濁らせた。

「大沼に越して暫くして、お義母さん、調子を崩してしまったみたいで」

「病気？」

「ええ、ちょっとこっちのほうが」

春菜が人差し指で、こめかみの辺りをツンツンと突いた。頭の調子を崩してしまったということか。そういえば松岡が、あのばあさんはボケている、と言っていた。

「といっても、普通に生活してますし、ご飯もモリモリ食べてますから、身体は健康そのものです。あたしのことを嫁じゃなくて、お笑い芸人だと思い込んでるふしがあるのが、ちょっと気がかりですが、まあ、苦にはなりませんし、実害もないし」

しれっと、凄いことを言う。

「さっきの話の続きですけど、こうしてあたしたちは、大沼で畑づくりを始めました。もっともあたしは、野良仕事はほとんどやらず、家の雑用ばかりしてましたけど」

春菜たちは、近隣農家から白い目で見られたという。

「虫や雑草の種がうちの畑まで飛んでくる。農薬を使わないから、こんなことになるんだって、怒られて」

「それは有機農家だけじゃないだろう。耕作放棄地だって同じはずじゃないか」

怠(なま)け者の百姓が多い大沼には、まるで手入れのされていない田畑、いわゆる耕作放棄地がそこかしこに点在する。雑草や虫の温床になっているのに、文句を言う者はほとんどいない。

しかし、相手がよそ者となると容赦しない。これが大沼という古い土地柄なのだ。

「そうだと思います。でも、主人はあちこちに頭を下げて回ってました。自分はよそ者だから、早くこの土地の人間に受け入れてもらいたいって。村八分にされたら、仕事にも支障が出るからって」

沸々と怒りが込み上げて来た。なんて閉鎖的な連中なんだ。だから俺は、こんな村なんか、早く出たかったんだ。

「だけど、そんな夫も志半(こころざしなか)ばで、帰らぬ人に……」

遺影に目を遣った春菜が、堪(こら)え切れなくなったのか、グスリと鼻を鳴らした。大泣きされたら、どう対処したらいいんだと和也は身構えたが、春菜は悲しみを押し殺し、再び語り始めた。

「……津波の被害で修復不能になった先祖代々の土地を泣く泣く手放して、この村に移り住んできました。土地を分けてもらって、土壌もだいたい整って、さあこれからっていう時に、交通事故に遭ったんです。病院に駆けつけた時は、まだ僅かに息がありました。あたしの手を握って、『おふくろと畑を、よろしく頼む』って、ほとんど聞き取れない声で言ったんです。『大丈夫。心配しないで』って手を握り返すと、フッと笑顔を作って、それっきりもう二度と目を開けてはくれませんでした」

だから春菜は有機農家を捨てられない。お義母さんの面倒も見なければならない。

春菜はそれっきり、口をつぐんだ。沈黙が苦痛になり、和也は出されたお茶を、わざとズズッと音を立て、啜った。

——可哀そうだけど、重いな。ちょっと重すぎるな、俺には……。

心の中でため息をついた。

——そりゃ、大変だろうけど、俺に関係あるか？　俺にはさっさと金を貯めて、また東京に戻るって計画があるんだぞ。

とはいえ、和也には相変わらず東京で何を目指すのか、具体的な目標はなかった。

「あれあれ、まあまあ……」

素っ頓狂な声が聞こえたので、顔を上げると、白髪の混じった髪を後ろで束ねた老婆が、部屋の入り口に立っていた。

「新太郎兄さん？　兄さんだよね」

は？

説明を求めるように、春菜を振り返った。春菜は小さく頷いただけだった。

老婆はススっと居間を横切り、和也の目の前で来て、ペタリと畳に座り込んだ。

「いや、ホント。兄さんだ。久しぶりだねえ～。あたしゃ、てっきり死んじゃったと思ってたよ～」

老婆が和也の顔を覗きこんだ。

再び春菜を振り返ると、またむっつりとした顔で頷き返してきた。

――何だよ、いったい。兄さんってナンだ。俺はこの婆さんよりずっと年下だぞ。

「新太郎兄さん、ホント、捜したんだよ。会えて嬉しいよ～」

老婆の瞳がウルウルと揺らぎ始めた。

「いえ、新太郎兄さんとかじゃないですから。おれは、小原和也っていう、平成五年生まれの男で……おい、春菜さんからも説明してくれ」

春菜は小さく鼻を鳴らし「お義母さん、この人は……」と和也の紹介を始めた。老婆は空洞のような瞳で耳をそばだてていたが、春菜が話し終えるや、ふたたび「新太郎兄さ～ん」としな垂れかかってきた。

「無駄なんですよ。小原さんは、お義母さんにとって新太郎兄さんなんです。それ以外の何者でもないんです」

春菜が眉をひそめた。

「新太郎兄さんって、誰だ?」

「戦争に行った、年の離れたお兄ちゃんがいるって、聞いたことあります。確か、南方で戦死したとか」

――冗談じゃない。俺は新太郎兄ちゃんの亡霊じゃないぞ!

「お義母さんが、一度そうと決めたら、もう誰が何を言っても聞かないんです。あたしのことは、かしまし娘の歌江ちゃんだと信じて疑いません。もう百万回ぐらい、あたしはあなたの息子の嫁の春菜ですって説明したけど、無駄でした」

かしまし娘？　歌江ちゃん？　誰だそれは。

「新太郎兄さん、もう黙って表に行かないね。ずっと、ここにいてくれるね」

「いえ、ですから俺は、新太郎兄さんとかじゃなくて……」

「約束してくれるね。もうどこにも行かないって。あたしたちと一緒にいてくれるって」

人の話など一切聞かない老婆が、今にも死にそうな顔で和也に迫った。

「約束してあげてください、小原さん」

春菜も、死にそうな表情で懇願した。

「現在のお義母さんにとって、唯一の身内が小原さんなんです。小原さんには、死んだ主人の面影がありますから、きっと新太郎さんにも似ているんでしょうね。小原さんは、木村家の男の顔をしているんです。どうかお義母さんを安心させてあげて下さい。お願いします」

「兄さ～ん。また行っちまったら寂(さび)しいよ～。妹を悲しませないでおくれよ～。お願いだよ～」

老婆が和也の膝に突っ伏し、おいおいと泣き始めた。

「分かりましたよ」

和也はやけくそ気味に叫んだ。

「もうどこにも行かないから、安心してくれ。俺は家族を見捨てたりはしないよ」

四

「いや〜、だけど今年は、アグリコさんの協賛があるから。きっと盛り上がるだろうねえ」

「そうだね。女神輿(おんなみこし)も、新しいのを作らせたらどうかね」

「いいねえ、ピンクの半被(はっぴ)なんかも注文してね。やっぱ、女子には青よりピンクだよ」

「半被の下にジーパンとか、あれはよくないな。やる気がまるで感じられない」

「半被の下は、ハンダコだろう」

「いや、ふんどしだろ。神輿担(かつ)ぎは、半被にふんどしが正装だよ」

「女子に、ふんどしか……」

「ば〜か。ふんどしじゃねえよ。女ならTバックだろうが」

「ピンクの半被にTバック。いいねえ。着用を義務化させるか」

「そりゃ、スケベ心見え見えでねえの」

「なら、普通のパンティでもいいよ。こう、キュッと小又にフィットしたやつなら」

　ギャハハハハッ、と無精(ぶしょう)ひげを生やしたむさ苦しい男たちが、馬鹿笑いを始めた。会合に出席した、たった一人の女子、上田理保子(うえだりほこ)のことになど、まるで眼中にない様子だった。

　公民館の会議室。大沼の青年団と商店組合のメンバーが集まって、春祭りの打ちあわせをしていた。

　大沼では五月に「おおぬま春祭り」を開催する。祭りといっても、有名神社の名を掲げ、豪華な山車(だし)や神輿を繰り出す本格的なものではない。五穀豊穣の感謝や祈りといった、もっともらしいテーマがあるわけではなく、観光資源として活用する意図もない。

手作りのボロっちい張りぼて神輿を担いだ若年男女のグループが、「せいや、せいや」と商店街の大通りを練り歩き、オジサンたちが缶ビール片手にそれを鑑賞するだけという、極めてローカル色の濃い祭りである。

——要は、あんたたちの、スケベ根性を満たしたいだけなんでしょう。

理保子が馬鹿笑いを続ける、中年男性だけで構成された「青年団」のメンバーに、冷ややかな視線を向けた。彼らは全員独身だから、一応「青年」というカテゴリーにはめ込まれるらしい。

——いくつになっても、盛りのついた中学生みたいなことばかり言ってるから、結婚できないんだよ。

かように内心毒づく理保子も、今年三十になるが未だ独身だった。

「部長もさ、今年は神輿を担ぐんでしょう」

青年団の代表で、村一番の実力者である松岡毅から、いきなり話を振られ、理保子は背筋を伸ばした。

「はい？」

「だからさ、部長も担ぐんでしょう。女神輿」

部長とは理保子のことだ。大沼に本社を置く、農業生産法人アグリコ・ジャパンの営業・生産部長。しかし、村人が理保子のことを「部長」と呼ぶ裏には、多分の皮肉が込められている。

「女のくせに」というやっかみが、透けて見える。

理保子は小さく息を吐き、松岡を真正面から見据(みす)えた。

「いいですよ。担ぎます」

おーっ、とひげ面の男たちから歓声が上がった。

「但し、Tバックは穿きません」

眉を吊り上げ、男たちを見渡した。松岡がわざとらしく、鼻を鳴らす。

「冗談で言ったんだよ。真面目に取る必要はねえ。だけど、もったいないね〜」

松岡が理保子の腰の辺りを、臆面もなくジロジロと見据えた。

いいケツしてるのにね〜、と小さいが、理保子には十分聞き取れる声で松岡がつぶやいた。男たちはニヤニヤしながら「セクハラだろ、それは」とお茶を濁した。

そう。セクハラだ。

こんな言動を都会のど真ん中でしたら、すぐさま懲戒処分を受ける。警察に突き出されることだって、あるだろう。

しかしここは、人口が千人にも満たない田舎の集落。村人たちの頭の中は、昭和の時代から一向に進歩していない。

「まあ、Tバックは冗談だけど、今年の女神輿は、より美しくセクシーに演出してみてはどうかと考えてるんだ」

「どうしてセクシーにそれ程こだわるんですか？」

理保子が眉ひとつ動かさず質問すると、失笑が起きた。

「それはだなあ……」

松岡がポリポリと人差し指でこめかみを掻く。

「シブヤ米とか、ギャル米とかあるだろう。ああいうのにあやかって、女神輿もセクシー路線で行ってはどうかって思ったんだよ。部長もひとつ、ご協力、よろしく頼むよ」

シブヤ米と神輿の関連性が今ひとつ分からなかったが、理保子はあえてその点はつっこまなかった。

「あの子たちは確かにセクシーな格好をしてますけど、周りから強制されてやってるわけじゃありません。神輿だって、自由に担がせてあげればいいじゃないですか。中には渋谷ギャルみたいに、セクシーな衣装で現れる子だっているだろうし」

「まあ、そうだけど、祭りを楽しみにしてる人間もたくさんいるから、ある程度は派手にやってもらわんとなあ」

それは、女の太ももを見たがるスケベ親父だけの願望ではないのか。

「祭りを楽しみにしているのは、神輿の担ぎ手である女子も同じです。彼女たちが苦痛を感じないように、自由にやらせてあげるべきです」

この点だけは譲らない覚悟で、きっぱりと言い放った。松岡は何やらブツブツ言っていたが、結局は折れた。理保子が神輿担ぎに参加しただけでも、収穫と思ったようだった。

「そろそろ時間ですので、本日の会合はこれにてお開きにさせて頂きます。皆さま、ありがとうございました」

進行役の男が、場を収めた。時計を見ると、五時を少し回った時刻である。

「部長、これからどうするの？」

松岡が声を掛けてきた。

「やり残した仕事があるんで、会社に戻ります」

「また、仕事かよ。エリートは大変だなあ」

「いえ。エリートじゃありませんから」

これは本当のことだ。理保子は半年前、東京にある食品大手の東日本フーズから、このド田舎の生産法人子会社に左遷(させん)された。

「あんまり付き合い悪いと、煙(けむ)たがれるよ」

青年団と商店会のほぼ全員は、会合の後、連れだって会食に出かける。大酒を飲み、猥談(わいだん)に花を咲かせ、二次会のカラオケではド演歌を熱唱し、三次会では、地元スナックでフィリピン人ホステスの尻を触りまくって、明け方近く家に帰るというパターンだ。用水路にゲロを吐き、畑のど真ん中で爆睡する者もいる。

よって、女子がこういう連中に付いていくと、大変な目に遭う。調子がいい時は、一次会だけ付き合うようにしているが、今日はとてもそんな気分にはなれない。

「またの機会に」

「本当に仕事なのぉ？　彼氏とデートじゃないのぉ」

青年団の一人が、下まぶたをいやらしく盛り上げた。

「いえ。彼氏なんていませんから」

「本当かなあ」

しつこい。

こんな小さな集落で誰かと恋愛関係になれば、とっくに皆に知れ渡っているはずではないか。

「まあ、仕事もほどほどにしたほうがいいぜ。行き遅れたら困るだろう。それとも、結婚する気ないの？」

松岡がニヤニヤしながら尋ねた。

「さあ、どうでしょうか」

「ある」と答えても、「ない」と答えても、あらぬ妄想を抱かせることはわかっていた。こういう質問は、はぐらかすのが一番だ。

　まだしつこく話しかけてくる松岡を何とか振り切り、理保子は三ヶ月前に買ったばかりのフォルクスワーゲン・クロスポロに乗り込んだ。ＳＵＶのスタイルとコンパクトカーの機能性を併せ持った優れものである。

　田舎の狭い農道にはもってこいの性能で、値段は張ったが、自分へのご褒美だと割り切り購入に至った。

　実際、理保子は涙ぐましい努力をしていた。時代錯誤なセクハラを何度受けようが、動じない強靭な精神は、この努力によって育まれた。

　とはいえ――

「ざけんなよぉ、この、ド田舎のキモオヤジどもがぁ！　お前らこそ、一生結婚できねーんだよ！　鏡見たことあんのかっ！　その禿げ散らかした頭、なんとかしろよ！　加齢臭、くっせーんだよっ！」

　時としてこのように叫ばなければ、とてもじゃないが、やってられない。

　一人大声で悪態をつき、僅かながらスッキリした気分になると、理保子はイグニッションキーを回し、サイドブレーキを下ろした。心地よいエンジン音と共に、オレンジ色の車体がゆっくりと発進する。

　公民館から車で五分もかからないところに、アグリコ・ジャパンの社屋がある。会社の駐車場には、グレーメタリックのベンツが駐車してあった。ｙ市にある東日本フーズ信越支社から、氷川が来ている。

事務所に入るなり、ヒノキのような香りのコロンが鼻をついた。アグリコ・ジャパンの社長、氷川卓が理保子を「お疲れ様」と笑顔で迎えた。

「春祭りの打ちあわせに行ってたんだって?」

「はい」

「で、どうだった」

氷川がボストンタイプのメガネの奥から、好奇心旺盛な瞳を覗かせた。

「まあ、何とかやってます」

「そうか。大変だろうが、よろしく頼むよ。地元農家を敵に回したら、我々は何もできないからな」

その通りだ。だから地元に早く溶け込めるよう、理保子は日々努力を重ねている。

しかし、大沼は閉鎖的な土地柄なので、なかなか受け入れてもらえない。懐に入り過ぎると、付け込まれるから、芯はしっかり保ちつつ、バランスのとれた付き合いをしなければならない。

「君の仕事ぶりは評価してるよ」

氷川がまたホワイトニングにでも行ったのか、不自然に白い歯を見せ、微笑んだ。y市は二十万人都市なので、腕のいい歯医者がいるに違いない。

「さて、帰ってきたばかりで悪いんだが、ぼくはそろそろ失礼させていただくよ。これから重要な会合に出なけりゃいけないんでね。帳簿のほうは、経理に見せてもらったから。なかなか頑張ってるじゃないの。売り上げも伸びてるし。さすが、上田くんは優秀だね。このペースで今後とも、よろしく頼むよ」

「はい。頑張ります」

こう殊勝に答えつつも、腹の中では「この狸め！」と毒づいていた。

どこか他人事になってないか？　アンタは、この会社の社長なんだよ。アンタがここの総責任者なんだよ。

半年前に理保子が赴任して暫くすると、氷川は東日本フーズ信越支社のポストを手中に収めた。アグリコ・ジャパン社長と兼務だったが、理保子を踏み台にして、着々と本社に帰還する準備を整えている。

誰だって、こんな腐れ子会社に長くはいたくない。理保子と同じ東日本フーズ採用の氷川が、どういう経緯でアグリコ・ジャパンに飛ばされたのかは知らないが、一日千秋の想いで、本社に返り咲く日を待ち望んでいることは、想像に難くない。

そんなところに赴任してきた理保子は、氷川にとって、正に飛んで火に入る夏の虫のような存在だった。

当時は社の事情をよく理解できていなかった理保子を、なだめ、すかし、おだてながら業務を徐々に移管していき、暇になった氷川は、本社復帰の足掛かりとなる、信越支社の業務室長の地位を獲得した。

次の目標はアグリコ・ジャパンから完全に解放され、支社の専任となることだろう。そのためには、理保子にもっと頑張ってもらわなければ困る。「彼女一人に任せても、もはや何の問題はありません」と、早く本社を説き伏せたい。

「じゃあ悪いが、これで失敬するよ」

氷川が上着に袖を通した。ブラックストライプのスーツに、糊の利いた白シャツが眩しい。チャコールグレーのネクタイを締め直すと、茶色く染めた髪を撫でつけ、氷川は事務所から出て行った。これほどオシャレに気を遣う男だから、泥にまみれた仕事は元来性に合わない。

「お疲れ様でした～」

現地雇いの従業員たちが、氷川に倣い、次々にオフィスを後にする。一人事務所に残された理保子は、ＰＣを起動し、やりかけの仕事に取り掛かった。

理保子が如何に頑張ろうが、アグリコ・ジャパンは創業以来の赤字体質から未だ抜け切れていない。儲からないならさっさと店を畳め、という意見が出て来ても不思議ではないが、今のところまだ赤字は容認されている。

農業の規制緩和と、農ブームに煽られ、食品大手の東日本フーズも同業他社に後れまじと、農業生産法人を設立した。

ところが農場経営は、思っていたより儲からなかった。赤字続きで撤退する他の生産法人を尻目に、東日本フーズは、取りあえずロスを最小限に抑える努力をしながら存続させる方針を取った。

設立したての子会社を直ぐに清算してしまったら、株価に悪影響を及ぼす。地域農家と協力し、自社ブランドを開発中としておいたほうがイメージはいいし、株価も安定する。

だが「作物の出来は天候次第、出荷時期もお天道様に訊いてくれ」が基本の旧態依然とした農家を、安定的に儲かる産業に作り替えるのは、至難の業だった。

おまけに協力農家は、とんでもない連中ばかり。赴任当初は、何度机をひっくり返し、辞表を叩きつけてやろうと思ったことか。

特に松岡の傍若無人ぶりはヒドかった。松岡は大沼の大地主で、アグリコ・ジャパンも彼の圃場を一部借り受けて商売をしていた。松岡がへそを曲げ、契約を打ち切ったら、事業縮小を余儀なくされてしまう。

無論圃場なら他にもあるが、農家は他人に土地を貸したがらない。特に東京に親会社がある農業法人になど、おいそれと貸してはくれない。

そもそも、何故理保子がこんなところに左遷されたのかといえば、自分とは直接関係ない権力闘争のとばっちりを受けたからだ。

大学を卒業して、東日本フーズに就職してから、理保子はわき目も振らずに仕事をしてきた。七十名いた同期の中では、間違いなくトップの評価を収めていた。

入社三年目で早くも役付きになり、部下を五人も抱えるという異例の出世を果たした。理保子がいた営業推進部の常務取締役部長にも可愛がられ、いずれ、東日本フーズ初の女性社長に就任するのではと噂(うわさ)された。

ところが、以前から犬猿の仲だった、営業推進部常務と経営企画部専務との間で、本格的な社内抗争が勃発。営業推進部常務は、抗争に敗れ、失脚した。

勝者となった経営企画部専務は、営業推進部常務の子分と見なした社員を、ことごとく粛清していった。弱冠二十九歳の理保子とて、例外ではなかった。

こうして理保子は、十二ある東日本フーズグループの中でも最悪と言われた、農業生産法人アグリコ・ジャパンの営業・生産部長に降格されたのだった。

着任した当初は、あまりにもヒドい業容と、周辺農家の横暴に憤死しそうになった。

「これが田舎の現実だよ。郷に入れば郷に従えっていうことさ」

などとしれっと語る氷川のことも、信用できなかった。しかし、時が経(た)つにつれ、全面的とはいえないまでも、氷川の言うことにも一理あると思うようになった。

ドラスティックに物事は変わらない。

少しづつ少しづつ、村人の中に溶け込んでいき、ゆっくりと状況を変えていくしかない。

もちろんそれは苦難の道だった。しかし、理保子にはアグリコ・ジャパンを黒字化して、理不尽な懲罰人事を行った一派を見返してやりたい、という想いがあった。

氷川のように、ババを他人に押し付け、逃げ出すのではなく、ババをエースに変えてみせる。

そして、アグリコ・ジャパンでの功績が認められ、晴れて本社に呼び戻された暁(あかつき)には、今は社長をしている元経営企画部専務の鼻っ柱(はなっぱしら)に、胸を張って辞表を叩きつけてやるのだ。

——だけど、本当にそんなにカッコよくいくかな。

理保子はキーボードを操る手を休め、ため息をついた。

いやいや、弱気は禁物だ。

理保子には、アグリコ・ジャパンを躍進させる秘策がある。この計画が軌道に乗れば、アグリコ・ジャパンは必ずや黒字化するに違いない。

五

——俺、いったい何やってんだろうな?

広大な畑の草むしりをしながら、和也は独りごちた。

——どうみても、やっぱ、うまく丸め込まれたんだよな、これは。

和也の斜め前では、つば広の麦わら帽子を被った春菜が、錆(さ)びた鎌でギリギリと草を刈っている。

顔を上げると、春菜の義母益子が、まるで檻の中のハムスターのように、農道を行ったり来たりを繰り返していた。

「ばあちゃんは、お散歩中か。それともあれが徘徊ってやつか」

辛くなってきた腰をトントンと拳で叩きながら、和也が尋ねた。

「前は家の中に引きこもっていたのに、小原さんが来てから、表に出て来るようになりました。健康的になってよかったです」

「どこかに行っちまったりしないかな」

「目を離さなければ大丈夫ですよ。それに、お義母さん、あまり遠くに行くつもりがないみたいですし」

何かこういうのって、いいですよねぇ、と春菜が話題を変えた。

「こういうのって、どういうの？」

「こうやって野良仕事をしながらおしゃべりできるのって、楽しくありませんか？」

——いや、残念ながら楽しめないな。野良仕事と言っても、やってるのは草むしりばかりだろ。もう腰が限界だよ。悲鳴を上げてるよ。

「先週までは一人で作業してたんです。音楽とか聞きながら。でもやっぱり、誰かと一緒にやるほうが、楽しいですね」

楽しいと言いながらも、春菜は手こずっていた。切れ味の悪い古い鎌で、雑草の根を断つのは至難の業だ。

「エンジン式の草刈機とか、ないの？」

「ないんです」

「買えばいいじゃない。作業効率上がるし。腰の負担も少なくなるよ」

「でも、高いんでしょう」

「四、五万出せば、そこそこの性能のやつ、買えるはずだけど」

和也と目が合うと、春菜は静かに目を伏せた。

「なるべく節約したいんです。ちょっと厳しい状況なんで……」

それはそうだろう。圃場は草ぼうぼうで、買い手などつきようがない、出来損ないの野菜しか作れないのだから。どうやって生計を立てているのか、不思議なくらいだ。

「で、でも、お金は一応ありますから、心配しないでください。小原さんのお給料は、ちゃんと払えますから」

春菜が慌てて付け加えた。

春菜によれば、夫が残してくれた蓄(たくわ)えがあるのと、義母が受け取る年金で凌(しの)いでいるのだという。しかし、それも眉唾(まゆつば)ものだと和也は思った。

春菜の夫は、津波によって農地を失った被災者だ。この圃場を手に入れた時も、相応の出費があっただろう。それから三年、収入は義母の年金ぐらいしかなかったはずだから、蓄えはとっくに底をついているのではないのか。

「今後の計画はどうなってるの？」

和也が春菜の目を見つめて質問した。

「草が刈れたら、種播きをしましょう。今の時期だったら、ナスとかピーマンでしょうか」

「でもまた、虫に食われるリスクあるよね」

「有機野菜だから、ある程度は仕方ないと思います。でも小原さんに教えて頂いた虫よけネットで、何とか凌げると思います」

「そうかもしれないけど、一番効果があるのは、殺虫剤を撒くことだよ」

「それって、農薬ってことですか」

「まあ、そうだな」

「一応、有機農家ですんで、そういうのはちょっと」

「だけど、大変だよ。苦労して草取りしても、今度は害虫被害が待ってるんだ。これじゃ、作物もきちんと育たないよ。効率だって悪いし、何よりも商売として成り立たない」

「小原さんの言ってることは、分かります。ですが……」

春菜が和也と向き直った。

「やっぱり農薬はよくないと思います」

和也は大きなため息をついた。

一昔前ならいざ知らず、現在の農薬は、これ以上無理なくらい安全に配慮されている。農薬は摂り過ぎれば危険だが、それは塩や水とて同じこと。塩や水にも致死量がある。劣等生の和也でも、このくらいのことは知っていた。

和也の通っていた農業高校でも、有機農法なんてものは習わず、慣行農法だけを勉強した。

「それで本当にやっていける？」

「やっていけると思います。以前夫が東北でやっていた時は、そこそこ儲かってはいたようです」

「だけど、ここでは食べていけてんの？　旦那さん、この畑では作物を育てたことはないんでしょう」

「藁や落ち葉を畑に撒くのが主な作業でしたけど、たまに実験的に薬物とか、育てていたようです」

「それで？」

「……虫に食われてヒドい状態でした」

「それってやっぱり、土がダメってことじゃないのか」

　春菜が口をつぐんでうつむいた。

「きっと大沼の土壌は有機栽培には向いてないんだよ。まあ、もう少しだけ頑張ってみて、それでもダメならきっぱり諦めて、方針転換すべきだよ」

　本当なら「今すぐ止めろ」と言いたいところだったが、春菜の心情を慮って、こう言った。

　春菜は「そうですね……」と言葉を濁したが、納得していないのは明らかだった。

「そろそろお茶にしましょう」

　立ち上がりかけた春菜が、ストンと落ちるようにしゃがみ込んだ。

「大丈夫か？」

　春菜は、ジッと地面を見つめていた。先ほどまで「楽しい」と上気していた顔から、すっかり血の気が失せている。

「ええ、大丈夫です。ちょっと立ちくらみがしただけですから」

　今度はゆっくり立ち上がり、フーとため息をつく。

「いったん家に戻りましょう。カルピスソーダを冷やしてあるんです」

　和也も立ち上がり、小さな背中に続いた。後ろから見ると、フラフラと危なっかしい足取りである。本当に大丈夫なのだろうか。

　決して体力があるようには見えない春菜は、毎日過酷な草むしりに励んでいる。これではいつ身体を壊してもおかしくない。

和也は天を見上げた。さっきまで晴れ渡っていた五月の空に、うっすらと雲がかかっていた。

――逃げ出してえ。ここから。

情にほだされ、一緒に作業を始めたが、こんな危うい商売はやはり御免だった。

――だけど、どうする？　やっぱ、辞めますって言うのか？　それとも飛んじまうか。

春菜の悲しむ顔を見るに忍びない。いきなり姿をくらましてしまえば、見なくても済む。しかし、和也が手伝うのを止めたら、春菜はいずれ過労死してしまうかもしれない。

――ああ、もう、分かんね！

和也はガリガリと頭を掻きむしった。

ふと気づくと、さっきまで行ったり来たりを繰り返していた益子が立ち止り、畑の一点を見つめていた。

「ばあちゃん。カルピス、飲むぞ」

益子は顔を上げると、黙って和也について来た。この間は、「新太郎兄さ～ん」とデレデレだったのに、今日は和也の顔をまともに見ようとすらしない。

遠くの山々の頂きから、かすかに雷の音が聞こえてきた。


週末の晩、和也は高校時代の悪友二人と、ｙ市にある自然食レストランにいた。

象牙(ぞうげ)色を基調とした、落ち着いた雰囲気の店内。壁には農家の白黒写真が飾られ、麦や稲の穂が活(い)けられた透明の花瓶が、カウンターの隅に置いてあった。

揚げ物が大好きな、食べ盛りの若い三人には、あまり似つかわしくない店だが、高校卒業後、農家を嫌ってｙ市のアパレルに就職した拓馬(たくま)によると、ここには若くて可愛い女の子がたくさん来るのだという。

「大沼にゃ、きれいな女なんか、いねえもんな」

拓馬が言うと、実家の米農家を継いだ友樹が頷きかけたが「いや」とかぶりを振った。

「いたよ。一人」

「誰だよ、そいつは」

拓馬が瞳を輝かせた。

「アグリコ・ジャパンの女社長。二十代後半くらいで、スタイル抜群。黒い髪を肩まで伸ばして、ちょっとキツい顔してるけど、なかなかいい」

「東京から来た女だろ」

「ああ、東日本フーズの関連会社らしいからな。だけど、なかなか苦戦してるみたいだよ。松岡が農地貸してるらしいけど」

「あいつのことだから、なんか色々見返りを要求してるんじゃねえの」

拓馬が鼻を鳴らした。大沼一の土地持ちなのに、四十過ぎても結婚できない松岡のことは、集落の人間全員が知っていた。

「東京っていえば、和也じゃねえか。やっぱ、六本木とかには、ああいう感じの女、多いの？」

「見たことねえし」

アグリコ・ジャパンの女社長のことなんか知らなかった。

「こいつはさ、今、それどころじゃないの。木村んとこで、働いてっから」

友樹がいやらしく目を細めた。

「木村って、あの被災者の？　確か去年交通事故で死んじゃったんじゃねえの。トラック運転してたやつが、いきなり脳梗塞になって意識失って、歩行者に突っ込んだんだろ。偶然道端を歩いてた木村さんが巻き込まれて、運転手も死んじまって。ひでえ事故だったよなあ」

拓馬が当時を回想した。

東京にいる時のことだったので、和也は詳細を知らなかった。そんなにやるせない事故だったのか。

「そう。悲惨な事故だった。で、てっきりおれらは、木村の嫁さんは土地を手放して、誰かと再婚でもするかと思ってたわけよ。ところが旦那の商売継いだんだな。有機農家をよ」

「嫁さんて、ちょっと不思議ちゃん入った人だろ。農家継いだのか？　経験あんのか」

「いや。殆どなかったみたいよ。ってか、死んじゃった木村さん自体がまるで収量上げてなかったから、継いだとしても、大したことができなかったんだろうな」

「有機農家だもんな。有機は大変だよ。何で素人があぁいうモンに手ぇ出すのかねえ」

拓馬が眉をひそめた。

「で、そこに現れたのが、我らが母校のエース、小原和也クンだよ」

友樹がバンバンと、和也の背中を叩いた。

「沼農の園芸科学科を優秀な成績で卒業した和也クンなら、この窮地を救ってくれると、頼りにされたんだろうな」

「うるせー」

優秀どころか、下から数えた方が早いような成績で何とか卒業した。

「和也、マジで訊くけど、何で木村の農場なんかで働いてんの？　給料いいの？」

拓馬が訊くと「よくはねえだろ〜」と友樹が代わりに答えた。

「まるっきり野菜作ってない農家が、いい給料出せるわけねーじゃん」

「って、ことはやっぱり……」

悪友どもが顔を見合わせ、ニヤニヤと笑った。

「ああいうのが、お前の趣味か」

「まっ、分かんねえわけじゃねえけど。俺も、あの子なら一応OKだぜ。ストライクゾーンギリギリだけど」

「そうかあ？　おれには無理だな、ああいうタイプは」

反応すると、面白がってさらに色々つっ込まれると思ったので、和也は黙ってビールをあおった。

二人を無視して、春菜の死んでしまった夫、木村健吾のことを考えた。

がっちりとした身体に、優しい笑顔。春菜は似ていると言ったが、自分よりずっと誠実そうな瞳をしていた。

その最愛の夫が、正にこれからという時、交通事故の犠牲(ぎせい)となった。加害者に非はない。春菜は嘆き悲しんだことだろう。行き場のない怒りに翻弄(ほんろう)され、さぞや運命を呪ったことだろう。

しかし、やがて気づいたはずだ。泣いてばかりじゃ何も解決しない。夫は、義母と畑をよろしくと頼んだ。だから逃げ出すことはできない。義母の面倒を見ながら、有機農業を、何とか軌道に乗せなければならない……。

気がつくと、拓馬も友樹も、とっくに春菜の話題から離れ、今は店に来た女子グループの品定めに夢中だった。

「お待ちどうさま」

拓馬が注文した料理の数々がテーブルに届いた。季節野菜のせいろ蒸しと、ジャンバラヤ風のサラダ。豆腐ステーキと野菜をサンドしたフォカッチャ。どれもヘルシーでオーガニックな食材を使っているという。

――つまりこれが、有機野菜ってことか。

思えば二十一年の人生の中で、有機野菜など食べるのはこれが初めてだった。

サラダに色を添えていたニンジンに、箸を伸ばした。ニンジンが特段好きではなかったが、濃いオレンジ色をしたこのニンジンだけは、何だかうまそうに見えた。

口に含んだ途端、甘い風味が、じんわりと広がった。

――これが、本当にニンジンなのか？

ニンジンには違いないが、コクやうま味がまるで違う。有機栽培のニンジンを食べるのは初めてなのに、何故だかノスタルジーを覚えた。先祖代々受け継いだＤＮＡが、この味を懐かしがっているのかもしれない。

いずれにせよ、こんな味を知ってしまった今となっては、普通のニンジンが、紙のように味気ないものに感じられた。

「スゲーうまいな、これ」

思わず、ため息を漏らした。

「高いからな」

「値段の張るものは、うまくなきゃな」

拓馬も友樹も、金銭的な価値しか見ていなかった。確かに、有機栽培は手間暇がかかるため、販売価格は高めだ。

「値段はともかく、普通の野菜とはちょっと違うと思わないか」

「まあ、いうなれば野生の味だな」

「原始時代の野菜って、みんなこんな感じだったんじゃね」

悪友二人が、味に感激している様子はなかった。味覚に鈍感な人間には、美味しさが分からないのかもしれない。

ニンジンだけでなく、他の野菜も食べてみた。パプリカ、トマト、タマネギ、ズッキーニ……。トマトは何だか青臭いが、それが逆にいい味を出している。タマネギは甘くて、シャキシャキと歯触りがよい。パプリカとズッキーニは、味の差をあまり感じなかったが、通なら違いが分かるのだろう。

──これが有機野菜ってやつか……。

曲がりなりにも、現在自ら取り組んでいるものが、どんなものかさえ知らず、毛嫌いしていた。

「……おい、和也。聞いてんのか？」

拓馬に腕を揺さぶられ、和也は意識を野菜から遠ざけた。

「見てみろよ、あの女の胸。Gはあるぞ」

拓馬が向こうのテーブルにいた、キャミソール姿の女に顎をしゃくった。ゴールデンウイークが明けたばかりだというのに、もう真夏のファッションをしている。

「いや、Hはあるだろう。あんなの、なかなかお目にかかれねえぞ」

友樹が涎を垂らさんばかりに、悪友たちの同意を求めた。

このレストランに来たのは有機野菜ではなく、若い女目当てであったことを、今さらながら思い出した。

「興味ねえ」

和也が鼻を鳴らした。

「マジ？　和也。すっげぇいい女じゃん」

「俺、貧乳好きだから」

きゃははははっ、とキャミソールの女が巨大な胸をこれ見よがしに揺らせ、馬鹿笑いしていた。

家に帰っても、和也はなかなか寝付けなかった。

夜に食べた様々な野菜のイメージが、まだ記憶に残っている。やがてその記憶が、草むしりをしながら「楽しい」と微笑んでいた、春菜の映像とダブった。そして、笑顔だった春菜の顔が突然真っ青になり、膝を折ってしゃがみ込んだところで、ハッとまどろみから覚めた。

開け放した窓から、チュンチュンと雀の鳴き声が聞こえた。既に陽が昇っている。スマホの画面を確認すると、五時を回ったところだ。

――こういうのを、レム睡眠っていうんだろうな。

レム睡眠とは、身体が眠っているのに、脳が活動している状態にあること。いつもは布団に入ってから、ものの三秒も経たないうちに寝入ってしまうのに、いったいどうしたことだろう。

再び目を瞑っても、頭の中は冴えわたっていた。掛け声と共に、ベッドから飛び起きる。顔を洗うと、パジャマからジャージに着替えた。久しぶりに走ってみるか。

早朝ランニングなど、中学校の朝練以来だった。当時和也は、野球部のピッチャーとして活躍していた。

表に出ると、ボボボボと配達のバイクの音が聞こえてきた。彼らも農家と同じで、早朝から働いている。

春菜の圃場では、朝八時から作業を開始する。ちょっと遅いのは、まだ何も育てていないからで、本格的に稼働したら七時には畑に出ていなければ、朝の出荷に間に合わない。

家の前の通りをしばらく走っていると、目の前の道を、フロントバスケットと荷台に大量の新聞を積んだ、一台のスーパーカブが横切った。運転しているのは小柄な女性。小さな原付バイクも、その女性が操ると、まるで中型の自動二輪のように見えた。

家に帰り、シャワーを浴(あ)びて、ネット通販で買ったディッキーズのオシャレなつなぎに着替えた。

バナナと牛乳の朝食を取り、起きたばかりの両親に「行ってくるよ」と挨拶(あいさつ)して、和也は再び家を後にした。

自転車を漕(こ)いで家から十分のところに、春菜の圃場はある。春菜は既に畑で草むしりをしていた。少し離れたところでは、益子がしゃがみ込んで、しきりに土をいじっている。

和也は雑草だらけの畑を大股(おおまた)で横切ると、春菜の前に立った。

「おはようございます。小原さん」

元気よく挨拶されても、和也は黙って春菜を見下ろすばかりだった。

「どうしました？　何か……」

春菜が、立ち上がってもまだ、自分の頭よりはるか上にある和也の顔を見上げた。

「いつからあんなこと、してるんだ」

「はい？」

「さっき見たよ。バイクに乗って新聞配達してるところ。いったい朝は何時に起きてるんだ」

和也が睨むと、春菜は瞳を泳がせた。

「……二時に起きます。二時半に専売所に着いて、それからチラシ入れをしてから、配達に回ります。大沼だけじゃなくて、隣の集落の配達もやってます」

「だからあんなにテンコ盛りの新聞を積んでたのか。で、それが終わったら、すぐに草むしりだろう。これじゃ、寝不足と過労でぶっ倒れそうになるのは当たり前だ。もっと自分の身体を労(いたわ)れよ」

「小原さんに、給料を支払わなければなりませんから、仕方がないんです」

和也が口をつぐんだ。

「ごめんなさい、小原さん。あたし、嘘言ってました。蓄えはもう底がついてるんです。今はお義母さんの年金だけで、何とかやりくりしている状態で、とても小原さんの給料まで手が回らないんです。でもあたし、一人じゃ心細かったし、小原さんとなら一緒に野良仕事をやっていけそうだと思ったから、お金もないのに、うちで働きませんかなんて無責任に声をかけてしまいました」

「金なんて、いらねえよ」

えっ？　と春菜が顔を上げた。

「いや、いらねえっていうのは、誤解があるな。いずれたっぷり、見返りは貰(もら)うよ。うまい野菜を作って、売った時にな」

「それで、本当にいいんですか」

「ああ」

和也がゆっくりと顎を引いた。

「春菜さんが本当のことを言ってくれたから、おれも、嘘偽りなくハッキリ言うよ。正直、有機農業なんて、止めたいと思ってた。草むしりなんて、もうたくさんだったし、いつ本音を切り出したらいいか、その機会をずっと窺ってた。だけど、おれ、今はやる気になってる」

益子が二人の傍（かたわ）らまで歩いて来た。しゃがみ込むや土を一掴みし、クンクンと匂いを嗅（か）ぎ始める。

「俺、自分のやりたい事って、今までよく分からなかったんだ。だけど今は、結構マジに有機をやってみたいと思ってる。もちろん、草取りとか、虫対策とか、病気とか、色々大変だろうけど、おれの性格からして、途中で辛くなって、やっぱやーめたって音（ね）を上げちゃうかもしれないけど、でも……」

「この辺の土は、もう出来上がってるよ」

益子がいきなり立ち上がって、和也に言った。

「へっ？」

和也は驚いて益子を振り返った。

「ほれ。こういうのが湧いてる」

掌（てのひら）をパッと開くと、体長一センチほどの小さな虫がのたくっていた。

キャッ、と春菜が悲鳴を上げた。

「ムカデ！」

「これはヤスデだよ。ムカデとヤスデは全然違うから」

普段は物言わぬ益子が、はっきりと主張した。

「こういうのがいれば、大丈夫なんだ。有機物を分解してくれるから。そうすればよい土が出来上がる」

益子はヤスデをポンと、雑草の中に放り投げた。

「お義母さん、スイッチが入りました」

驚いている和也の耳元で、春菜が囁いた。

「苗の準備はできてるかい？　もう植える時期だよ」

益子が鋭い視線を和也に向けた。

「いっ、いえ、まだです……」

「しょうがないねえ」

益子が鼻を鳴らした。

「だったら、早く準備するんだ。夏獲りには間に合うかもしれないから」

こう言い残すと、クルリと背を向け、益子は去って行った。

「いったい何が起きたんだよ……」

老婆の曲がった背中を見送りながら、和也がつぶやいた。

「ですから、スイッチが入ったんですってば」

春菜が上気した顔で答えた。

「お義母さん、時たまあういう風にスイッチが入るんです。でも、すぐに電池切れして元に戻っちゃいますけど。スイッチの入った時のお義母さんは、本当に凄いんです。何せ東北では、有機農法の匠と崇められたほどの人物だったんですから」

「有機農法の匠？」

あのボケた婆さんが、実は匠だったのか。

「夫が死んでからは、なかなかスイッチを入れてくれなくて。小原さんのおかげです。やっぱり小原さんの存在が、お義母さんの意識に影響を及ぼしたんだと思います。小原さんは、あたしたちの救世主です」

六

「うん。いいんじゃないか」

説明半ばで氷川は、すべて話す必要はない、とでも言うように、理保子が作成したリーフレットをパタンと閉じた。

高生産性トマト栽培のビジネスモデルである。従来のような伝統的なビニール温室栽培とは異なり、理想的な光環境や気温、湿度、炭酸ガス濃度をコンピュータで自動調整したガラス温室の中で、大量のトマトを栽培するプロジェクト。いわゆる野菜工場、ＩＴ農業などと呼ばれているものだ。

「ウチ（本社）の野菜ジュース事業部では、高リコピン配合の濃縮ジュースを作る計画があるんでしょう。トマトの需要は今後益々増えていくはずです」

いいじゃないか、と認めてもらったことは嬉しいが、言いたいことはまだ山ほどあったので、理保子は続けた。

「高生産栽培はオランダから来た技術です。土耕ではなく、ロックウールという無機質培地で栽培します。このロックウールの特徴は……」

勘と経験に頼る旧態依然とした日本農業よりも優れた、豊富なデータに基づく管理を徹底させたオランダ式ＩＴ農業のことを熱く語った。

アグリコ・ジャパンでもこういった最先端の技術を取り入れ、早く親会社のお荷物から抜け出すべきだと力説した。

氷川はフンフンと頷いていたが、どこか醒めた表情をしていた。技術的な解説にはあまり興味がないのかもしれない。元々、財務畑にいた人間だと聞いたことがある。

ならば氷川の興味がある話をしてやろうと、理保子はリーフレットの一番後ろのページを開いた。

「キャッシュフローは弾いてあります」

エクセルで作った表を提示すると、氷川の目つきが変わり、身を乗り出した。

「損益分岐点は二年後です。後は右肩上がりで成長していきます」

「金利をちょっと甘く見てるな。それにガラス温室の減価償却費が、この表にはないだろう。資産価値をどう見てるんだ」

思った通り、氷川は乗ってきた。

「キャッシュフロー表ですから、償却費は載せていませんが、ガラス温室の耐用年数は十四年と、結構長いです。資産として持つ価値は十分あると、わたしは考えます。問題なのは、銀行が融資してくれるかということですね。親会社の保証が、必要になるかもしれません」

「いや、保証なんか必要ないさ」

氷川がキュッと口角を上げた。

「東日本フーズに直接金を出させればいい。つまり、増資だ」

えっ？　と理保子は目を見開いた。お荷物となっている子会社の設備投資資金を、そう簡単に出してくれるものなのか。無論、借り入れなんかするより、親会社が直接金を出してくれたほうが、有難いことは確かだが。

「丁度来週、グループ会社の事業報告会が大手町の本社で開かれるんだ。その時に本件のことも議題に挙げよう。今回は上田くんも一緒に来ればいい。本社に行くのは久しぶりだろう」

「はい」

思えばこの地に赴任してから半年。東京の土を踏んだことはなかった。成功するまで絶対に帰らないと誓ったものの、やはり東京の風は恋しい。

「本社に行って直談判するなら、もっと詳しい資料を作り直します」

「必要ない、必要ない」

氷川は保険会社の宣伝に出て来る鳥のように、眉をひそめ、首を振った。

「でもこれは、叩き台に過ぎませんから。正規のプレゼンに使うためには、もっと詳細を詰めないと……」

「年寄りどもに細かいことは理解できないさ。これくらいがいいんだよ」

翌週の木曜日、理保子と氷川は東京に向け、出発した。

朝早く最寄りのＪＲ駅に現れた氷川は、サングラスにスカイブルーのサマージャケットと、相変わらずオシャレな出で立ちをしていた。

「東京では、クールビズのシーズンだからね。ぼくよりカジュアルな格好をしているビジネスマンなんて山ほどいるよ」

洗練された都会のビジネスマン魂を、忘れぬ男なのである。ド田舎の農業生産法人に赴任してこの方、土に一度も触れたことがないという逸話を持っている。

ＪＲ中央線の車内で、氷川は鼻歌まじりに表の景色を眺めていた。度胸が据(す)わっているのか、投げやりなのか、緊張の余り何度も資料を読み返している理保子には、判別がつかなかった。

居並ぶ本社の役員や、グループ会社の代表の前でプレゼンをするなど、理保子には初めての経験だった。理保子を僻地(へきち)に追いやった、当時の経営企画部専務で現在は代表取締役社長の会田(あいだ)紘一(こういち)も会議に出席することを思うと、胸騒ぎが治まらなかった。

電車に揺られること三時間。車窓から山や田畑が消え失せ、地平線まで続く建造物に取って代わった。首都圏に着いたのだ。

半年ぶりに降り立つ東京駅は、相変わらず人でごった返していた。丸の内口から表に出ると、懐かしい光景が理保子の眼前に広がった。

大沼では絶対にお目にかかることのない、雄大なビル群。日本経済の中枢が、ここに息づいている。

緊張した面持(おもも)ちで本社の門を潜(くぐ)り、受付でＩＤカードを貰うと、セキュリティゲートを通り抜け、社内に入った。古巣の部署に挨拶回りをしているうちに、早くも終業時間となった。

夜は仲の良い同期入社の面々が、宴席をアレンジしてくれた。ミシュランの二つ星を取った、有名なイタリアンレストランに、十人余りの同期が集まった。

全員が本社勤務で、要職に就いているものも多い。始めのうちこそ、理保子の田舎での苦労話に耳を傾けていたが、そのうち、社内での様々な噂話(うわさばなし)に花が咲いた。

本社を離れて僅か半年しか経っていないのに、会話について行くのが大変だった。そんな理保子にはお構いなしに、同期たちは、手を叩いて笑い合ったり、両手で顔を覆ってのけ反(ぞ)ったりしている。

今晩の主役は理保子のはずなのに、そんなことにはまるで頓着していない様子だった。

結局その日は長時間の移動で疲れていたので、理保子は早めに引き揚げた。一人寂しくレストランを後にしても、同期たちはまだ中に残って楽しそうに騒いでいた。

翌日の午後一時から事業報告会は始まった。

廊下で社長の会田とすれ違ったが、目礼した理保子には一瞥もくれず、男子トイレの中に入って行った。理保子のことなど、恐らく憶えてはいないのだろう。

会議の席には、本社役員がずらりと並んでいた。各グループ会社の事業報告が続く中、熱心にメモを取っている者は少数派で、大概は上の空で聞いているか、居眠りしているかのどちらかだった。

理保子たち、アグリコ・ジャパンの発表は最後に予定されていた。グループ内で一番の不採算企業なので、こういう順番になったのだろう。

会議の続く中、秘書課長がスルスルと氷川に歩み寄って、耳打ちした。氷川が、うんうんと小さく頷く。

「ぼくたちの持ち時間は五分だそうだ」

「五分!?」

驚いて理保子が聞き返した。会議室にいた面々が、チラリと理保子に視線を送った。

「五分じゃ何も説明できません」

声を潜めて、抗議した。

「当初の予定より遅れてるからな。五時半に社長の会食があるらしい」

会食など、別の機会にすればいいではないか。

「きみの持ち時間は、二分だ。二分でトマト工場の概要を説明しろ。ぼくが残り三分で、決算見込みと資金繰りの話をする」

「そんな……二分で説明するなんて、到底無理です」

「やるんだ」

声を殺してはいるが、有無を言わさぬ口調だった。理保子は、仕方なく小さく頷いた。

理保子は命令通り、たった二分でそつなく高生産性トマト栽培の概要を説明した。詳しくは、お配りしたリーフレットをご覧くださいと締めくくった。

会田社長はリーフレットを手に取り、表紙に目を細めると、興味がなさそうにポンと机の上に放り投げた。

次いで氷川が、アグリコ・ジャパンの今期収益と、トマト栽培にかかわる資金需要の説明をした。こちらも予定通り三分以内にピタリと収めた。

氷川のプレゼンが終了すると同時に、秘書課長が閉会の挨拶を始めた。最後に全員で一本締めをし、事業報告会は幕を閉じた。

社長が真っ先に会議室を後にした。理保子が用意したリーフレットは、机の上に置き去りにされたままだった。

「お疲れさん。完璧なプレゼンだったよ」

氷川が、ポンと理保子の肩を叩いた。

はっ？　完璧？

理保子が眉を曇らせたが、氷川の笑顔は崩れなかった。

「これで本社には、アグリコ・ジャパンがそこそこ頑張っていることが伝わっただろう。赤字幅は縮小してるし、きみも物怖じせず、役員の前できちんとプレゼンできることが証明されたし、大成功じゃないか」

「はあ」

「これから関連会社の連中と飲みに行くけど、上田くんも一緒にどうだい」

「いえ。今晩は予定が入っていますので」

予定などなかったが、オジさんたちと飲みに行く気分ではなかった。

「そうか。残念だな。帰りはバラバラになるけど、月曜にまた現地で会おう」

氷川は意気揚々と、会議室から引き揚げて行った。他の参加者も出払って、理保子一人が巨大な会議室に、ポツンと取り残された。社長だけでなく、役員の何人かは配られたリーフレットを机の上に置いたまま出て行った。あと数分で掃除のおばさんがやってきて、理保子が知恵を振り絞って作成したプロジェクト説明書は、ゴミ箱行きとなるだろう。

楕円形の会議室を回って、リーフレットを回収した。泣くまいと思ったが、やはり悔し涙がこぼれた。

この会議は、いったい何のための会議だったのか。

答えは簡単だ。

氷川が、個人的なパフォーマンスをしたかっただけなのだ。

「わたしが取り仕切っているアグリコ・ジャパンは、赤字を大幅に削減しました。既存の事業だけではなく、新規のプロジェクトも前向きに検討しています。その一例として、わたしは部下に高生産性トマト栽培のＦＳ（フィジビリティスタディ）をするよう命じました。今回プレゼンを担当した上田理保子は、ボードメンバーの前でも物恐じせず発表が出来る逸材に育ちました。彼女を鍛えたのは、このわたしです。アグリコ・ジャパンを上田理保子一人に任せても、もはや問題はありません。延いては、わたしの業績に鑑み、そろそろ本社に呼び戻して頂きたく、よろしくお願い申し上げます」

氷川の本心を言葉にすれば、恐らくこんなところだろう。

だから氷川は、本社出資を依頼するという名目で理保子を同伴した。役員の前で理保子にプレゼンさせ、彼女の優秀さをアピールしたかったのだろう。

つまり氷川にとっては、高生産性トマト栽培のプロジェクトなど口実に過ぎず、本当はどうでも良かったのだ。

しかし、このままで終わってしまったら、あまりにもミジメではないか。

——あたしはいったい、何しに東京まで来たの？　このままおめおめと、負け犬のように帰れっていうの？　そんなのは絶対に嫌だ。あたしの目標は、アグリコ・ジャパンを安定的な収益を生む企業に生まれ変わらせること。そのためには、まだ戻れない。東京に残って、説得工作を続けるべきよ。

もはや理保子は泣いていなかった。携帯を取り出し、氷川に電話をかけた。氷川が出ると、来週の月火、二日間の休暇をもらいたいと切り出した。

すでに酒が入っていたらしい氷川は、暫く沈黙した後「いいだろう」と答えた。

「久しぶりの東京で、羽を伸ばしたい気持ちはわからんでもないから。但し、業務に支障がないよう、調整しておいてくれよ」

「問題ありません」

理保子は電話を切った。

休暇などではなかった。週明けから本社のあらゆる部署を回り、高生産性トマト栽培のブリーフィングを行うつもりだった。もちろん、そんなことを氷川が許すわけがないので、休暇と偽って勝手に動くことに決めた。

説明する相手が、半分引退した役員ではなく、バリバリの現役社員なら、プロジェクトの重要性を認識し、力になってくれるかもしれない。子会社を黒字化させれば、親会社の収益アップにも繋がるので、彼らも無視はできないはずだ。

せっかく苦労してこんなリーフレットを作ったのだから、せめて本社の誰か一人ぐらい、真剣に目を通してくれなければ、浮かばれない。

理保子は決意を新たに、会議室を後にした。

七

週末理保子は、一人都心をブラブラして過ごした。

銀座で夏物の服を物色し、原宿で若者文化に触れ、明治神宮から代々木公園に向かって歩いている時だった。いきなり太鼓や笛の音が鳴り響いたので、目を凝らすと、露店の並んだ一画が遠くに見える。

手渡されたパンフレットに目を通すと、「代々木グリーンデイマーケット」と書いてあった。東京都内の有機農家が出店する、地産地消のマーケットなのだという。

道端では音楽に合わせ、長髪にヒゲの若者や、どこかの民族衣装を身にまとった無国籍風の女が、憑かれたように踊っていた。マーケットというより、お祭りだ。お揃いのオーバーオールに、オレンジのタオルを頭に巻いた男たちが、しきりに呼び込みをしている。理保子も声をかけられたが、無視して歩いた。

生鮮野菜を売っている露店ばかりではなく、調理品を売る屋台もあちこちに出ていた。その多くは、マクロビオティックの看板を掲げている。有機栽培の玄米菜食を中心とした、長生きのための食事療法らしいが、値段を見ると結構高い。それでも四、五人の客が列を作って順番を待っていた。

はっきり言って理保子には、このような人々の考えていることがよくわからなかった。

――あたしは、如何にコストを下げ、効率よく、均質の作物を大量に生産できるか、常に考えてるんだよ。千個注文があったら、千個の色も形も大きさも同じ野菜を、期限内に出荷することに頭を痛めてるんだ。「できませんでした、ゴメンなさい。でも悪いのはお天道様です」じゃ済まされないから。そんな言い訳が、近代経営で通用するわけがないから。でも、この連中ときたら――。

有機農家では、農薬も化学肥料も使わない、恐ろしく非効率な栽培を行っている。半分は虫食いでダメになるし、出来あがった作物は味も形もバラバラだ。おまけに手間暇かけているから、結構値段が張る。

近代農場経営とは百八十度違う方向に進む有機農家の信条が、理保子にはまったく理解できなかった。

――いや、待って、できるかも。

世の中には、有機野菜しか食べないという金持ちがいる。彼らはエコやオーガニックといった環境系キーワードが大好きだ。

　大好きといってもファッションとして好きなだけであって、真剣に環境問題に取り組んでいるわけではない。一番好きなのは、エコやオーガニックのことをそれらしく語り、健康のために有機野菜しか食べないオシャレな自分自身なのだろう。

　こうしたスノビッシュなナルシストをターゲットに、ニッチな商売をしているのだとしたら、案外彼らもしたたかなのかもしれない。

　しばらく歩いているうちに、笛や太鼓とは別の、しっとりした旋律が聞こえてきた。気がつくと「ラオスフェスティバル」という、グリーンデイマーケットとはまた違ったお祭りに足を踏み入れていた。

　奥にあるステージでは、ラオス人と思しき女性歌手が、どこか懐かしい、昭和のポップスのような曲を、異国語で熱唱している。

　ステージの向こうには、ラオス風の焼きそばや焼き肉などを売る屋台が出ていた。どの屋台の前にも長蛇（ちょうだ）の列ができている。グリーンデイマーケットの露店とは雲泥（うんでい）の差だった。

　やはり人々は、ヘルシーだがストイックで高価なものよりも、多少身体に悪くても、安くて美味しいものを好むのだ。

　屋台の列に並んだ理保子は、順番が来ると、米粉で練ったラーメンを注文した。おそらくは化学調味料を使っているのだろうが、鶏と豚の風味が効いたこってりとしたスープが、なかなか美味だった。

　まだお腹が空いていたので、今度は別の屋台で揚げ春巻きを買い、歩きながら頬張った。

　満腹になり、幸福な気分で理保子は代々木公園を後にした。

週明けの月曜日、ニューヨーカーのパンツスーツに身を包んだ理保子は、再び本社の門を潜(くぐ)った。

関連会社の受け皿をやっている業務管理部の大矢(おおや)という課長に、飛び込みでアポを取った。大矢には、東京に来たばかりの先週木曜日に、挨拶していた。普段はメールや電話で連絡を取り合う仲である。

会議室で理保子が待っていると、程なく大矢がまだ大学を卒業したばかりのような、初々(ういうい)しい男子社員を従えて現れた。

理保子より五歳ほど年上で、ラグビー選手のようにガッチリした健康的な大矢。連れの若手社員は対照的に、棒切れのように痩せていて、顔色も優れなかった。

「いや、驚いたよ。てっきりもう帰ったとばかり思ってた」

会議室に入るなり、大矢は目を丸くした。

「氷川さんの特命があったのかい」

「ええ、まあ……」

理保子は言葉を濁した。

「わたしたちが作った高生産性トマト栽培のリーフレットがあるんですが……」

理保子が鞄(かばん)の中からリーフレットを取り出そうとすると、大矢が遮(さえぎ)った。

「それはすでにいただいてるよ」

「資料だけだと分かりずらいと思うので、今この場でご説明したいと思いまして」

「いや。もう目を通した。なかなか興味深い計画だね」

「そうでしょう。このオランダ由来の技術は、本当に素晴らしいんです。良質のトマトを安定供給できるシステムが整えば、本社の今後の事業展開の上でも多大なメリットがあると思います。本社では現在、トマトの濃縮ジュースを製造販売するプロジェクトが進行中でしょう」

「まあ、それはそうなんだが……ここにいる堀越くんが現在、高リコピン濃縮ジュースを担当している」

堀越と呼ばれた顔色の悪い社員が、小さく顎を引いた。

「彼にプロジェクトの説明をしてもらおう」

「その前に、ちょっとよろしいですか」

堀越が無表情な細い目を、理保子に向けた。

「御社のキャッシュフローを拝見させていただきましたが――」

グループ会社のことを御社と呼ぶとは、随分他人行儀だと思った。

「設定が甘すぎると思います。これでは現実性に欠けます」

いきなりこんなことを言われ、理保子は目を見張った。

「まず維持管理費がこんなに安く済むわけがない。これだけの施設なら、定例メンテ費用だけでも、この二倍はかかるはずです。それに、人件費だってこれでは不十分だ」

「人件費をかけないための、機械化なんですけど」

「それは詭弁ですよ。収量が五倍近く上がるんだから、今の陣容で収穫、出荷は到底無理でしょう。すべて機械がやってくれるとでも思ってるんですか?」

「……」

「やはり氷川に何を言われようが、もう少しきちんと詳細を詰めるべきだったと、理保子は悔やんだ」

「これでは銀行は金を貸してくれませんよ。こんなぬるいＦＳでは審査をパスしない」

堀越の容赦ない言葉がグサグサと胸を突き刺した。

「ですから、銀行からの借り入れではなく、本社からの出資をお願いしたいと……」

「はっ？」

堀越がわざとらしく瞳を見開いた。

「銀行が貸し付けを渋る案件を、本社が面倒見ろということですか。それって、ちょっと都合良すぎやしませんか。御社の試算がデタラメだったんで、こちらのほうで計算し直してみました」

堀越はクリアファイルから一枚の表を取り出した。理保子が作ったものより緻密に、細部まで詰めたキャッシュフローだった。

「御社は損益分岐点を二年後と見ていますが――」

上田理保子という個人名などまるで無視され、御社、御社と呼ばれる度に心が痛んだ。

「こちらの計算では、五年後です。しかしそれは、このプロジェクト単体で黒字化するということで、会社の累積債務に鑑みれば、おいそれと儲けを配当に回すことはできない。つまり本社にとって、リスクがあまりにも大きいということです。よって我々は、これ以上御社に出資することはできません」

「詰めが甘いのなら、プロジェクトを全面的に見直します。ですから、是非もう一度検討してはもらえませんか」

理保子は必死に食い下がった。

「トマトはもう確保してあるんですよ。熊本県の認定農家と既に契約を結びました」

「今後需要の伸びが期待できる分野でしょう。トマトは多ければ多いほどいいんじゃないですか」

　堀越は小馬鹿にしたように鼻を鳴らした。

「それはちゃんとしたトマトが出来あがってから、言うことです。現段階では海の物とも山の物ともわからないじゃないですか」

「高生産性トマト栽培は、必ず成功させます」

「では成功させてからまた来てください」

　堀越がすっくと立ち上がり、会議室から出ていった。

　バタンと扉が閉められるや、大矢がハーッとため息をつき、済まなさそうに理保子を見た。

「悪く思わないでくれ。普段はもう少し融通が利くやつなんだが」

「何者ですか」

　大矢の説明によると、堀越は東大卒業後、国家公務員総合職として財務省に採用されたが、僅か八ヶ月で役人は性に合わないと退官し、東日本フーズの中途採用試験を受けに来た変わり種だという。

「元財務省の官僚ですか……」

　そんな人間と金のことで渡り合ったって、敵うわけがない。

「まあ、ということで、本社としては君たちのところに増資をするのは、慎重なんだよ。悪いが客を待たせている」

「分かりました。本日はお忙しいところ、ありがとうございました」

　大矢と一緒に立ち上がり、深々と頭を下げた。

ここがダメなら別の部署を回って、説得工作に励もうと思っていたが、もはやそんな気力は消え失せた。午後の列車でもう大沼へ帰ろう。

——大沼に、帰ろうか……。

自分で言っておきながら、苦笑いしてしまった。

あたしはいつの間に、大沼の人間になったっていうのよ。

東京を離れて僅か半年で、本社を取り巻く環境は随分と変わってしまった。同期の人間は、都落ちした理保子のことなどもはや眼中にない様子だし、堀越のような若手の優秀な社員も現れた。

——結局、あたしは落ちこぼれちゃったのかな。

理保子は小学校、中学校では常にクラスでトップの成績を収めていた。私立の名門大学付属の高校に難なく合格し、そこからはエスカレーター式に進学した。

就活では以前から興味のあった、フード業界一本に絞った。三社から内定をもらったが、その中で一番条件の良かった、東日本フーズを選んだ。

入社してからの会社員人生は、常に右肩上がりだった。仕事は新人の誰よりも早く覚え、斬新な提案をしては上司を驚かせ、契約の前日には漏れのないよう夜中まで書類チェックを怠らなかった。

そんな理保子は上司に認められ、異例のスピードで出世を果たした。小さな挫折は何度か経験したが、それでも順風満帆な会社員人生だった。

ところが、アグリコ・ジャパンへ左遷されたのを契機に、運に見放された。これほどすべてが裏目に出るのは、理保子にとって初めての経験だった。

——だけど、あたしは負けない。負けたくない。

弱気に傾く心を戒め、勇気を奮い起こした。

高生産性トマト栽培がダメでも、何か別の方策があるはずだ。早くそれを見つけだして、今度こそ、本社の連中に一泡吹かせてやる。

八

大沼に戻った翌日の火曜日、理保子が出社すると、氷川が「あれ、休みじゃなかったのか？」と目を丸くした。

「何だか、気分が乗らなくて、仕事することにしました」

理保子が答えると、今度はその目を細めた。

「普通の人間は、気分が乗らないから仕事を休むというのに、きみは逆だな」

「はい。天邪鬼ですから」

今回の出張で、氷川の思惑通りにいかなかったことが一つだけある。氷川は、理保子の優秀さをアピールしたかったようだが、実際はその逆の評価にしかならなかったということだ。これで氷川の本社復帰は、遅れるに違いない。

午前の執務が終わると、氷川はy市にある東日本フーズの信越支社に出かけて行った。y市は大沼から車を飛ばせば二十分ほどで行ける、人口二十万規模の大都市である。最近の氷川は、大沼よりy市にいる時間のほうが長い。

氷川と入れ替わるように、一人の無骨な男が事務所に入って来た。

アグリコ・ジャパンの生産部課長、高橋巌である。三年前の会社創業時に雇われた、最古参の社員の一人。理保子が上司として赴任してくるまでは、生産部門を一手に引き受けていた。四十を過ぎたばかりの独身男で、野菜作りに関してはプロだが、組織の人間としての振る舞いは幼稚園レベルだったので、理保子は一から高橋を鍛え直した。

その甲斐(かい)あってか、どうやら高橋は、理保子が留守にしている間の業務報告をしに来たらしい。ボロボロのツナギは相変わらずだが、長靴についた泥はきれいに洗い流されていた。

——自分から報告に来るなんて、進歩したじゃない。

アスパラやピーマンの種播きのことを朴訥(ぼくとつ)に語る高橋の、古いジャガイモのような顔を見ながら、理保子は心の中でつぶやいた。

はっきり言って、栽培の細かいことなど分からないし、どうでも良かった。そういうことは高橋に任せてある。

しかし、だからと言って、勝手にやっていいわけではない。組織には、報告、連絡、相談、いわゆるホウレンソウというものがある。

上司が黙っていても、自ら報告に現れ、自分の決裁を越えると判断した案件については指示を仰(あお)ぐという、企業人として当たり前のことを、ようやく出来るようになった十歳年上の部下を、理保子はほんの一ミリほどだが、愛しく思った。

「ところで、先月雇った研修生のほうはどうなっているの？」

アグリコ・ジャパンではやる気のある若者を、積極的に雇用している。ところがそのほとんどがすぐ辞めてしまうので、定期的に補充しなければならなかった。

「ま、まあ……まだ始めたばかりで、よくわかりませんが」

高橋が、もごもごと答えた。

「また辞めちゃったりは、しないでしょうね」

理保子が眉をひそめると、高橋は小さな目を伏せた。

「どうでしょうか、高橋さん」

理保子は高橋が顔を上げるまで、辛抱強く待った。

「研修の仕方を少し変えてみては」

「と、いうと……」

「もう少し、手とり足とり親切に教えてあげてはって、提案しているのよ」

高橋はプロだが、人に物を教えるのは得意ではない。背中を見て覚えろという、旧態依然とした態度だから、指示待ちの若者たちは混乱し、ついて行けないと辞めてしまう。

「はあ……」

次の言葉を待ったが、高橋はそれっきり口をつぐんでしまった。言いたいことがあれば、はっきり言えばいいのに、こういういじけた態度は好きではなかった。

「ともかく、今度また人が辞めたら、辞めた本人だけの責任というわけにはいかないから。このことをよく頭に叩き込んで、研修を続けてね」

「……はい」

高橋は一礼すると、現場に戻って行った。そのガッチリした背中を見送りながら、理保子は小さなため息をついた。

土曜日の午後、青年団に約束した通り、女神輿を担ぐため、理保子は大沼神社の境内に待機していた。

神輿は全部で七つあり、理保子たち女性に割り当てられたのは、はち切れんばかりに乳の大きなアニメキャラの張りぼての下にかつぎ棒をくっつけただけの、趣味の悪い代物だった。

現場にいるのは、半被にハンダコ姿の子どもや若者ばかりで、年配の担ぎ手はいない。

「おおぬま春祭り」は別名「若人祭り」とも呼ばれ、大人は缶ビール片手に、年少者が汗を流して神輿を担ぐのを見学するだけという祭りだった。

神輿行脚が終了すると、品評会が開かれ、威勢の良かった担ぎ手には賞が授与されるという。昨今のやる気がない若者に元気を取り戻してもらうため、このような祭りを考案したというが、一番やる気がないのは、当の年配農家たちだろう。彼らに任せておいては、日本の農家に未来などない。

女神輿の担ぎ手として集まったのは、全部で八名。全員がピンクの半被を着せられていた。ボトムの服装は基本的に自由だったが「ジーパン、長ズボンなどは出来る限り避けること」などというセクハラギリギリのお触れが回っていた。

集まった十代、二十代の女子は申し合わせたように、学校の体育で着用したような、紺のハーフパンツを穿いていた。

理保子も七分丈のネイビーのパンツを穿き、脚の露出を極力抑えた。全員がボトムに紺を選んだのは、やはり白には抵抗があったからだろう。

ところがそんな女子の中で一人だけ、お尻がはみ出そうな白いショートパンツを穿いている者がいた。

名前は知らないが、この女性のことは知っていた。どこかの農家の娘で、農道ですれ違ったりする時、軽く挨拶を交わす仲だった。

小柄な彼女は、理保子を認めると、ニッコリ微笑んだ。

「初めまして、じゃないですよね。あたし、木村春菜っていいます」

「あたしは、上田理保子。あたしたち、何回か会ってるわね」

春菜と名乗った女子は、笑顔のまま、カクカクと赤べこのように頷いた。

「随分気合が入ってるのね」

理保子が、剝き出しの太ももに視線を落とした。

「中三の時に買った短パンなんですよぉ。だからちょっと小さくて」

春菜が恥ずかしそうに、自分の臀部を振り向いた。

――それなら新しいパンツを買えばいいじゃない。

まさか、そんな金もないほど貧乏ということはあるまい。

「さあ、そろそろ準備してください」

進行役の合図で、理保子たちは不気味な巨乳神輿のかつぎ棒に手をかけた。

――お、重い。なんなのよ、これ……。

張りぼてだとばかり思っていたのに、中に重りでも入っているらしい。重い物を運んで苦しんでいる姿を、ニヤニヤしながら鑑賞したいのだろう。

理保子たちは歯を食いしばって神輿を持ち上げた。理保子は春菜と一緒に、花棒（棒の一番先端）を担いだ。

掛け声と共に、小学生グループの神輿が先陣を切った。他の神輿が、順次その後に続く。

理保子たち女神輿の順番は、最後だった。進行役が合図を送ると、春菜が待ってましたとばかり、「せいや、せいや」と声を張り上げた。春菜に感化された他の担ぎ手たちも、元気よく掛け声を上げ始めた。

理保子たちが出発するや、沿道からひと際大きな歓声が沸き起こった。オジサンばかりではなく、年配の女性や、小さな女の子の見物客もいた。

理保子も仕方なく、「せいや、せいや」と声を上げた。隣にいる春菜が、チラリと理保子を見たような気がした。

神社を出て、商店街を抜ける頃には、理保子はすっかり疲弊しきっていた。肩と腰がそろそろ限界だ。日頃から運動不足だったので、久しぶりの体力勝負に付いていけない。何でこんなものを受けてしまったのよ、と後悔した。

「頑張ってください。あともう少しです！」

隣から声を掛けられ、歯を食いしばった。小柄で華奢（きゃしゃ）に見えるのに、春菜はまだまだ元気そうだ。

ゴールである村役場前の広場が、百メートルほど先に見えた。既に神輿を担ぎ終えた少年たちが、地べたに座ってペットボトルを飲んでいる。

「腰がもうガタガタで。やっぱり、年ね」

「そんなことないですよ。あたしだって、肩が外れそうですから。声を上げれば、痛みが和らぎます。声出して、行きましょう」

春菜が再び「せいや、せいや」と威勢よく声を張った。春菜に釣（つ）られて、後ろの女子の掛け声も大きくなった。

理保子も、半ばやけくそ気味に、「せいや、せいや」と叫んだ。すると不思議なもので、腰の痛みがすーっと遠のいていった。

大きな拍手に迎えられ、理保子たちはゴールに到着した。男たちに支えられた神輿を肩から降ろした途端、理保子は思わずその場にへたり込み、荒い息を吐いた。

「はい」という声に顔を上げると、ペットボトルを抱えた春菜が立っていた。

「ありがとう」

ボトルを受け取り、よく冷えたミネラルウォーターを飲んだ。生き返った気分だった。

結局、理保子たち女神輿が、最優秀担ぎ手賞を授与された。一番威勢のいい掛け声だったというのが理由らしい。

春菜は飛び上がって手を叩いた。一緒に担いだ女子たちも、手を握り合って歓声を上げた。

メンバーを代表して、最年長の理保子が賞状と盾を受け取った。授与したのは、あの松岡である。

「部長、おめでとう。頑張って神輿を担いでる姿が、とってもセクシーだったよ。満場一致であんたらの班が一番だ」

松岡が黄色い歯を見せ、ニヤリと笑った。

「今度一度、ゆっくり話がしたいね」

理保子は曖昧(あいまい)に微笑んで、松岡から離れた。

「良かったですね」

無邪気に喜ぶ春菜の額には、キラキラと汗が光っていた。

「そんなにうれしい？」

「うれしいです」

「まあ、何はともあれ、一番になるのは悪いことじゃないけど……」

とはいえ、こんな賞をもらっても、うれしさなど欠片もなかった。

「ところで、このお祭りはいつごろからあるの」

「さあ。あたしにもよく分からないんです。大沼に来てまだ三年ですから」

「三年？　あたしはてっきり、地元の有名人なのかと思ってた。一番張り切ってたから」

「有名人なんて全然違います。逆です。あたし、地元の人に早く受け入れて貰いたいんです。だからこういう行事にも参加したんです」

まるで理保子自身のことを、言っているようだった。それにしても、三年経った今でも、春菜はまだ自分のことをよそ者だと思っているのか。

「あたし、前は住民交流とかしなくて。元々人付き合いは苦手なほうだし。そういうのはすべて、夫に任せていました。でも、今では反省してます」

聞くところによると、春菜の夫は去年他界し、今は従業員と二人で畑を切り盛りしているという。

「……まあ、大変ね」

この土地に早く溶け込みたいという思いは、理保子も同じだった。そうならない限り、ここではビジネスが成り立たない。

「あたしもよそ者だから、あなたの気持ちはよく分かる。でも、このお祭りってちょっとイヤらしい感じじしない？　男性目線で楽しめるよう、工夫されてるところ、あるでしょう」

「そうかもしれませんけど、割り切ってやりました。そういうこと気にしてたら、田舎では何もできませんし」

「えらいのねえ」

だからお尻が半分はみ出ている短パンでも平気なのね、と理保子はやや意地の悪い眼差しで春菜の腰を見た。

「でもさあ、ここにいる古い風習に凝り固まったオジさんたちの頭の中は、変えたほうがいいとは思わない？」

「あたしにはよくわからないです……」

答え辛そうにしているので、この話題を続けることは止めた。春菜には色々助けてもらって感謝しているが、根本的な考え方は少し違うようだ。

「いずれにせよ、今日を何とか乗り切れたのは、木村さんのお蔭。これからもよろしくね」

「こちらこそ、よろしくお願いします」

理保子が手を差し出すと、春菜が強く握り返してきた。

九

「俺は偏差値四十四だから」

和也がネット検索を繰り返しながら、つぶやいた。すぐ隣には春菜がいて、一緒にＰＣ画面をのぞき込んでいる。

「基本的に調べ物とか勉強とか、あんま得意じゃない。だから時間がかかる。理解も遅いかもしれない。永遠に理解できないかもしれない。だから、その時は春菜さん、頼む」

「あたしは偏差値四十二でした」

あっはははははははははははははっ！　と爆笑する声が部屋中に轟いた。振り返ると、いつの間にやら益子がすぐ後ろにいて、二人の会話に耳をそばだてていた。

「歌江ちゃんは漫才師だから、頭があまり良くないんだ」

「あたしは歌江ちゃんじゃなくて、春菜です」

春菜がPC画面に向き直り、答えた。もう何百回となく繰り返しているフレーズなのだろう。

「それに、漫才師が頭良くないっていうのは偏見ですよ、お義母さん。芸人さんだって聡明な人いっぱいいいますから」

「いいの、いいの。歌江ちゃんは愛嬌(あいきょう)があるし、三味線(しゃみ)もうまいから。偏差値四十二でも、立派に生きてるんだから」

「ありがとうございます。でもその言葉、本物の歌江ちゃんが聞いたら、きっと怒ると思います」

春菜がまるで動じない様子で答えた。

「あっ、コガネムシの幼虫だ」

益子がPC画面を指さした。

画面には、頭がオレンジ色で胴体が白い、六本足の幼虫が映っていた。その隣には、コガネムシよりやや細い、茶色い胴体をした幼虫の画像があった。

「これは、コメツキムシの幼虫って書いてあるな。どっちも害虫だ」

「大沼に越して来たばかりの時は、こんな虫ばかりでした。でも、近頃あまり見かけなくなりました」

以前にも春菜は、似たようなことを言っていた。

「その代わりに増えたのが、ヤスデとかミミズです。そうそう、ダンゴ虫みたいなのもいますね」

「春菜さんたちが越してくる前は、うちの圃場では農薬や化学肥料が使われていたんだろう」

「そうです」

「つまり、みんなと同じ慣行農業をやっていたわけだ。どれどれ――」

和也がマウスをクリックした。

「工業製品である外部資材の大量投入を技術の基本とする近代農業においては、圃場の生態系形成と内部循環高度化への配慮が欠落しており、それが圃場生態系の貧弱化を加速させてきた……か。わっかんねえな。春菜さん、わかるか?」

「あたしにも、ちょっとこれはチンプンカンプンで……」

「じゃあ、ばあちゃんは――」

後ろを見やると、益子はいつの間にやら畳の上に大の字に寝転び、安らかな寝息を立てていた。

「まあ、無理だろうな。わかってはいたけどさ」

「ここには生態系の貧弱化を加速させた、と書いてありますけど、どういうことでしょうか」

春菜がＰＣ画面をにらみながら尋ねた。

「う〜ん、難しく書いてあるからよくわかんねえけど、前後の文章をもっと真剣に読めば、理解できるかも」

和也と春菜は、テキストを声に出して復唱した。何度かそうしているうちに、パッと頭の中でひらめくものがあった。

「外部資材の大量投入ってのは、農薬や化学肥料のやり過ぎってことじゃないのか。変に難しく書きやがって。これだから俺、学者って嫌いなんだ」

和也が鼻を鳴らした。

「つまり、農薬や化学肥料のやり過ぎで、生態系が破壊されたってことですか。じゃあ逆に、うちの圃場みたいに、無農薬、無化学肥料ではどうなんでしょう」

「それは、生態系が維持されるってことじゃねえの」

「生態系って虫のことも含まれてますよね」

「ああ、虫だって人間だって生態系の一部だろ」

「あたし、この三年間、虫の種類がどんどん変わるの、見てきました。ここに来たばかりの時は、さっき見たコガネムシやコメツキムシの幼虫みたいなのが沢山いて、でもいつの間にか数が少なくなって――」

「ヤスデやダンゴ虫に換わったんだろう」

「いえ、その前に、クモやムカデが湧いた時期がありました。ムカデはヤスデに似てますけど、よく見るとまるで違います。ムカデは怖そうですが、ヤスデはもっと平和的な雰囲気です」

和也は頭をフル回転させ、この推移が何を意味するのか、考えてみた。

「コガネムシやコメツキムシの幼虫は、野菜の根っ子を食ったりするから害虫だよな。そんなやつらが一杯湧いたってのは、春菜さんたちが殺虫剤、つまり農薬の使用を止めたからじゃないのか」

「そ、そうです。一時期、爆発的に増えてましたから。農薬投与を止めたせいで、害虫天国になっちゃったんです」

「害虫天国は、クモやムカデにとっても天国だよな。やつらは害虫を食らうんだから」

「だから、クモやムカデが増えたんですね」

「そう。肉食の奴らがコガネムシたちを食いつくした。食料が無くなったら、ムカデやクモは餌を求めて別のところに移動する」

「ああ、そういうことですね。だから皆いなくなったんだ」

春菜がポンと手を叩いた。

「で、おっかない連中がいなくなったところに、今度はヤスデやミミズみたいな、普通の虫が集まって来た」

「普通の虫って、どういうことですか？　草の根とかは食べないんですか」

「ああ。害虫じゃないからね。俺、農業高校の授業思い出したけど、確かミミズは分解者って習ったな」

「分解者って？」

「俺もきっちり説明はできない」

和也はクリックを繰り返した。

「面白いことが書いてあるな。『人間は植物なしには生きられないけど、植物は人間なしでも生きられる』そうだ。なぜなら植物は、自分で無機物から有機物を合成できるから」

「『動物、植物を問わず、生物が生命を維持するためには、有機物が不可欠である』ってここにありますね。つまり植物は、自分の食べ物を、自分で作り出すことができるってことですか。それを合成って呼んでるんですね」

「みたいだな。光合成って言うし。で、肝心の分解者だけど、分解ってのは、合成の逆さまだよな」

「ミミズは植物とは、逆さまのことをやってるんですか？」

和也は、探しあてたテキストを注意深く目で追った。

「あった、あった。『植物や動物が死ぬと、体を構成していた有機物は、速やかに無機物に分解される。つまり朽ち果てる。その役割を担っているのが分解者である』ミミズは植物とは逆さまなことをやっている」

「つまり、ミミズが食物の栄養の素を作ってるってことじゃないですか？」

「う～んと、ああ、ここに書いてある。『植物の栄養である二酸化炭素や無機塩は、分解者が生み出す』春菜さんの言う通りだよ。植物は太陽の光や空気中の二酸化炭素からも有機物を合成、つまり光合成――できるけど、それ以外にも分解者が出す栄養を食って、いや、合成して生きているんだ」

「あたし、亡くなった夫がやっていたことが、今頃になってようやく分かりました。夫が畑に落ち葉や藁を撒いていたのは、ミミズやヤスデみたいな分解者を呼び寄せるためだったんですね」

「これが自然の中なら、植物が枯れたり、動物が死んだりすれば、土中の分解者が死骸を有機物から無機物に分解してくれる。その無機物を栄養として、植物が育つ。その植物を動物が食らう。そして寿命が来てくたばると、また同じことが繰り返される」

「こういうのが生態系っていうんですね。あたしたちはすべて、繋がっていたんだ……」

「じゃあ、農薬漬けの土地はどうなってるんだろうな」

和也は「慣行農業　土壌」と打ち込んで検索にかけた。

「あったぞ。やっぱり、土壌動物の種類も個体数も少ないって書いてある。皆無の畑もあるみたいだ」

「殺虫剤を使うんだから、当たり前ですよね。だけど、分解者がいなかったら、植物はどうやって栄養を取るんだろう……あっ、化学肥料ですね」

「そう。本来なら分解者が作り出す無機物を、化学肥料で代用してるんだ。そりゃ、ちゃんと栄養を与えてるんだから、作物は育つけど、何だかいびつだよな」

「地球が本来持っているシステムを破壊して、人間に都合のいいように作り変えてるってことですよね。あたし、やっぱりこういうのには反対です」

「おれたち、もしかして有機農法の謎を解明した？」

いつも頭の中でモヤモヤと霧のように漂っていたものが、やっと形を成してきたと感じた。

「全部じゃないですけど、基本は理解できたと思います」

「これってすごくね？　偏差値四十台だって、やりゃできるんだ」

「情熱があれば、偏差値なんか関係ないです」

「慣行農法はね、人間が野菜を支配する農法なんだ。人間が主役のね。有機農法は野菜が生育するのを人間が手助けしてやる農法。だから主役はあくまで野菜なのさ」

背後から声がしたので振り返ると、目を見開いた益子が立っていた。スイッチが入ったのだ。

「どっちがいいのかは人それぞれだけど、あたしは人間の傲慢さは好きじゃないね」

十

和也たちが栽培に選んだのは、きゅうりだった。

きゅうりは、今播種すれば八月には収穫が可能だ。もし失敗したら、またすぐに作り直せばいい。夏植え、秋採りができるのもきゅうりのメリットである。

「最初だから、あまり多くの野菜にチャレンジするより、ひとつの種類をじっくり育ててみたいんです」

春菜の意見に和也はうなずいた。

「そうだよな。そのほうがいいよ。浮気はよくない。おれたち、きゅうりの専門家になろうぜ」

大沼初の有機農家で、健康的なうまいきゅうりを作り、地元、いや、日本全国に広めていく。大きな夢に、和也の胸は高鳴った。

「だけど、販路はどうすればいいんでしょうか」

春菜の質問に現実に引き戻された。

「有機野菜って、農協じゃ受け入れてくれませんよね」

農協に引き取ってもらえば安定した販路は確保できるが、審査は厳しい。

和也がネットで検索すると、有機JASというものがあり、この認定を受けると農協の販路に乗せてもらえることがわかった。とはいえ、有機JASの取得にはかなり細かな規定があり、大変そうだ。それ故、JAS認定を取らず、独自の営業を展開している有機農家も多い。

「JAS規定にこだわる必要はないですよね。そういうのは、もっと後に検討すればいいんじゃないですか」

一緒にPC画面を見ていた春菜が、眉根を寄せた。

「そうだね。販路は個人で探すことだってできるし」

「野菜のネット通販とかありますしね」

しかし、まったく知名度のない有機農家が通販など初めても、果たして買い手がつくものだろうか。

「まず第一に、うまい野菜を作ること。二番目は、それをきちんとお披露目できる場所を確保するってことだな」

「というと」

和也が以前勤めていた直売所に野菜を卸すのが、もっとも効果的な宣伝方法だ。いろいろ考えたが、まるで知名度のない有機農家が世間に認めてもらうためには、それ以外の適当な方策が見あたらなかった。

とはいえ、直売所と取り引きするためには、出荷者協議会の合意を取らなければならない。協議会を牛耳っているのは、松岡だ。一触即発の状態だったあの日以来、和也は松岡に会っていない。

――おまけに俺は、直売所をクビになったんだった。これじゃ、八方ふさがりだよな……。

「でも、まだ先のことですし。じっくり考えてから行動を起こせばいいと思います」

和也の心中を察した春菜が、提案した。

――そうかもしれない。まだ苗づくりさえしていないんだ。

和也は、大きくかぶりを振った。

「いや。やっぱ、早めにやっておいたほうがいい。きゅうりは種播きから二ヶ月で実が成る。その時に揉めてたら、出荷時期を逸してしまう。野菜は生ものなんだ。保存がきかない。今から交渉しておかないとダメだ」

「じゃあ、あたしが交渉します」

春菜がきっぱりと言った。

「農園の代表は春菜さんなんだから、それが筋だけど、松岡が何と言うかだな」

さっそく春菜が松岡の元に走ったが、危惧していた通り、芳しい回答は得られなかった。

「有機野菜を取り扱うのは初めてだし、前例はないって」

春菜がため息をついた。

「役人みたいなこと言いやがって。前例がなきゃ作りゃいいじゃないか。今時、有機野菜がないなんて、大沼ぐらいなモンだろうに」

とはいえ、ネットで調べると、有機農家の割合は農家全体の僅か〇・六パーセントという統計が出ていた。

「何を言ってもニヤニヤ笑っているばかりで、まともに取り合ってはくれないように感じました」

春菜が以前作ったサニーレタスには、網の目のような虫食い跡があった。しかし、今はあの時と比べ土の状態がいい。害虫の数も減っている。

「ちゃんとしたきゅうりを作ればいいんだ。そうすれば、あいつらも文句を言えないはずだ」

「あたし、明日もう一度松岡さんのところへ行って来ます」

春菜が小さな唇をかみしめた。

「今日はぜんぜん反論ができなくて、ちょっとくやしかったです。明日ははっきり言いたいことを言います。松岡さんにもっと真剣に検討してもらえるよう努力します」

「俺も一緒に行こうか?」

正直、松岡の顔など見たくなかったが、春菜一人に重責を担わせるのは酷のような気がした。

「いえ、その必要はありません。小原さんが出ていくと、余計にこじれると思いますから」

それはわかってる。だが……。

「松岡は俺がここで働いてること、知ってるのかな」

「まだ知らない様子でした。でも小さな共同体ですから、いずれ耳に入るでしょうね」

　翌日の朝、春菜は再び松岡の家に向かった。和也はその間に、農協やホームセンターを巡り、栽培に必要な機材を取りそろえた。

　まず初めに、育苗用のポッド。有機肥料には少々値が張るが、栄養価の高いものを選んだ。虫よけネットも購入した。しかし、これだけでは防虫対策は不十分。甲虫類などはネットの隙間から進入してくる。

　ホームセンターの棚を物色していると、木酢液（もくさく）というラベルが目に留まった。病害虫の防除用と書いてある。

　――知ってるぞ、これ。

　虫よけに使うが、農薬ではない。炭を作る際に出る水蒸気を冷やして、液体にしたものだ。

　――これなら、ＯＫだろう。

　迷わず購入した。

　結構な出費になったが、春菜は、初めて本格的に始める有機栽培で失敗したくないから、多少の支出は覚悟すると言っていた。

　圃場に帰り、温室の中で苗の準備をしている時、春菜が戻ってきた。時計を見ると、午後の一時を回っている。ずっと松岡の家にいたのだという。

「疲れました」

　へなへなと倒れ込むように尻餅（しりもち）をつき、額の汗を水色の手ぬぐいで拭った。出かけて行ったのが八時頃だったので、五時間近く松岡の家にいたことになる。

どうなったかと訊くと、春菜は目をつむって首を左右に振った。

「松岡さんの畑を案内されました。雑草一つ生えていない、工場みたいな畑でした。有機なんてやめて、俺の畑で働けってしつこく言われて」

「何言ってんだ、あの野郎」

和也が目の玉をひん剝いた。

「ヒドイことされなかったか」

「いいえ、それは大丈夫です。でも小原さんと一緒に働いていることを話したら、もの凄く機嫌が悪くなって、終いには、春菜ちゃんはあいつに騙されてるって、怒りだして。直売所の話どころではなくなってしまいました」

——結局、俺が行って話をつけるしかないのか。

「この間の決着をつけたいんだろうよ。だったら、つけてやるよ。勝ったほうの言い分を飲めばいい。俺が勝ったら、直売所にきゅうりを卸す。やつが勝ったら、別の販路を探す」

「だめです。暴力はよくないです」

春菜に睨まれ、冗談だよ、と和也は小さくかぶりを振った。

「今度は俺が一緒に行くよ。俺が春菜さんを騙して有機をやらせてるわけじゃないことは、きっちりと説明したい」

その上で松岡に、以前直売所で起きたことを謝るつもりだった。不本意だが、有機農業を軌道に乗せるためだ。松岡と諍いを起こせば、大沼では商売ができなくなる。

翌日早速、和也は春菜を伴って松岡の家へ向かった。県道沿いに、ひときわ目立つ地元でも有数な豪邸が見えてきた時、和也はごくりと喉を鳴らした。

切妻屋根のついた屋敷門から、表に出ようとしていた松岡と偶然鉢合わせした。松岡は、和也の顔を見るなり眉間に縦じわを寄せた。

「何しに来たんだ」

「お願いと、それから……お詫びに来ました」

和也がぶっきらぼうに答えた。覚悟を決めてはいたが、松岡の赤ら顔を前にすると、自然に眉が吊り上がった。

「お詫びだあ？　そもそもそれが、詫びを入れる奴の目かよ」

春菜が心配そうに和也を見上げた。

「すみませんでした」

和也はペコリと頭を下げた。

「この間は、直売所で大変失礼なことを言ってしまいました」

門前の敷石に向かってしゃべった。

「あの後、クビになりました。で、今は木村さんの農場で働いています」

「誠意が感じられねえな」

和也が顔を上げた。

「ほら、その目つき。おまえのその目。それは、人を殴りたがってる目だ」

目つきが悪いのは、生まれつきだ。

「クビになって責任取ったつもりでいるのか？　すぐに新しい仕事見つけたじゃないか。仕事っていうより、土地持ちの素人に寄生して、上前をハネようとしてるんだろう。それとも、ヒモか？　何も知らない女の子たらし込んで、恥ずかしくないのか」

　頭の中でグルグルと渦が巻きはじめた。キーンとつんざくような耳鳴りも聞こえた。

「……いったい、どうすればいいんですか」

「聞いてなかったのかよ。俺は誠意が感じられないって言ったんだぜ」

　松岡が鼻で笑った。

「わかりました」

　和也が膝を折ろうとした時、「待ってください」と春菜が声を上げた。

「小原さんに一緒に働いて欲しいとお願いしたのは、わたしです。わたしは、何も知らない女の子なんかじゃありません。以前作ったレタスは虫食いだらけでしたけど、もうあんなものは作らないし、ちゃんと売り物になる野菜を卸せる自信はあります。それから、以前直売所で起きた事の責任は、すべてあたしにあります。謝らなくちゃいけないのは、小原さんじゃなくて、このわたしです」

「いや、春菜ちゃんはいいんだよ」

　松岡が眉尻を下げた。

「よくありません。あの時のことが、まだシコリとして残ってるなら、あたし、謝ります」

　道を通りかかった一人の男が、どうしたんだと尋ねるような視線を松岡に向けた。

「例の有機農家だよ。いや、まだとてもそうは呼べないけどな」

　男はジロリと春菜を見やり、次いで和也に視線を移した。和也には男の顔に見覚えがあった。

「ゆ、有機栽培？　作物は？」

　しわがれた低い声だった。

「ないよ。これから作るんだそうだ。で、直売所で売りたいんだとよ」

「な、なら、作ったものを見てからだな」

松岡はしばらく和也をにらみつけていたが、やがて馬のように大きく鼻を鳴らした。

「出直して来い」

和也はうなずくと、春菜の手を取り、踵を返した。松岡の気が変わらないうちに、撤収したかった。

「あの男の人、いったい誰ですかね」

春菜が後ろに首をひねって尋ねた。

和也がまだ小学生の頃、森の中で上級生の集団に絡まれたことがあった。生意気だと腹を蹴られたので、相手を押し倒し、馬乗りになって拳を振り上げた。身体は子どものころから大きかったので、上級生にも力負けしなかった。

しかし、如何せん敵は複数。背中を向けた途端、後ろから殴る蹴るの集中砲火を浴びた。頭を抱え、うずくまっていたところ、突然攻撃が止んだ。振り返ると敵が、浮き上がった足をバタバタさせていた。

「ひ、卑怯だぞ。一対一でやれ」

タッパはさほどないが、がっちりした男が、一升瓶のような腕で子どもたちを抱え上げていた。男が下ろすと、上級生たちは万歳しながら逃げて行った。

やられっぱなしのところを見られた恥ずかしさから、和也もその場から駆け出した。十歩ほど走って振り向くと、男の姿はもうなかった。

それからしばらく経って、当時はまだ農家だった父が、畑で男と立ち話をしているところに出くわした。

「いや、あいつは大したモンだよ。本物のプロ農家だね」

男が去ると、父が感心したようにつぶやいた。和也は、男の名前を父に尋ねた。いかつい名前だった記憶がある。確か、岩……いや、巌だ。

高橋巌。

さっき松岡と会話を交わしていたのは、高橋巌だった。

「でも助かりましたね。一応審査はしてくれるってことでしょう」

春菜の言葉で、和也ははっと我に返った。

「ああ、そうだね。あとはいい野菜を作るだけだ。心配ない。最高の機材を揃えたし、俺たちはすでに有機農法の謎を解明したんだから」

気が付くと、ずっと春菜の手を握りしめたままだった。

十一

「なぜそんな勝手な真似をした」

普段はクールな氷川が声を荒らげた。やっぱりバレてしまったんだわ、と理保子は肩をすくめた。

「てっきり休暇を取ってたと思ってたら、出勤していたなんて。なんで黙ってたんだ」

「すみません」

小さく頭を下げた。とはいえ、氷川に相談していたら、反対されるのは目に見えていた。

「どうして大矢なんかに説明をした。事業報告会で発表したんだから、それで十分だっただろう」

「業務管理部はグループ会社の受け皿部署ですから、一応説明しておこうと思いまして」

「それで、業務管理部はなんて言っていた？」

「それはもう、お耳に届いてるんじゃないですか」

　理保子がしれっとした顔で答えると、氷川の眉がさらに吊り上がった。

「きみの口から直接聞きたいんだ」

　オープンスペースにいたプロパー社員たちが、仕事をする振りをしながら聞き耳を立てているのが分かった。

「濃縮ジュースの担当社員から、設定が甘すぎて、現実性に欠ける、こんなヌルいＦＳでは銀行の審査に通らないと言われました」

「言われっぱなしで黙っていたのか」

「ええ」

　キャッシュフローを見直してみたが、確かに堀越の計算のほうがより現実的のような気がしたと理保子は説明した。

「それに相手は元財務官僚です」

　氷川が大きなため息をついた。不備があるキャッシュフローをろくにチェックもせず、発表させた責任は氷川にある。近づきつつあった本社復帰も、遠のいたことだろう。

「どうやらきみのこと、買い被っていたようだな」

　捨て台詞を残し、氷川は去って行った。しばらくすると駐車場から、乱暴にエンジンを噴かす音が聞こえてきた。

　張りつめていた空気が一気に弛緩（しかん）した事務所の中で、理保子はＰＣに向き直り、書きかけの書類をチェックした。

　ふと顔を上げると、目の前に誰かが立っている。生産課長の高橋巌だ。じゃがいもの新芽のような小さな瞳が、小さく揺らいでいる。何か報告することがあるらしいが、梅雨時（つゆどき）だというのにガサガサに荒れた唇は、真一文字に結ばれたまま、開く気配がない。

　理保子が怪訝（けげん）な顔すると、「あっ……」と言葉が漏れかけたが、運悪く上空を通過したヘリコプターのバラバラというプロペラ音にかき消されてしまった。

「何？」

　今度は「うっ、うっ」と唸（うな）りながら、脂汗（あぶらあせ）を掻きはじめる。

――「あ」だとか「う」だとか、一体何なのよ！　幼稚園の年長組だってもう少しマシにしゃべるわよ。せっかく鍛えたのに、また元に戻っちゃったわけ？　表でそんな顔して唸ってたら、変質者に間違われるわよ。

　口に出してはっきりこう言ってやろうかと思った時、電話が鳴った。受話器を耳に当てようとするや、ようやく高橋が言葉を発した。

「うっ、うまく行かない時は、誰にだってあります」

　頭にカ～ッと血が上った。どうやら慰めてくれているらしい。そんな心配など、無用だ。

「ぶちょー、今日のランチの約束覚えてるよねー」

　受話器から聞こえてくる妙にテンションの高い声に、ゾクゾクと背筋に悪寒（おかん）が走った。気が付くとまだ、高橋が目の前に立っている。

手の甲を上下に振って、もうあっちへ行けと合図した。小さく顎を引いて、高橋はくるりと背を向け、去っていった。

「十二時半。忘れちゃイヤだよー。来なかったら、お仕置きだよー」

いつの間にやら、玄武岩のような顔のあの男が、こんな口を利いている。

──ホント。いつからこうなったのよ。これってマジ、ヤバくない？

「わかりました松岡さん。約束の時間に伺います」

受話器を置いて、ため息をついた。

何度か食事に誘われたことがあった。その都度、やんわりと断ってきたが、松岡はへこむことなくアプローチを続けた。普通の男ならとっくにあきらめているところを、鈍感なのかバカなのか、はたまた自分に気がある理保子が、恥ずかしさからわざとじらしていると勘違いしたのか、松岡の勢力は衰えないどころか、ますます激しさを増していったのだった。

断る言い訳が尽きてきた頃、初めて誘いをＯＫした。アグリコ・ジャパンに圃場を提供している協力農家としての松岡と、今後の事業展開について話し合うための会食という但し書きをつけて。

表に出ると、ねっとりとした空気が肌にまとわりついた。甲信越地方が梅雨入りして久しい。

クロスポロに乗り、エンジンをかけた。シートの硬いドイツ車は、日本車に比べ落ち着く。車を走らせること、三分。目的のレストラン に到着した。「薺（なずな）」という、東京から来た夫婦が始めた自然食料理の専門店だ。

民家を改造した店内に入ると、松岡がすでに奥座敷のテーブルに陣取り、一人ビールを飲んでいた。グラスを握る指には、真っ黒い泥の詰まった爪が伸びている。

理保子の姿を認めるなり、赤ら顔がニッとほころび、「こっち、こっち」と筋張った掌を振った。理保子は土間で靴を脱ぎ、座敷に上がった。

テーブルは掘りごたつの四人席で、松岡はしきりに自分の隣に座るよう勧めた。理保子は笑顔でかぶりを振り、松岡の正面に腰を下ろした。

「どうしてよお。それじゃ窓を背にしちゃうじゃん。ここから見えるアジサイは綺麗だよー」

大きな掃き出し窓から見える中庭には、薄紫や空色のアジサイの花が咲き乱れていた。確かに綺麗だが、席を交換して下座に座るという考えは松岡にはないらしい。

「さあさあ、とりあえず一杯。お姉さ～ん。グラス持ってきて」

「いえ。運転しますので、アルコールはちょっと」

「固いこと言わないでさ。まあいいじゃない。酔っぱらったら、送っていくから」

すでに目つきが怪しい松岡の運転のほうが、よっぽど危険ではないか。固辞すると、松岡は「面白くないなー」と子どものように口を尖(とが)らせた。理保子は無視して、店内をぐるりと見渡した。

「素敵なお店ですね」

昔ながらの民家が、伝統を残しつつ、現代風に改装されている。

周りには女性のグループや若いカップル客が多い。皆おしゃれで、店の雰囲気によくマッチしていた。

「そりゃ、部長との初デートだからさ。頑張っていいレストラン探したんだよ」

松岡がニヤけた顔でビールを呷(あお)った。

「この間の、神輿。よかったねえ。惚(ほ)れ直したよ」

酒の勢いもあるのだろうが、発言が次第に大胆になってきた。本気でこれがデートだと思っているらしい。やはりきっぱり断ればよかったと、理保子は後悔した。

やがて料理が運ばれてきた。店長お勧めという野菜グリル、バルサミコソースかけに、天然マグロの胡麻醤油和えという二品。

以前代々木で見た、マクロビオティックの親戚のようなヘルシー料理である。

「俺もいい年だからさあ。おふくろもあれこれ、うるさくて……」

いつの間にやら、松岡が身の上話をしていた。ふんふんと適当に相槌を打ちながら、野菜グリルに箸をつけた。じゃがいも、人参、玉ねぎ、エリンギ、ブロッコリー……。店の謳(うた)い文句によると、すべてオーガニックなのだという。

「う～ん」

一口食べた理保子は、思わず唸ってしまった。

——味なんて、普通の野菜とほとんど変わらないじゃない。それとも、あたしが鈍感なの？

いや、そんなことはない。曲がりなりにも大学を卒業して八年間、フード業界に身を置いてきた。味覚音痴ではやっていけない。

「……ってことでさ。俺もそろそろ真剣に、将来のことを考えようと思ってるわけよ」

松岡の熱い視線が額(ひたい)に注(そそ)がれているのを感じ、理保子は料理皿から顔を上げた。

「アグリコに圃場を貸してる理由、なんでだかわかってるだろう」

理保子の手に、松岡の掌が被さった。古びたゴムのような感触だった。

「わかってるだろう」

下瞼(したまぶた)が盛り上った目つきで、もう一度繰り返した。指を絡ませてくる。

「……圃場を貸していただき、感謝してます。松岡さん無しでは、アグリコ・ジャパンのビジネスは成り立ちません」

ゆっくりと腕を引いた。いったん解けた手が、また強く握られた。目を向けると、ニヤけた顔で見返してくる。どうやら理保子も、この遊戯を楽しんでいると思っているらしい。

「ダメですよ、松岡さん。人が見てます」

再び腕を引く。フーと鼻から長い息を吐き、松岡は手を離した。

「恥ずかしがることはないんだよ。人なんかどうでもいいじゃないか」

なんと今度は、掘りこたつの下から太ももを触ってくる。足の付け根に向かって、手がゆっくりと這い上がってきた時、今まで必死に繋ぎ止めていた理性がプツリと切れた。

「何すんだっ！　このドスケベオヤジ！」

理保子は勢いよく立ち上がり、松岡をにらみ付けた。レストランにいた全員が、何事が起きたのかと、拳を握りしめ、仁王立ちしている理保子を振り向いた。

松岡は腰を抜かしたようにのけ反り、左右に素早く瞳を動かした。

「おっ……おい、よせ。みんなが見てるぞ」

「人なんか、どうでもいいって言ったのは、アンタだろうがあ！　アンタがしてんのは、痴漢行為なんだよ。わかってんのかあ！」

一度キレたらもはや止まらない。大沼に都落ちしてから七ヶ月。我慢に我慢を重ねてきたが、もはや限界だった。

「もうあたしに付きまとわないで。電話もかけてこないで。また同じことしたら、警察呼ぶから」

捨て台詞としては完璧だろうが、ビジネスパートナーに言う言葉ではなかった。松岡とコミュニケーションが取れなければ、仕事にならない。

しかし、この時の理保子にそんなことを考えている余裕などなかった。

バッグを手に取ると、土間に降り、大股（おおまた）で店を出て行った。飛び出しそうな目をした松岡の顔が、掃き出し窓のガラスに映っていた。

十二

「なかなか、いいんじゃないか」

和也は芽が吹き始めたきゅうりの苗を見て、うなずいた。

「もうそろそろ定植できるでしょうか。それともまだ早いですかね」

春菜が小さなプランターを持ち上げ、愛おしそうに目を細めた。

「お義母さんのスイッチが、入ってくれればいいんですけど」

益子はついこの間「慣行農法は人間が野菜を支配する農法。有機農法は野菜が生育するのを人間が手助けしてやる農法」と言ったのを最後にまた口をつぐみ、多くを語らなくなった。

「元肥には最高級の鶏糞（けいふん）を使ったんだ。大丈夫だよ。ばあちゃんのスイッチが入るに越したことはないけど、今はインターネットでなんでも検索できるから。俺たちが有機の仕組みを解明したのも、インターネットの情報のおかげだろう」

「そうですね。鶏糞は東北にいた当時から使ってましたから、きっとうまくいきますよね」

雑草を取り払い、しっかりと耕した畑に苗を定植した。すぐさま、防虫効果のあるフィルムを被せ、害虫の被害を防いだ。

きゅうりは非常に生育が早く、たちまちフィルムを突き破りそうになるほど、大きくなった。とはいえ除去してしまったら、害虫駆除ができない。

「こういう時のために、これがあったんだった」

木酢液を買ったことを思い出した。

木酢液を霧吹きで散布したおかげで、きゅうりは虫被害を免(まぬか)れた。

「木酢、すげーな」

葉っぱを裏返しながら、和也がつぶやいた。

「これなら農薬と同じで、バンバン撒けるぞ」

「でも……あまりたくさんは、使用しないほうがいいんじゃないですか」

春菜が不安気な視線を向けた。きっと農薬という言葉に、過敏に反応したのだろう。

「農薬と同じなわけ、ねえよな。言い方がマズかった。木酢は天然素材だから問題ないよ。いずれにせよ。虫は駆除しなきゃならないんだ。きゅうりはデカく育ちすぎて、もうフィルムは張れないし、木酢に頼るしかない」

春菜はしばらく考えていたが、やがてコクリと頷いた。

にょきにょきと伸びたきゅうりのために、支柱を立てた。支柱につるを結び付けると、いっぱしのきゅうり畑が出来上がった。

「俺たち、もうプロ農家じゃん」

和也が額の汗を拭いながら、春菜に言った。

「そうですね。すごく畑っぽくなりました。東北の畑を思い出します」

春菜がうなずいた。

「そろそろ、追肥をしたほうがいいんじゃないか」

あっ、と春菜が声を上げた。役場に書類を取りに行くのを忘れていたという。

「すみません。ちょっと行ってきます」

春菜がいなくなると、どこかから益子がひょっこりと姿を現し、追肥をしている和也の背後に立った。

「ふ〜ん」

益子の声に、和也が振り向いた。

「新太郎兄さんは、ずっと兵隊さんだったたんだよね。南方にいたんだよね」

へっ？

——ああ、そうだった。おれは、ばあちゃんの兄ちゃんだったな。

益子が和也のことを新太郎兄さんと呼ぶのは、久しぶりだった。

「兵糧が足りなかったんでしょう。サイパンで畑とかやってなかったの？」

「畑は……う〜ん、あまり覚えてないけど、ちょっとはやってたような気がするよ」

でたらめに答えた。益子は「そう」と答えたまま、口をつぐんでしまった。

「まあ、兄さんには兄さんのやり方があるだろうし」

作業に戻ろうとした和也の背中に、益子がつぶやいた。

「だけど、兄さん。やっぱ、兵隊さんだわ。農家じゃないね」

「どういうことだよ」

問い質す和也に答えることなく、益子は行ってしまった。

十三

氷川が電話口で何度も頭を下げているのを、理保子は遠くからぼんやりと眺めていた。こんなに低姿勢の氷川を初めて見る。

電話を切るなり、深いため息をつき、親指と中指でこめかみを揉み始めた。しばらくその姿勢でじっとしていたが、やがて意を決したように立ち上がり、サマージャケットを羽織った。

事務所から出る時、チラリと理保子に視線を向けたので、思わずうつむいた。目を上げた時にはもう、氷川の姿はなかった。駐車場から聞こえるエンジン音が、次第に遠ざかっていった。

日が完全に沈むころ、氷川は戻ってきた。理保子を除き、従業員は既に帰宅した後だった。ガランとした事務所で理保子の姿を見かけるや、氷川はフンと鼻を鳴らした。

「遅くまでご苦労さんだな。そんなに忙しいのか」

理保子は席から立ち上がって目礼した。

「ご迷惑をおかけしました」

「だったら何で、あんなことをしたんだ……」

こうつぶやくと、氷川は椅子(いす)にどかりと腰を下ろし、受話器を持ち上げた。

「……いや」

氷川は叩きつけるように、受話器を元に戻した。

「松岡さんと話したよ。大変な剣幕だったが、まさか理由もなく、いきなりきみが非礼な態度を取ったとは思っていない。何かあったんだろう。松岡さんは、ハッキリとは言わなかったけど、あの人の性格からして、その……きみの尊厳を侵すような出来事があったんじゃないのか」

「はい」

理保子は自然食レストランで起きたことを、氷川に話した。

「まあ、そんなことだとは、思っていたよ」

理保子が話し終えると、氷川が肩をすくめた。

「松岡さんは、なんて言ってました」

「上司の監督責任がどうとか、もう農地を貸さないとか、カンカンに怒りまくってたな」

「もう農地を貸さないと、言ってきたんですか……」

覚悟はしてはいたが、やはりそう出たかと、理保子は身を竦めた。

「まあ、なんとか思い留まらせたものの、今後の我々の態度如何では、契約を打ち切ることも考えると言っていた」

「確か農地の賃貸借契約期限は今年の末でしたよね」

「そうだ。今年中は何とかなりそうだが、来年は本気でヤバいかもしれない。とはいえ、まあ、それも仕方ないがね。部下のきみが酷い仕打ちを受けたことに対しては、上司として極めて遺憾だと思っているよ。セクハラは犯罪だからね。あの人を、警察に突き出してやりたいくらいだ」

「いえ。そこまでする必要はありませんから」

身なりに人一倍気を遣う氷川は、ナルシストでフェミニストでもある。当然こういったケースでは、一応女性の側に立つのだろう。しかし、それがあくまでポーズにすぎないことは、理保子にもよく分かっていた。

松岡無き後の、アグリコ・ジャパンの事業形態を今から考えておく必要があると、理保子は思った。

「まあ、きみも災難だったろうから、ゆっくり休みたまえ。松岡さんのことは、ぼくに任せておけばいいから」

「いえ、これ以上社長にご迷惑をおかけすることはできません。わたしも、会社の今後について自分なりに考えてみます」

氷川がチッと小さく舌打ちするのを、理保子は見逃さなかった。だが、気づかない振りをして、先を続けた。

「松岡さんから、セクハラに相当する行為を受けたのは事実ですが、わたしは一人の女性である前に、アグリコ・ジャパンの営業・生産部長です。後先のことを考えず、感情的になってしまったことについては反省しています。わたし、松岡さんに謝りに行ってきます」

「おいおい、これ以上話をこじらせないでくれよ」

氷川の表情が変わった。

「きみは大人しくしていればいいんだ。後はぼくに任せなさい」

これが氷川の本音だと思った。しかし残念ながら、理保子は従うつもりはなかった。

翌日、氷川がy市の信越支社に出かけたのを確認すると、理保子は松岡の自宅に連絡を入れた。何度かけても留守だったので、今度は携帯の番号にかけたが、こちらも繋がらなかった。

——着信拒否されてるのかもしれない。

出かけて来る、とスタッフに言い残し、事務所を出た。クロスポロに乗り、松岡の自宅に急いだ。

農道から県道に出てしばらく行くと、木造瓦葺二階建の、大きな純和風建物が見えてきた。クロスポロを路肩に停め、城のような松岡邸を見上げた。松岡は大沼一の資産家である。こんな家に生まれたお坊ちゃんだから、あれだけ傲慢に育ったのだろう。

切妻の屋根がある厳重な門扉の呼び鈴を鳴らした。しばらく待っていると、インターホン越しに女性の声が聞こえてきた。どうやらお手伝いさんらしい。

松岡は畑に出ているという。

礼を言って、松岡の所有している農地に向かった。広大でおまけに飛び地だったので捜すのに苦労したが、理保子は根気よく圃場を回った。

途中で何度か、松岡の携帯に連絡を入れた。その都度、留守番電話のアナウンスが流れた。畑に出ていた農家の人間に、片っ端から松岡を見なかったか尋ねたが、皆首を横に振るばかりだった。

出直そうかと迷っていた時、松岡が乗っているカスタム仕様の軽トラが、路肩に停まっているのを発見した。

クロスポロを軽トラの後ろに駐車し、辺りを見渡すと、トウモロコシ畑の向こうに松岡がいた。大きく育ったトウモロコシは、大人の背丈ほどあったが、松岡も百八十を超える長身である。

「松岡さん！」

理保子が声を掛けるや、電流が走ったように松岡の肩が震えるのが、遠くからでも見て取れた。松岡は振り向くことすらせず、理保子に背を向け、ずんずんと歩き始めた。

「待ってください、松岡さん」

声を上げても無駄だった。松岡は畝を跨いで、たちまち理保子の視界から消えた。まるで見えなくなってしまったのは、恐らく身を屈めて歩いているからだ。

レストランで理保子が放った言葉のせいで、プライドがずたずたにされたのは想像に難くないが、だからといって逃げ回るというのはどうなのか。案外女々しい男なのかもしれない。

「松岡さん。話があります」

返事はなかった。カサカサと、トウモロコシの葉が擦れる音が遠ざかっていく。さらに遠くへ逃げるつもりらしい。理保子は肩をすくめて、来た道を戻った。

事務所に戻って暫くすると、高橋巌が理保子のデスクにやって来た。

「あっ、うっ……あ、あの」

高橋は言葉にならない言葉を発し始めた。

——またかよ。この村の独身中年男は、どいつもこいつも、マトモなのがいねーのかよ。

いい加減ウンザリしてきた理保子がギロリと睨むと、小さな瞳が左右に揺らぎ始めた。しわの寄った額に、脂汗がにじんでいる。

「何よ、あーうー唸ってばかりいないで、言うことがあるなら、口をもっと大きく開けて、はっきりと発音しなさい」

あたしは幼稚園の先生かよ、と理保子は心の中で毒づいた。

「け、研修生が、また辞めたいと言ってます」

「何ですって！」

思わず声が上ずった。

「この間、言ったはずよね。もう少し、手とり足とり親切に教えてあげてはどうかって。やってなかったの？」

「……」

　高橋がうつむいた。

「やってなかったのか、訊いてるのよ！」

　思わず掌で机をバンと叩いた。周りにいた従業員たちが、飛び上がるように理保子を振り返った。

「……やっていた、と……思います」

「と、思います？」

　今の自分の顔は鏡で見たくないな、と思いながらも、表情を和らげることはできなかった。

「と、思いますじゃ分からないでしょう。あたしの言いつけ通りにやったの？　やらなかったの？　あなたは生産責任者なのよ。もっとシャキッとしなさい」

　ヒステリーとつぶやき声が聞こえたので、威嚇（いかく）するように従業員を見渡した。皆首をすくめ、うつむいた。我ながら、嫌な女になってしまったと思った。

「やりました」

　絞り出すような声で、高橋が答えた。

「やったのならなんで、辞めるなんて言ってるの？」

「それは……」

　辞めた本人に訊くのが一番いいことくらい分かっていたが、生産責任者としての高橋の見解をまず確認しておきたかった。

「わかりません」

「いいわ。あたしが話をつけてくる。今どこにいるの？」

「しゅ、宿舎に戻りました」

席を立って、宿舎に向かった。高橋が付いてきたので、冷たく突き放した。この男が一緒にいては、研修生は委縮して、言いたいこともはっきり言えないと思ったからだ。高橋は悲しそうな目をして理保子から離れた。

辞めると言っているのは、小林（こばやし）という三週間前に入社したばかりの若い男子社員だった。年齢は二十五。大学卒業後、契約社員としてさまざまな職場を経験したが、どこでも使い捨てにされたため、農業に活路を見出したいと、面接の時に力説していた。

やる気を買って雇ったのに、まさかこんなに早くギブアップしてしまうとは――。

宿舎のドアをノックすると、ふてくされた顔の小林が戸口に現れた。

話したいといっても、拒否された。もう決めたことだから、明日にでも荷物をまとめて出ていく。もう会社の誰とも話したくない。僅かに開けたドアの隙間からこれだけ言うと、小林は部屋の中に閉じこもった。

やれやれと、理保子はため息をついた。まるでダダをこねる、子どもではないか。

従業員は寄り付かず、商売道具の圃場はいずれ使えなくなる。神様が早く会社を畳むよう仕向けているのだろうか。

――本当にこんなんじゃ、やってられないわよ。アグリコ・ジャパン、いえ、あたし自身がもしかしたら呪われているのかもしれない。

薄い扉越しに、キューンキューンと、シューティングゲームの電子音が聞こえてきた。

久しぶりに、今晩は酒でも飲みたい気分だった。

十四

氷川はもう理保子とは、積極的に言葉を交わそうとはしなかった。

報告をしている時も上の空で、まともに聞いているとは到底思えない。「決裁をお願いします」とやや強い口調で言うと「そんなことは、自分で決めりゃいいだろう」と投げやりに答える。要するに、理保子の持ってくる案件など、どうでもいいということだ。

元々寡黙な高橋はさらに寡黙になり、理保子には挨拶しかしなくなった。話しかけようとしても、スッとどこかへいなくなってしまう。

まあそれも仕方ないかと、理保子は肩をすくめた。大勢の従業員が見ている前で、メンツを潰すようなことを口走ってしまったのだから、きっと恨みに思っているのだろう。

高橋ばかりか、他のプロパー社員の態度も、どことなくよそよそしくなった。ヒステリーと揶揄した誰かは、従業員すべての代弁者だったのかもしれない。

――もう、辞めちゃおうかな。

ふとこんな気持ちが、頭をもたげた。

東京に帰れば、魅力的な職場が、山ほど見つかるはずではないか。理保子はまだ三十。探そうと思えば、いくらでも仕事はある。

いやいや。

理保子はかぶりを振った。

大沼に左遷された時に立てた誓いを思い出した。いつの日か必ず、アグリコ・ジャパンを黒字にしてみせる。晴れて帰任が決定したら、その足で役員室に赴き、社長の鼻づらに辞表を叩きつけてやるのだ。

その日まで弱音を吐くわけにはいかない。辞めるのは今じゃない。今辞めてしまえば、小林と同じだ。負け犬にはなりたくない。


従業員がすべて引き払ったある日の夕方、理保子が書類の整理をしていると、つなぎを着た二名のスタッフが事務所に入ってきた。

桜井(さくらい)と小西(こにし)という、生産部の社員だ。二人ともサラリーマン経験者で、理保子と同世代である。

「ちょっと、話したいことがあるんですが、いいですか」

返事を待たずに、二人は近くから椅子を引き寄せ、理保子のデスクの前にドカリと腰を下ろした。

「小林くんが辞めたのは、本人の責任ですよ」

二人は勤め始めた初日から、小林はもう音を上げていたと説明した。

「正直、三週間持ったのが奇跡なくらいですよ」

「そうそう。生半可な気持ちじゃできませんからね、この仕事は」

桜井と小西がうなずき合った。

理保子が赴任してくる半年前から会社にいる桜井は、以前勤めていた会社でリストラに遭い、奥さんと二人の子供を抱え、大沼に越して来た。アグリコ・ジャパンで農業技術を学びながら、いずれ独立したいという夢を持っている。

桜井のすぐ後に入社した小西は、レストランで仕入れを担当していたが、自ら野菜を作りたくなり、転職を決意した。婚約者には、プロ農家として一人前になるまで、結婚は待ってほしいと伝えてある。

だから二人とも、真剣に農業に取り組んでいるのだ。

「近頃の若い奴はちょっと厳しくすると、すぐにギブアップするから。高橋さんに非はありませんよ」

桜井が言った。

「あの人はしゃべりがあまり得意じゃないから、誤解を受けやすいんです。でも、決して研修生を蔑ろにしているわけではありません。彼なりに、きちんと世話をしてます」

「内に秘めた熱いものを持っている男なんです。でも不器用なんですよ。うまく自己アピールができないから、高橋さんの本当の凄さを知る人は少ないです」

桜井と小西は、熱く高橋のことを語った。

「ずっとくっついていれば、あの人の凄さがわかります」

小西によれば高橋は、昆虫の飛び方、草花の伸び方、風の吹き方など自然の変化を読み取って、数ヶ月先の気象を予報したことがあるのだという。

「台風の襲来数だとか、夏の温度がどれくらいになるとか、ピッタリ当てたんですよ」

そんなことができるのか、と理保子は驚いた。

「それればかりじゃありません。他の農家が育てた野菜を観察して、圃場で過去何が起きたのか、それに対して農家がどういう対応を取ったのか、きっちり言い当てました」

「本当なの？　それ」

「本当です。高橋さんは、プロ中のプロです。この会社で研修ができて、感謝してますよ。あんなすごい師匠がいるんだから」

それほどの能力を秘めている男とは、知らなかった。部下の実力を正確に把握していなければ、上司失格だ。

「いや。師匠だけじゃないよ。システムも素晴らしい。アグリコの研修は本物のプロを養成するためのものだね」

農業を教える機関なら他にもある。たとえば地方自治体が運営する農業大学校。しかし、桜井と小西は、農業大学校よりアグリコ・ジャパンのほうが優れていると胸を張った。

「農業大学のカリキュラムは、週単位では四十時間、土日を休むとして、せいぜい一日平均八時間の実習でしょう。そんなサラリーマンみたいな時間割で農業なんてできませんよ。真剣に農家をやるというのは、土地と共に生きるということです。五時半になったら作業終了というわけにはいかない」

アグリコ・ジャパンでは、研修生がある程度作業を覚えたら、一定規模の農地を任せることにしている。一般の農家と同じ責任を持たせるから、収穫時などは、ほとんど寝ずに働かねばならないこともある。

この厳しさに耐えきれず、小林は会社を辞めてしまったのだろう。

「おまけに農業大学での実習ってのは、小さなビニールハウスで大人数がちまちま作業をするようなセコいものらしいです。あれでは実践力は身に付きませんよ」

「そうそう。それに学校だから、農場経営に直接触れる機会はない。でもここは農業生産法人ですし、間近にそういう環境があります。本格的に農業に参入したいなら、うちみたいなところでこそ研修すべきです」

　これほど二人が会社のことを慕ってくれていたなんて、驚いた。それに引き換え、自分たち経営陣の不甲斐なさが恥ずかしかった。親会社に帰ることしか考えていない氷川はもとより、黒字化を目指している理保子とて、しょせん会社を復讐の道具としてしか見ていなかった。

「うちに就職できて、よかったと思ってる？」

　もちろんです、と二人は口を揃えた。

「市場開放が避けられない農業で、生き残れるのは、本物のプロ農家だけです。厳しいのは当たり前でしょう。なのにブラック企業と勘違いして、低賃金でこき使われるから辞めると言い出す、小林くんみたいな研修生がいる。彼だけじゃなく、辞めた人間は皆、いい加減な気持ちで始めた連中ばかりです。介護に比べれば楽そうだとか、自然の中でのんびりと仕事をしたいだとか。農業と農的生活を混同している」

「彼らが出て行ったのは自明の理ですよ。農業には合わなかったんだ。他の分野で活躍すればいい」

「そうね……」

　高橋をヒステリックに怒鳴ってしまったことを、今更ながら悔やんだ。研修生に甘い顔ばかり見せ、数だけキープしても仕方ない。本当に必要なのは、これからの農家を背負って立つ覚悟のある優秀な人材だけだ。

「ぼく、実はここに来る前に、別の農業法人で研修を受けたことがあるんですよ」

　小西が口を開いた。

「そこの研修は、はっきり言ってお座なりで、あまり役に立ちませんでした。なんといおうか、研修のための研修みたいな感じで。本気でプロ農家を育成しようとしているのか、ちょっと疑問でした。まあ、農業大学に比べればマシかもしれませんけど」

「農家で独立を目指す人に、農地を提供して栽培技術を教えている農業法人はあると聞くわね。でも、採算的には厳しいみたい。じゃあ何でやってるのかといえば、巷(ちまた)ではあまり語られていないけど、国から補助金が出るからよ。営業支援や雇用補助の名目で」

「そうか。そういうモンが出るから、研修がお座なりだったわけですね。だけど、補助金をもらうのは当社も同じでしょう」

理保子はうなずいた。

「補助金目当てのところと、貰うものは貰うけど、きちんと日本の農業の将来を考えているところじゃ全然違うんだよ」

桜井が小西をたしなめた。

――そんな大層なこと、考えてないわよ。

理保子は心の中でつぶやいた。

「おれ、思うんだけど。やっぱり日本の農業に決定的に欠けてるのは、人材の育成だと思うんだよなあ――」

農業の将来に関する話題は尽きなかった。

「ちょっと、待ってて」

理保子は立ち上がると、給湯室へ向かった。冷蔵庫を開き、缶ビールと、昼間ゆでた獲れたての枝豆をお盆に載せ、事務所に戻った。

「おっ、いいですねえ」

二人の生産部員が瞳を輝かせた。

　プルトップを捲った缶ビールで、乾杯をした。ゴクゴクと豪快に喉を鳴らしていた小西が、缶を口から離し「ぷっはぁ！」と吐息を漏らした。

「一仕事終えた後のビールは、やっぱ最高っす」

「喉の渇きが癒えたら、さっきの続きを話して」

　理保子がリクエストした。

「えっと、なんでしたっけ」

「日本の農業に決定的に欠けていることの話」

「えっ？　いいんすか。俺、酒飲むと、結構ヤバいっすよ」

「いいわよ。なんでも言いたいこと、言って。そのためにお酒、飲ませてるんだから」

　二人の男が苦笑いした。

「わかりました。じゃあ言います。農家の人材育成が、なってないです。アグリコ・ジャパンのこと、言ってるわけじゃないですよ。わが社はいい会社です」

「でも、ちょっとは改善すべき点が、あるんじゃないか？」

　桜井が鎌をかけると、小西はバツが悪そうに頭を掻いた。

「いいわよ。完璧な組織なんてありえないし。常に改善点を見出して、進化するのが健全な組織だとあたしは思ってるから。普段二人っきりで愚痴っていることで構わないから、言ってみて」

　理保子が促した。

「わかりました。それでは――」

　小西は、経営や財務、営業のことをもっと勉強したいと希望を出した。間接的に絡んではいるものの、それだけでは不十分だという。

「今の状況だと、いずれ独立した時、ちょっと怖いです」

「わかった」

農場経営や財務関係は、理保子が時間を作ってレクチャーすると約束した。

「営業で外回りする時は、一緒に連れていくようにするから。先方の担当者にも紹介する」

「そこまでしてもらえるなら、独立しても怖いものなしだな」

桜井が小西を振り向いた。

「あまり甘えちゃいけないけど、やっぱり不安だから、色々サポートして頂ければありがたいっす。さっきは言いたいことばかり言って、すみませんでした」

小西がペコリと頭を下げた。

「販路に関しては、実力がついたら独自に開発していきます。逆にアグリコさんにも紹介できるよう、頑張ります」

「ずいぶん大きく出たじゃないか。おれも、プレッシャー感じちゃうな」

桜井が拳で小西の肩を小突いた。

ふと、二人がいなくなったら、どうなるのだろうかと考えた。生産部員は他にもいるが、彼らの埋め合わせができるような人材は、まだ育っていない。

やる気のある人材は、大体が独立志向である。サラリーマン的安定を求めてやってくる者は、大半がドロップアウトし、戦力にならない。これではいずれ、会社は立ち行かなくなる。

——いや。

それを逆手に取れば、いいのかもしれない。

彼らの独立を支援し、グループ傘下に収め、取り引きをさせる。東日本フーズグループはこのような手法で、関連会社を増やしていったはずだ。

「あなた方を縛るつもりはないけど、独立した暁には、アグリコ、いえ東日本フーズグループを助けてもらえればありがたい」

「もちろんですとも！」

二人が口を揃えた。

「東日本フーズがメインの取引先になってくれれば、鬼に金棒です」

「うちとだけ専属契約をしろということじゃないから。コンビニみたいなフランチャイズはイメージしないで。社名も自由につけて構わないし、扱う作物も基本的に自由よ」

「至れり尽くせりですね。アグリコ・ジャパンの社員として提案しますけど、今部長が言ったようなこと、法人相手でもできるんじゃないですかね」

小西が面白いことを言い出した。

「どういうこと？」

「以前勤めていたレストランチェーンが、農業に進出したがってるんですよ。でも、失敗した事例をたくさん見ているから、二の足を踏んでるみたいで、ぼくのところに意見を聞きに来ました」

そういえば理保子も、以前取引先から似たような相談を受けたことがあった。農業に進出したいが、ためらっている。参入するには何がキーポイントとなるのか、どのような準備が必要か、成功と失敗を分かつ要因はなんなのか……。

「さっきも言いましたが、一番重要なのは人材育成です。それ以外に必要なものもたくさんありますけど、うちには一応、全部が揃ってるでしょう。これって、うちのノウハウじゃないですか」

「そのノウハウを、パッケージで企業に売ればいいってことね。農業進出を考えている企業に」

理保子がポンと手を叩いた。新たな地平線が開けたような気がした。

赤字経営から脱し切れていないとはいえ、アグリコ・ジャパンは他の農業法人に比べれば、まだ健全な会社だ。今のままの業容が続けば、いずれ赤字は解消されるだろう。他者にノウハウを提供するに、疚しいところはない。

それにノウハウビジネスが軌道に乗れば、アグリコ・ジャパンは瞬く間に黒字化するかもしれない。

「といって、補助金目当ての、いい加減な研修をやっていたらダメです。農業進出を目指す企業の選ばれた要員を、プロに育て上げるための、本気の研修じゃなきゃいけません。他社や農業大学とはその点で差別化を図るんですよ」

小西が強調した。

「人を集めて水田に出かけるツアーがあるんです。現地で田植えを体験して、地方の食材を使った昼メシを食べて帰ってくる。それだけのツアーにも、補助金がつくんですよ。そりゃ企画した業者はウハウハですよ。でも、こんなんで農家を育成してることになりますか？　お前ら本当に、日本の農業の将来のことを真剣に考えてんのかって、言いたくなりますね」

桜井が眉をひそめた。

「そうね。だから、本気で人材育成をしてくれるところは、重宝がられるかもしれない。農作業も、農場経営のノウハウも、資金繰りも、必要なことはすべて教えてくれるんだから」

「で、担当要員の研修が終わって、農業への本格参入を決意した企業を、東日本フーズグループに取り込んじゃえばいいんです」

「うちで作ってる種や肥料や、トラクターなんかも、どんどん使ってもらいましょう。もちろん有償でね」

「ついでに圃場も販路もつけてあげようかしら。これなら、担保として申し分ないから、参入の敷居はさらに低くなるでしょう」

想像はどんどん膨らんでいった。

「忘れないうちに言っておきますけど、このプロジェクトに絶対に必要なのは高橋さんですよ」

桜井の一言で、理保子は現実に引き戻された。高橋もいずれ辞めるのだろうか？　彼がいなくなったら、アグリコ・ジャパンの存在自体が危うくなる。

「ぼくは経営陣でも何でもないけど、あえて言わせてもらえば、あの人だけは破格の待遇を与えてでも会社に残ってもらうよう、説得すべきだと思いますよ」

桜井の意見に賛成だった。しかし、高橋との仲は近頃しっくり行っていない。上司とはいえ、十歳も年下の人間に、衆目の集まる中、恥をかかされたのだ。

そもそも高橋は地元農家なはずなのに、なぜアグリコ・ジャパンに就職したのだろう。

「あの人の過去のことは、よくわかりませんね。何しろ、余計なことはしゃべらない人ですから」

桜井と小西は口を揃えた。

十五

フォークリフトを運転していた高橋が、エンジンを切って一息ついているところを見計らって、理保子は近づいた。

タイヤの脇には、レタスやキャベツの入ったコンテナが積まれていた。業務用ニーズの高いこれらの作目は、アグリコ・ジャパンの主力製品である。

「高橋さん」

声をかけると、ペットボトルを飲みかけていた肩がブルっと震えた。ゆっくりとこちらを振り向いた顔から、汗がしたたり落ちた。

「話があるの。ちょっといいかしら」

高橋は小さくうなずき、運転席から降りた。

「事務所に行く必要はない。ここで済ませましょう」

昼下がりの作業場には、理保子と高橋二人しかいなかった。

「高橋さん、まず初めにあなたに謝らなければいけない。理由は二つあります」

伏し目がちだった高橋が、ゆっくりと顔を上げた。その小さな瞳から感情を読み取ることは難しかったが、少なくとも気分を害していないことだけはわかった。

「一つ目は、小林くんの辞職について、あなたに責任があるような発言をしてしまったこと。実はそうでは無かったことが、よくわかりました。小林くんには、うちでの仕事、合わなかったのね。高橋さんの責任じゃないって、桜井さんや小西さんにも叱られました。小林くんだけでなく、辞めた他の従業員全員にも高橋さんはきちんと教えていたって。ドロップアウトしたのは、甘い考えで始めた彼ら自身の責任だって」

高橋の頬が、僅かにほころんだような気がした。

「そして二つ目は、あたしの言動。机を叩いたり、感情的に怒鳴ったり。実は高橋さんと話す前に、むしゃくしゃしたことがあって――」

松岡を捜し求めて、トウモロコシ畑をさまよっていたのだった。松岡はまるで怪物が現れたかのごとく、理保子から逃げまわった。

「それを、高橋さんにぶつけてしまいました。もう二度とあんな真似はしません。本当にごめんなさい」

深々と頭を下げた。

その場を取り繕うためではなく、真摯な気持ちで心から謝罪するのは、大学生以来だ。謝るより先に、言い訳をするのが賢き社会人という環境の中に長らく身を置いていた。

高橋のつま先が前進するのが見えた。膝が理保子の頭にくっつきそうなくらい近づいた時、頭上で声がした。

「あ、頭を上げてください」

背筋を伸ばすと、困惑した瞳があった。身長百六十七センチの理保子と、目の位置はほぼ同じだ。

「許してもらえないでしょうか」

「ゆ、許すも何も、別に気にしてませんから」

「アグリコ・ジャパンを辞めたりしないですか」

「辞めるだなんて……」

高橋はブルブルと首を振った。

「アグリコ・ジャパンには、世話になってます。ここを辞めるなんて、考えてないです」

「よかった」

理保子は胸をなで下ろした。

「大きなプロジェクトの構想があるんです」

「プロジェクト？　お、大口の取引先が見つかったんですか」

「いいえ。もっと斬新なことをやろうと思ってるの。これが成功すれば、アグリコ・ジャパンは大きく飛躍することができる。成功した農業生産法人のモデルとして、皆が追随するようになります」

高橋が小さな目をパチパチと瞬いた。

「そのためには是非、高橋さんの力が必要なの。高橋さん、お願いします。あたしに力を貸してください」

ジャガイモのような顔が、おずおずとうなずいた。

十六

「う〜ん」

収穫したばかりの太いきゅうりを一口かじった和也が、虚空をにらんだ。

「ま、悪くないんでねえの」

y市の自然食レストランで、初めて有機野菜を食べた時のような感動はなかった。とはいえ、しゃきしゃきした歯ごたえは悪くない。やや大味なような気もするが、きゅうりは本来水っぽい野菜である。

「なんだかずいぶん大きいですね」

春菜が両手で大事そうに、きゅうりを抱きかかえ、目を細めた。

「肥料をたっぷりやったからな。大きく育ったのは健康な証拠だ」

さっそく出来上がったきゅうりを、出荷者協議会の審査にかけるため、松岡の家に持って行った。玄関口できゅうりを見るなり、松岡は「おいおい」と眉尻を下げた。

「なんだよ、その出来損ないは。ズッキーニか？　いや、ゴウヤだな」

わははははっ！　と馬鹿笑いする松岡を、キッとにらんだ。松岡の眉間にもしわが寄り始めるのを見て、あわてて和也は視線を逸らせた。

「審査にかけていただけませんか？」

きゅうりの入った竹ざるを掲げ、春菜が懇願した。

「悪いんだけどねえ、春菜ちゃん」

松岡が猫なで声で言った。

「審査以前の問題だよ。このお化けきゅうりを人前に出したら、大笑いされるだけだよ」

「せめて、味だけでも見てください。無農薬で肥料だって天然素材のものを使ってるんです。完全有機栽培です」

「そうです。これを作るために、俺たちはどれだけ苦労したか。有機栽培って、ホント手間がかかるんです。門前払いされたら、せっかく育った野菜が浮かばれません」

松岡はジロリと和也をにらむと、太い指できゅうりを摑み、かじりついた。パキンと割れた断片を、一口だけ咀嚼（そしゃく）するや、直ぐに残りを竹ざるに戻した。

「まずい」

「なんだって」

色めきだす和也の腕を、春菜が引っ張った。

「こんなもの、売れるわけがねえ」

「そんなの市場に出してみないと、わからないじゃないか。あんたは、おれが嫌いだから、そうやって嫌がらせをしたいだけだろう」

「見損なうなよ、このガキがー」

松岡が唸った。

「こう見えても、俺は二十年間百姓をやってるんだ。何が良くて、何が悪いかくらいわかってらあ。昨日今日農家を始めたお前らとは、年季が違うんだよ。その俺が、はっきり言う。これは売り物にはなんねえ。こんなものを陳列されたら、出荷者協議会がバカにされる。とっとと、その出来損ないを持って、帰って、帰ってくれ」

「言われなくても、帰ってやるよ。もう二度と来るか、こんなところ」

思わず口をついて出た台詞を、発しながらすでに後悔していた。

——ああ、おれってバカ……またこんなこと口走ってる。

しかし、今更止めるわけにもいかず、和也は「行こう」と春菜の腕を取った。

松岡邸の門を出るなり、和也が掌を合わせ、春菜に頭を下げた。

「春菜さん、ごめん。俺、またやっちまった。ホント、我ながらやんなる」

「仕方ないですよね」

春菜が鼻を鳴らした。

「あたしだって、あんなこと言われて、頭来ましたから。苦労して育てた野菜を悪く言われて、怒らない農家はいませんよ。でも……」

プリプリと怒っていた声のトーンが、いきなり落ちた。

「本当に、まずくて売り物にならないんですかね」

「それはまだわからないさ」

とりあえず二人は、乗ってきたハイゼットの中に戻った。

「いずれにせよ、販路は大沼だけじゃないんだ。小さな直売所にこだわる必要はないよ。今日はまだ時間がある。ちょっとドライブしよう」

サイドブレーキを外し、アクセルを踏み込んだ。くねくねした農道を抜け、幹線道路に出る。ｙ市に続く国道である。

人口八百人の大沼にこだわる必要はない。ここから車を飛ばせば二十分のところに、二十万人都市のｙ市がある。

国道を走っていると、左側に田舎にしては洒落（しゃれ）たレストランが見えてきた。専用駐車場にはまだ十分空きがあった。

気が付くと、和也はハンドルを切っていた。空いている駐車スペースに軽トラを停め、大きく深呼吸した。

「ぶっつけ本番でやってみるか？」

春菜が小さな顎を引いた。

「飛び込み営業ってやつですね」

「やったことある？」

「ありません」

「実はおれもねーんだ」

二人は互いに顔を見合わせ、沈黙した。

「おれ、営業って苦手なんだ。弁が立つほうじゃねえし、ブチ切れると、何言い出すかわからないところは、春菜さんもよく知ってるだろう」

「あたしも、しゃべるの凄い苦手です。外回りするより、閉じこもって何かを作る仕事のほうが好きです」

　春菜が突然、クスッと笑った。

「何だかあの時のことを、思い出しますね」

「えっ？」

「あたしたち、お互いの偏差値を言い合って、オドオドしてたじゃないですか。でも結局、有機栽培の謎を解明したでしょう」

　そういえばそうだった。

「二人でやれば、きっと大丈夫ですよ。さっ、行きましょう」

　カラフルなパラソルがそこかしこに咲いた、広いテラスを横目に、和也たちはレストランの敷居を跨いだ。

　自動ドアがスッと開くや、一列に並んだフロアスタッフが「いらっしゃいませ」と一糸乱れず頭を下げた。

　落ち着いた内装の高級レストランだ。店内には着飾った客が多い。泥のついた作業着姿の和也と春菜は、明らかに浮いていた。

「二名様でいらっしゃいますか？」

　ひっつめ三つ編みにしたフロアスタッフが、ニッコリとほほ笑んだ。

「い、いいえ、あの……」

「恐れ入りますが、当店では全席禁煙となっております」

店内に案内しようとする、女性スタッフを必死に思いで呼び止めた。

「違うんです。俺たち……」

傍らにいる春菜を振り返った。和也の言葉を引き取り、春菜が事情を説明した。

女性スタッフは、春菜が手にしていたきゅうりを盛った竹ざるに目を細め、「少々お待ちください」と言い残して厨房の中に消えた。背後で客が入ってくる気配がしたので、和也たちは店の隅に追い立てられた。傍らには掃除ロッカーがあり、半開きになった扉から、使い古されたネズミ色のモップが顔を覗かせていた。

しばらく待たされた後、先ほどの女性スタッフが戻ってきた。

「通用口にお回りください」

和也と春菜は、スタッフに礼を言って、いったんレストランを出た。建物をぐるりとに回ると、裏手に通用口らしき小さな扉が見えた。背後には森があり、カッコウの鳴き声が聞こえる。

扉をノックし、しばらく待ったが誰も現れなかったので、今度は「ごめんください」と声を張り上げ、先ほどより強くドアを叩いた。

通用口に出てきたのは、額に汗が噴き出た、若い調理師だった。恐らく和也や春菜と同年代だろう。

春菜がきゅうりを見せ、来訪した理由を説明すると、調理師は面倒臭そうに「うち、そういうの、間に合ってるから」と眉をひそめた。

「さっき、スタッフの人にこちらに回るよう言われたんです。厨房と話はついているはずですけど」

和也が口を尖らせると、男は目を伏せ、何も言わず厨房に戻った。

「やっべえ、怖がらせちまったか」

大柄で目つきの鋭い自分が、僅かでも粗野な態度を取ると、それなりのインパクトを与えることは自覚していた。

「あの人、もう戻って来ないんでしょうか」

春菜が不安そうに和也を見上げた。

「いや。大丈夫だと思う」

扉が閉められたわけではない。ドアの隙間から見える厨房では、スタッフたちが忙しく立ち働いている。今はちょうど昼時だ。

暫くすると、戸口に二人の男が現れた。一人はヒゲ面(づら)の大男。もう一人は細見だが目つきが鋭い。子どもの頃はさぞかし、やんちゃだったんだろうな、と思わせるような顔つきである。

二人の強面(こわもて)に睨まれると、和也の眉間にも自然に縦じわが寄った。

「あ、あの、わたしたちは農家です。きゅうりを栽培しています。化学薬品を一切使わない有機農法です。もしよろしかったら、味見をしてもらえませんか」

春菜が和也を押しのけるように進み出て、男たちに竹ざるを掲げた。それでも二人の男は和也を睨んでいたが、やがて春菜に視線を移し、次いで彼女が手にしていたきゅうりに注目した。

「うちはきゅうりなんか、使わないよ」

白いコックコートがはちきれんばかりのヒゲ男が、よく響く低い声で言った。ならなんで厨房に呼びつけた、と和也は言いたかったが、ぐっと堪(こら)えた。

「でもいつか、使う時が来るかもしれません」

いる。
営業の経験はないといっていた春菜だが、そんなことは微塵も感じさせないほど食い下がって
「こちらは、イタリアンレストランですよね。タコときゅうりとか、ささ身ときゅうりとか、食べ合わせはいろいろ考えられるような気がしますけど」
「ないね」

「あんた、うちの仕事に口出しするつもり？　もう一度、はっきり言うよ。うちは、きゅうりなんか使わないの。だからとっとと引き揚げてくれ。今、忙しいんだ」

ヒゲ男の眉が吊り上がると、それに合わせるように、もう一人の男も眉根にしわを寄せた。

「でも……」

きゅうりをいっさい使わないレストランなど、あるはずがない。男は和也たちのことなど、端から相手にしていないのだ。

せめて味見だけでも……と粘る春菜の腕を取り「行こう」と促した。

「忙しいところをお邪魔して、すんませんでした」

巻き舌で言うと、メンチを切って和也は二人の男に背を向けた。

「春菜さん、よく頑張ったな」

バタンと乱暴に閉められた扉の音を聞きながら、和也が春菜の労をねぎらった。

「せっかく作った野菜ですし、いろんな人に味を見てもらって、意見を聞きたかったんです」

「偉いな。俺なんか、もう少しでブチ切れるところだったよ。料理人ってああいうタイプ多いな」

中学校時代、学校一のワルとして有名だった男が今では板前をやっている。その仲間二人も、

中華とイタリアンのレストランで、調理師として働いていると聞いた。

「料理人がみんな、ああいうタイプってわけじゃないと思います。女性の料理人だってたくさんいるし。やっぱり、飛び込み営業って、どこか怪しまれるんですかねえ」

急に弱気になった春菜だが、小さくかぶりを振って前を向いた。

「でもあたしたちには、こんな方法くらいしかないし。最初の訪問先に断られたくらいで、落ち込んでなんかいられませんね」

決意を新たに、再びハイゼットに乗り込み、y市の中心街を目指した。

ところが現実は、それほど甘くはなかった。

最初に入ったスーパーでは、けんもほろろに断られた。有機野菜であることを強調すると、売り場担当者は有機にはこだわっていないと答えた。

「うちは安くて新鮮な野菜を取り揃えているんだよ。有機は値段が張るし、虫食いだってあるだろう」

頭の薄くなった担当者は、忙しいからとっとと帰れと言わんばかりに、和也たちを押しのけ、商品棚の補充を始めた。せめて味だけでも見てください、と春菜は粘ったが「店内での飲食は禁止です」と冷たく断られた。

次に行ったファミレスでも同様。もう搬入ルートは決まっているので、間に合っていると取り付く島もなかった。結局その日は、日没近くまで数軒の店を回ったが、どこも和也と春菜が作ったきゅうりになど見向きもしなかった。

「やっぱり、ダメなんでしょうか……」

再び春菜は意気消沈してしまった。

「y市にはまだまだ沢山、青果を扱ってる店があるよ。それに販路は何もy市だけじゃない。日本全国どこにでもあるし、今はネット通販だってできるんだから」

自らを励ますように和也が言った。

「そうですね」

春菜が首肯し、スマートフォンの画面に目を走らせた。

「もうこんな時間。今日は帰りましょう」

和也と春菜は軽トラに乗り、帰路に就いた。大沼の標識が出ているところで国道を右折し、細い道を暫く行くと、春菜が「あっ」と小さく声を上げた。左手に民家を改造したレストランが見える。

「自然食レストランです。ちょっと前にできたんですよ。知ってましたか」

「いいや」

大沼に自然食レストランがあったなんて、知らなかった。

「大沼のは知らなかったけど、y市の自然食レストランになら行ったことあるぜ」

悪友の拓馬と友樹の、女漁りにつき合わされたことを思い出した。そういえば、あのレストランにはまだ営業に行っていない。

「y市の自然食レストラン？　味はどうでしたか」

「すっごく、ウマかったよ。特ににんじんが」

自然食レストランで有機野菜の美味しさに目覚めたからこそ、本気になることができたのだ。

「ナズナって書いてありますね」

薺という難しい漢字の看板にはルビが振ってあった。

「行ってみますか」

答える代りに、和也はハンドルを切って、店の駐車場に入った。この時間、レストランは忙しいからまた門前払いされるリスクもあったが、やってみなければわからないと、覚悟を決めた。

今度は正面から入らず、裏手に回り、勝手口の扉をノックした。「は〜い」と元気がいい返事がしてドアが開き、頭に茶色いバンダナを巻いた男が戸口に現れた。

「西島(にしじま)ファームさん？」

男が怪訝な顔をして、きゅうりを抱えている和也と春菜を見比べた。

「西島ファームさんではありませんが、あたしたちも農家です。まだ始めたばかりですけど」

春菜が竹ざるを差し出した。

「有機栽培で作ったきゅうりです。よかったら味見をしていただけませんか」

「有機栽培？　あなた方、どこの人？　まさか大沼じゃないよね」

「大沼です。大沼の有機栽培農家です」

和也がうなずいた。

「大沼に有機農家があったなんて、知らなかったなあ。ここに出店する前にリサーチしたけど、大沼では慣行農法が主流で、有機農家は一軒もなかったはずだけど」

バンダナ男が目を丸くした。

「本格的に種播きを開始したのが、つい三ヶ月前ですから、気づかれなかったのも無理はないと思います」

「そうか、うちは開店して四ヶ月だから、その頃はまだ準備段階だったわけだね。いやあ、何だかうれしいねえ」

男は横浜で雇われシェフをしていたが、自分の店を持ちたくて、大沼に越してきたのだという。

「予算に合ういい物件がなくてね。ようやく見つけ出したのがこの古民家だけど、地元の農家は全員慣行農家だったから、どうしようかと死ぬほど悩んだよ」

自然食のレストランをやるつもりだったので、近くに有機農家がいてほしかった。しかし、やっと見つけたこの物件は捨てがたく、食材は隣町から仕入れるということで妥協したのだという。

「地産地消にこだわっていたからね。でもまあ、隣町から仕入れたって、地元食材には変わりないから。本当はぼくも自分で野菜を作りたかったんだが、忙しくてとてもじゃないけど、そこまで手が回らない」

数組の客が正面入り口から、次々と店内に入っていくのが見えた。店はなかなか繁盛しているらしい。

「うれしいね。大沼にもやっと有機農家が誕生したってわけだ。ぼくの名前は遠藤杜夫(えんどうもりお)。よろしくね」

差し出された意外に華奢な手を握り返し、和也と春菜も自己紹介した。

「じゃあさっそく、味見させてもらうよ。初めて作ったきゅうりなんだろう」

「よろしくお願いします！」

和也と春菜が同時に頭を下げた。

遠藤は竹ざるから一番小さなきゅうりを取ると、二つに割り、ポリポリと食べ始めた。和也たちは、遠藤が咀嚼を終えるのを固唾(かたず)を飲んで見守った。

「うん」

遠藤が小さくうなずいた。

「初めてにしては、悪くないと思う。ただ、ちょっと育ち過ぎている気がするな」

春菜が寄せる視線に、和也は肩をすくめて答えた。

「大丈夫だよ。この調子で続けていけば、きっといい野菜が作れる。その時は、是非うちで買い取らせて欲しい」

厨房から「シェフ」と呼ぶ声が聞こえた。

「リップサービスで言ってるんじゃないよ。次の野菜が出来上がったら、ぜひまた味見をさせて欲しい」

「はい」

と春菜が笑顔で答えた。遠藤は二人に手を振ると、厨房の中に消えて行った。

「少なくともあの人は、あたしたちの味方ですね」

帰りの車の中で春菜が、嬉しそうに言った。

「そうだね。もっと良質な野菜が作れれば、遠藤さんだけは偏見なしに買い上げてくれるだろうな」

長い一日だったが、ねばった甲斐があって、最後には手ごたえを感じることができた。繁盛している地元レストランと取引ができれば、大きな販路を開拓したことになる。

あとは、誰の前に出しても文句を言われないような野菜を作るだけだ。

十七

どうしたらうまい野菜が作れるのか?　和也はずっと悩んでいた。

学校を卒業して以来、いや、就学中にもこれほど脳みそを酷使したことはなかった。十秒悩んでも結論が出ないような問題はとっとと忘れて、南の島でビキニ美女に囲まれ、サーフィンをしている自分の姿を夢想したりするのが常だった。

――いずれにせよ、このきゅうりはもうダメなのかな。

とはいえきゅうりは、まだまだ生っている。元気いっぱいだが、どうも見栄えと味は、比例しないらしい。

――追肥が足りなかったのか？　いや、逆にやりすぎたのかな？　和也は生ったばかりの小さなきゅうりに目を細めた。わからない。

――やっぱり、ネットの情報じゃ限界があるな。識者の生の声を聴きてえよ。

ちょうど益子が通りかかったので、呼び止めた。ところが益子は、振り向きもせず鼻歌を歌いながら行ってしまった。近頃まるでスイッチを入れてくれないので、難儀している。

翌朝、いつもより入念につるをチェックしていた和也が「あれ？」と、声を上げた。

――このデカいきゅうりはナンだ。こんなの生っていたか？

背後に気配を感じたので振り返ると、和也の背中にピタリとくっついた益子が、肩ごしにきゅうりをじっと観察していた。

「うわっ」

思わず声を上げると、益子が和也をジロリと睨んだ。いつもの雲の上をさ迷っているような表情は、消え去っていた。

「大きいきゅうりだねえ。だけど、もともとはそんなに大きくはなかったんだ」

それは生物だから成長するのは当たり前だろう。

「きゅうりの一生はどの位だい？」

花が咲いて実が生るまでは、三ヶ月くらいか。そう答えると、フンと益子が鼻を鳴らした。

「じゃあ人間は？」

「男女によって違うけど、今は八十くらいじゃねえの」

いったい益子は何が言いたいのかと、訝しんだ。スイッチが入ったやに思えたが、やはりまだボケているのか。

「この後、葉枯れが起こって実が生らなくなるよ。まあ後一ヶ月の命ってとこかね。つまり四ヶ月の一生ってことだね。きゅうりの一日は、人間の何日に相当するんだろうね」

「そりゃ、スゲー日数になるんじゃねえの。四ヶ月と八十年だから」

「じゃあ、成長するスピードも、人間とは比較にならないよねえ」

突然、頭に閃くものがあった。

——このデカいきゅうりは、昨日見たあの小さなきゅうりだったんだ！　なんでこんなことに、今まで気づかなかったんだ！

「野菜には旬というものがあってさ。育ち過ぎはマズいよねえ。育ち過ぎたら、マクワウリになっちまうよ。味だってマクワウリみたいに甘くなるんだ」

「ありがとう。ばあちゃん」

家で伝票の整理をしている春菜の元に駆けて行った。掃き出し窓をガラガラと開け、長靴を蹴るように脱いで、縁側から入ってくる和也に、何事かと春菜は伝票から顔を上げた。

「……俺たち、ホント馬鹿だった……」

息を弾ませながらしゃべる和也が、落ち着くのを春菜は待った。

「もっと早い時期に収穫すべきだったんだ。きゅうりは一日でグングン育つ。放っておくと、マクワウリになる」

「マクワウリ？」

「ばあちゃんが、言ってたんだ。松岡がお化けきゅうりって呼んでたただろう。遠藤さんも、育ちすぎって言ってた。俺たちは収穫時期を間違えてただけなんだ。肥料をたっぷり与えたから、大ぶりなのは当然と思ってたけど、実は育ちすぎだったんだ」

「じゃあ、もっと小さい時期に出荷すればいいってことですね」

「そうだよ。一日遅れただけで味は落ちる。今から適当なきゅうりを捥いで、松岡のところへ行こう。この間の雪辱戦をするんだ」

　額に汗を滴らせながら、和也が言った。

「わかりました」

　春菜がうなずいて立ち上がった。

　二人で畑に戻り、生りたての、やや小ぶりに見えるきゅうりを収穫した。益子はもう、きゅうりには興味を失ったようで、畑の脇を流れる水路の脇に腰を下ろし、水の流れをじっと見つめていた。

「これくらいでもういい。さあ、行こう」
　五、六本のきゅうりを抱え、ハイゼットに乗り込んだ。アクセルを吹かすと、松岡の豪邸目指してまっしぐらに進んだ。
「何だ、また来たのか」

　インターホン越しに、松岡のいらだった声が聞こえてきた。春菜が事情を説明すると、しばしの沈黙の後、大きな門が開けられた。

玄関口にいたのは松岡と高橋巌だった。高橋は現在アグリコ・ジャパンで働いている。アグリコ・ジャパンは直売所の出荷者協議会のメンバーでもある。

高橋がいてくれた偶然に感謝した。出荷のことで松岡と揉めている時、偶然通りかかった高橋が「作ったものを見てから決めたらどうだ」と提案し、その場を収めてくれたのだった。

「どうした。今度のきゅうりは、ちったあマトモか？」

松岡がヘラヘラと笑いながら、和也が手にした竹ざるの中を覗き込んだ。

「大きさはまあ普通だが、形がよくねえな。グネグネ曲がってるじゃねえか。お前のきゅうりはブーメランか。農協の選果だったら、一発ではねられるぜ」

ムッとなったが、表情に出ないよう堪えた。何はともあれ、和也たちをもう一度受け入れてくれたのだから、その点だけは感謝しなければならない。

「味はこっちのほうがいいです。この間のやつは、育ち過ぎでした」

「やれやれ、また味見させせんのかよ。まあ、春菜ちゃんが一生懸命作ったんだから、味見はするけどよ。これがお前一人だったら、絶対うちの敷居は跨がせなかったけどな」

「お願いします！」

わざと威勢よく声を張り上げ、サッと腰を折った。松岡は鼻を鳴らすと、きゅうりを摘まんだ。

ポリポリと音を立てて咀嚼するや、松岡は小鼻にしわを寄せ、かぶりを振った。

「全然変わってないじゃねえか。こんなんじゃダメだ」

「それなら、こっちのきゅうりを試してみてください」

春菜が別のきゅうりを勧めた。

兄弟に個人差があるように、同じ畑でできた野菜とはいえ、味には違いがある。春菜が差し出したきゅうりを高橋が受け取り、かじり付いた。

「どうでしょうか……」

春菜が瞳に不安の色を湛えながら、訊いた。

「い、一応有機の味はする。人前に出せるギリギリのラインの出来栄えだ」

「ってことは、直売所で売ることは可能ってことですか」

和也の問いかけに、高橋がむっつりとうなずいた。

「おいおい」

松岡が眉をひそめた。

高橋がぶっきらぼうに、自分の食べていたきゅうりを松岡に手渡した。松岡は仕方ないといった様子できゅうりを受け取り、齧った。

「おれには味の違いがわからねえな」

松岡が首を傾げた。

「他の協議会メンバーにも、味を見て頂けないでしょうか」

高橋がOKを出したのだから、他のメンバーだって好意的な評価をしてくれるかもしれない。こう思った和也が、松岡に訴えた。

「必要ねえ」

松岡がギロリと和也を睨んだ。

「決めるのは俺だ」

大沼にはそもそも、民主主義というものがなかったことを思い出した。

「では、決定権のある松岡さんにお願いします」

春菜が潤んだ瞳を松岡に向けた。

「わたしたちが育てたきゅうりを、直売所に置いてください。お願いします」

ペコリと頭を下げた春菜を見て、和也も慌てて腰を折った。

「しょうがねえな……」

松岡が大きく鼻を鳴らした。

「出荷を認めてやろう」

春菜がサッと顔を上げた。笑みを浮かべ、礼を言おうとする春菜を、松岡が手で制した。

「喜ぶのはまだ早いぞ。市場に出せばお前たちの真価がわかる。そこで取りあえず、赤っ恥を掻くことだ。そこからお前たちの一歩が始まる。前進するか、足踏みするか、後退するか、おのずと選択を迫られる」

「前進してみせます。必ず」

和也が胸を張った。


次の日の早朝、朝摘みしたきゅうりを出荷用にラッピングし、直売所に届けた。和也たちが一番乗りで、他の農家はまだ来ていなかった。

「久しぶりだな、ここ」

僅か三ヶ月しか続かなかったが、和也は道の駅にあるこの直売所で雑用のバイトをしていたのだ。

「そうですね。あたしもしばらくぶりです。ここであたしたち、出会ったんですね」

春菜が出来損ないのレタスを直売所に持ってきた時から、すべてが始まった。

「ところで、おれたちの島はどこだろうな」

自分たちの陳列場所はどこかと探し回っていた和也が「やっぱり、ここか」とため息をついた。一番奥にある陳列棚の、日の当たらない一画。そこに木村の名札があった。もっとも客が寄り付かないスペースである。

入り口を入ったすぐ脇にある大棚が、直売所のいわゆる一等地で、客の食いつきもいい。そこに陣取っているのは、言うまでもなく松岡だった。

「偉そうなこと、言いやがって。あんな目立つところが使えるなら、どんなクズ野菜だって買い手がつくだろうぜ」

和也がブツブツと文句を言いながら、きゅうりの陳列を始めた。

「最初は、みんなこんなものだと思います。徐々にステップアップしていきましょう」

春菜は和也よりポジティブだった。

きゅうりを陳列していると、他の農家もぼちぼち現れ始めた。皆、トマトやナスなどの夏野菜を手にしている。

準備が終了するなり、店のスタッフに「よろしくお願いします」と頭を下げ、和也と春菜は直売所を後にした。

売れ残った野菜を回収するため、和也たちは閉店時間に再び直売所を訪れた。いち早く売り場に到着した春菜が、うな垂れているのを見て、和也は陳列棚を確認した。昼間とほとんど変わらないきゅうりの山が、そこにあった。

「数えてみました。一本も売れてません」

春菜が泣きそうな声で訴えた。

「売り場が悪いんだよ。こんな薄暗いところまで客は気を配らない」

一等地にある野菜は、ほぼ完売の状態だった。

「もしかしたら、値段かもしれません」

有機を売りにしたので、価格は他の慣行野菜より高めの設定だった。しかし一応ネットの検索結果を参照して値決めをしたから、常識外の価格というわけではなかったはずだ。

「やっぱりあたしたち、まだ素人に毛の生えたようなものだから、もう少しプライスダウンしたほうがいいかもしれませんね」

「値段のほうは任せるよ。おれは、売り場の交渉をしてくる」

フロアーにいた売り場責任者を捕まえ、もっといい場所を使えないかと交渉を試みた。バイト時代は和也の直属の上司だった売り場責任者は、冷たく首を振り「新参者は、いつもあの場所から始める」と答えた。

「それじゃ、ハンディがありすぎるじゃないですか。少しは新人農家にも優しくして下さいよお。お願いしますよお」

「そんなことでは一人前になれないぞ。他を圧倒するような野菜を作って、一等地を実力でもぎ取ってみろ」

泣き事を言う和也を、責任者が一喝した。

「じゃあ、一等地をキープしているのは、一番売り上げの高い農家なんですか?」

「もちろんだ」

「一等地だから売り上げが高いんじゃなくて、売り上げが高いから一等地を割り当てられたってことですね」

「そうだよ、しつこいな。だからお前らも、もっといい野菜を作って、売り上げトップになってみろ。そうすれば一等地をゲットできるぞ」

それは詭弁だと和也は思った。強いものは保護され、弱いものにはサバイバルを強制されるようなシステムはどこかおかしい。競争原理がきちんと働いているなら、一日の売り上げ毎に、翌日の売り場がコロコロ変わるはずだが、和也の知る限り松岡の島は不動だった。一等地の一丁目一番地は常に松岡のためにある。

売り場責任者はもう取り合わず、店の奥に引っ込んでしまったので、和也は仕方なく引き揚げた。


翌朝摘んだきゅうりは、もう少し価格を下げ、販売した。しかし、三本入りきゅうりが僅か二パックしか捌（さば）けなかった。

「そんなに俺らの作ったきゅうりはひでーか？　他にも似たようなのは一杯あるだろう。そこそこのクオリティだろう」

和也が毒づいた。

「高橋さんは、人前に出せるギリギリのラインの出来栄えって評価してくれましたね」

「よし、そいつをこれから確かめに行こう」

和也の頭に浮かんだのは、薺のオーナシェフ、遠藤杜夫だった。遠藤にはまだ、早摘みのきゅうりを味見させていない。遠藤ならば、貰い手のいない可哀相なきゅうりを引き取ってくれるかもしれない。

「味は確かに前回より締まっている。旬の野菜の味だ」

きゅうりを齧るなり、遠藤はうなずいた。

「それじゃあ……」

和也が口を開きかけると、遠藤は人差し指を突き立て、メトロノームのように左右に振った。

「もう少しだ。もう少し工夫すれば素晴らしい味になる」

「どのような工夫が必要なのでしょう」

春菜が尋ねた。

「ぼくは農家じゃないから、具体的なことはわからない。きみたち自身がそれを見つけていくしかない。これに懲りず、野菜を作り続けてくれよ。ぼくらは大沼初の本格的有機農家を切望してるんだから」

十八

理保子の頭の中には、民間が行う農業特区の構想があった。国が推進している農業特区とは、農業の活性化や振興のため、農業事業者や新規参入者に対して規制緩和や税制上の優遇措置などが特別に認められた地域のことである。

これに対して理保子が考えているのは、大沼にある農地を一まとめにし、農業に参入を考えている他業種の企業に提供するような事業。企業は選りすぐりの担当要員を大沼に派遣し、農業技術や農場経営、販売・財務戦略などを、実地で覚えさせる。その際、アグリコ・ジャパンは持ちうるすべてのノウハウを、惜しみなく提供する。ＩＴ企業が集積するシリコンバレーのように、農業生産法人設立を目指す企業を一ケ所に集め、お互いに切磋琢磨させるのが、理保子が考える民間主体の農業特区計画の要諦である。

担当要員の研修が修了しても、割り当てられた圃場および付帯設備、什器備品などは企業が自由に使用することができる。無論、大沼を離れ、新たな土地で独自の農業生産法人を創るのもよい。去る者は追わずというのがスタンスだ。

熟慮した結果、この民間型農業特区計画をアグリパーク計画と銘々することにした。

個人的確執で会社を黒字化させるという想いはきっぱりと捨て、これからの農業のあり方を、理保子は案じるようになった。

アグリコ・ジャパンには、親会社から派遣されてきた氷川や理保子よりずっと真剣に、地域農業のことを考えているプロパー社員たちがいる。桜井しかり、小西しかり、そして多くは語らないが高橋もしかりだ。彼らに恥ずかしくない仕事をしなければならない。

自社利益の改善も大事だが、農業という産業自体の構造改革に取り組むことが、先駆者としてのアグリコ・ジャパンの社会的使命ではないかと理保子は思う。これは本来、国や自治体の仕事でもあるが、現場を知らない彼らに任せておくと、トンチンカンなことをやりかねない。いろいろな法律や規制を勝手に作り、改革を前進させるどころか、後退させるかもしれない。

アグリパーク計画では昔ながらの農家を排除するつもりはなかった。農業技術はすでにある彼らに欠けているのは、経営感覚である。これを真摯に学ぶつもりがあるのなら、喜んで受け入れよう。

だが旧態依然の家族経営に固執する農家は、残念ながら仲間に入れることは難しいだろう。彼らは後継者づくりを自ら放棄しているに等しい。現状のままのんびりと作業をこなしているだけなら、いずれ滅びる。その時になればアグリコ・ジャパンが、打ち捨てられた農場を引き受けることになるかもしれないが、今の段階ではまだ無理だ。

とはいえ、農地を保有しているのは農家。その大半が、まともに作付けすらしていないのが現状だった。

農家は収入が低いと思われているが、実は彼らは高収入である。農協系の団体が発表した家計調査によると、二〇一一年の農家世帯の平均総収入はなんと九百五十一万円にも上るという。

兼業農家の場合、普段は会社員として働き、週末は野良仕事に勤しみ、さらには補助金までもらってるのだから、一般サラリーマンよりは稼ぎが多くても不思議ではない。彼らが簡単に農地を手放したがらない理由がここにある。

しかし兼業でも、真面目に農業に取り組んでいるのならまだいい。農地としてまったく機能していないにも拘わらず、補助金や税制優遇措置を受けている土地があまりにも多い。

そもそも、耕作放棄地という概念自体があいまいだ。草ぼうぼうの荒れ地でも、自然農法だと言い張れば、農地として認められてしまう。ヘドロが湧いていても、有機肥料を撒きすぎたと強弁すれば、農地として活用されていると見なされる。だから何もしないで放置しておいても実損はない。

このようなずるがしこい農家には、早く一線から退いてもらい、保有している土地は、やる気のある人間に譲渡すべきだ。さもなくば、日本の農業に未来はない。

理保子は取りあえず、信用できる取引先を内々に訪問し、もし仮にアグリパークのようなものが存在すれば、興味を持つか質問してみた。忌憚なき意見を聞きたいと、相手の目を見ながらお願いすると、ほとんどすべての企業が興味ありか、興味を示しそうな会社を知っていると答えた。

紹介を受けた企業の中には、農業とはまったく関係のない職種も含まれていた。服飾、エステサロン、警備会社、自動車部品販売、ＩＴ企業等々。キャバクラや、アダルトビデオの制作会社まであった。

　そのうちの何件かにコンタクトを試みたところ、これからの伸びしろが期待できるので、国にとっての基幹産業である農業に是非参入してみたいと、全員が口を揃えた。冷やかしなどでは決してなく、皆真剣だった。小さなＩＴ企業のオフィスでは、農業の工業化、ＩＴ化について、社長自ら何時間も熱く持論を展開した。

　日本の農業は期待されているのだ。

　こんなに需要があり、成長が待ち望まれている分野なのに、未だにうまく機能していないのは行政の責任か、それとも票田目当ての政治家、既存の農家が足かせになっているからなのか。

　アグリパーク構想は、氷川には極秘裏に進めていた。

もう理保子のことなど眼中にない様子だし、たとえ打ち明けたとしても、今や保身に夢中な氷川は、前例のないことは止めろと言うに決まっている。

　後戻りできないところまで話を進め、今ストップしたら訴訟が起きかねないと、追い詰めるしかない。

　本計画を知っているのは、理保子の他には高橋と桜井、小西の三名のみだ。生産部門を一手に引き受け、アグリコ・ジャパンの収益に多大な貢献をしているこの三名が、理保子の側についているのだから、氷川としても無下に却下するわけにもいかないだろう。

　アグリパーク計画参入企業の誘致は難しくないことはわかったが、問題は農地である。松岡から借りている農地を、今後も借り続けることができるかどうかは不透明。おまけに、特区を作るならそれだけでは不十分だ。今の二倍、三倍、いや、できれば大沼にあるすべての農地を活用したかった。

　農地を売ってくれとまでは言わない。遊ばしているなら、せめて貸してほしい。

　あなたの農地はやる気のある若者たちによって、有効に活用されます。そのほうが農地も喜ぶんじゃありませんか。年配の農家たちに、こう言ってやりたかった。

　しかしながら、ここで一つの問題にぶつかる。

　農地の売買や賃貸を行う場合は、その地域の農業委員会の許可を取り付ける必要がある。大沼の農業委員会の会長は松岡だった。松岡がゴネ始めたら、どうすればよいのか。

「何かいい方法がないかしら」

　理保子は高橋に泣きついた。

　松岡とは小、中学校で同級だったという高橋は、松岡対策には適任なはずなのに、今まで理保子は、この手の相談事を一切してこなかった。上司としての、つまらないプライドがあったからだ。

　しかし、今はそんなものはかなぐり捨てた。目線は親会社ではなく、現場の従業員のほうを向いている。

　理保子から相談を受けた高橋は、腕を組んで暫しじっと考え込んでいた。

「ほ、本人同士の合意があれば、普通は大丈夫なはずです。うちは、ちゃんとした農業生産法人ですし」

　調べてみると、許可のポイントとして挙げられている五項目を、アグリコ・ジャパンはすべて満たしていることがわかった。

　高橋の言う通りだ。これなら農業委員会は、認めるしかないだろう。私怨（しえん）で申請を却下するなどという事態がもし起これれば、然るべき所に訴え出ればよい。負けるのは松岡のほうだ。

「農地を貸してくれる誰かを知らない？　遊ばせている土地は沢山あるじゃない。土地は有効活用できるし、地代も入るし。売買じゃなく、賃貸だったらOKしてくれる農家もいると思うんだけど……」

地元の農家同士の取り引きならまだしも、東京から来た大手資本などに貸したら、先祖代々の土地をそのまま横取りされてしまうのではないかと農家が危惧していることは、理保子も十分承知していた。

「う〜ん」と唸っていた高橋は、やがて「二、三候補はいます」と答えた。

跡取りがいない高齢の農家なら、貸してくれるかもしれないと高橋は言った。

「コンタクトは可能かしら」

「話してみます」

「いずれバレちゃうにせよ、交渉段階では松岡さんには言わないよう、口止めしておいたほうがいいんじゃないかしら」

農家が松岡に相談すれば、貸すなというに決まっている。アグリコ・ジャパンが、直接農家とコンタクトを取ることを松岡は嫌う。大沼の農家を牛耳っているのは俺だという自負があるからだ。

「い、一応そう釘を刺しておきます」

だが、噂は広まるだろう。松岡は、アグリコ・ジャパンと勝手に交渉をするなと御触れを出すかもしれない。そうなれば農業委員会の許可以前に、土地を貸してくれる農家自体がいなくなる。

松岡はアグリコ・ジャパンに対して、常に強い立場を保っておきたいのだ。

ならば、松岡を懐柔するか——。

いや、そんなことは、やはりしたくない。

何かにつけて、地元の実力者にお伺いを立てるという因習は、そろそろ改めるべきだ。さもなくば大沼は、いつまで経っても時代の変化に取り残されたままではないか。

真正面から正攻法で行くしか道はない。

「難しい交渉だけど、お願いします。高橋さんが頼りなの」

高橋は小さな目を瞬き、うなずいた。

農作業専門だった高橋が、こんな仕事をするのは初めてに違いない。朴訥としているから、交渉事には不向きに見えるが、だからこそ信用できるという農家も多いだろう。


翌日の朝、高橋は農家に話をつけに出かけて行った。午後になっても戻らないので、心配していたところ、連絡が入った。

「い、今から来てもらえないでしょうか」

「わかった。すぐ行くから」

二つ返事で答え、事務所を飛び出した。クロスポロは目立つので、会社の軽ワゴンを駆って、高橋が指定した須藤(すどう)という農家を目指した。

事務所から五分の距離にある須藤家の目の前でワゴンを停め、辺りを確認してから家の門を潜った。思えば、大沼に来て以来、地元農家を訪問するのはこれが初めてだった。

玄関に出ていた高橋が、理保子を家の中に招き入れた。座敷に通されると、そこには三名の老人がいた。

「誰にも見られなかったか?」

こう質問したのは、理保子も多少の面識がある須藤である。恐らく七十は超えているだろう。農作業は、そろそろきつい年齢。他の二人も見たところ、須藤と同世代だった。

まあ、ここに座りなさい、と須藤が座布団を差し出した。須藤の奥さんが、お盆に載せた日本茶を運んできた。

「厳からだいたいのことは聞いた。といっても、こいつは嘘こそつかないが、言葉が足らない。もう一度あんたの口から聞きたい」

「わかりました」

理保子はうなずくと、アグリパーク構想について語り始めた。老人たちは一言も口を挟まず、理保子の話に聞き入っていた。

「そいつぁ素晴らしいな。しかし、そんなことが本当に可能なのか」

説明が終わると、須藤が座椅子の背にもたれかかり、腕を組んだ。

「可能です。農業に参入したがっている企業はたくさんいますから」

「それはおれたちも知ってるけど、今までだって、沢山の企業が農業をやりに来ただろう。成功してるところなんて、あるのか? あんたんところも赤字って聞いたぞ」

郡(こおり)という頭の禿げあがった老人に、突っ込まれた。

「確かに赤字ですが、赤字幅は年々縮小しています」

「あんたたちに、本当に農業を教えるだけのノウハウがあるのか」

眉根を寄せ、こう詰め寄ったのは、前原(まえはら)という三人の中では一番恰幅(かっぷく)のいい老人だった。

「あ、あります」

理保子の代わりに、高橋が答えた。

「ア、アグリコ・ジャパンに入って、俺は、い、今まで知らなかったことを、色々学びました。そ、組織のこととか、経営のこととか。目からウロコが落ちました。俺たち農家に一番欠けていたことです。アグリコ・ジャパンは農業をやるのに必要なノウハウを、す、すべて持っている会社です」

普段は寡黙な高橋は、長いフレーズをしゃべり終えると、湯呑みを取ってゴクゴクとお茶を飲んだ。

「海外にも店舗を持っている大手の服飾メーカーが、農業に進出しましたが、あえなく撤退したという事例があります。理由は簡単、リサーチ不足です。彼らは有機農業を近代経営で行おうとして失敗したのです。当たり前です。農家の方々には釈迦(しゃか)に説法でしょうが、有機農業的な発想は、近代経営とは対極をなすものなのです。それが、服飾であれほど成功したカリスマ社長にも見抜けなかった。わたしたちは、彼らとは違います」

理保子は老人たちを見渡した。

須藤が口をへの字に曲げながら、うんうんとうなずいている。残り二人の老人は顔を見合わせ、何やらひそひそとささやいていた。

「あんたたちができるって言うんだったら、考えてもいい」

須藤が仲間の老人を振り返り、目配せした。

「そうだな」

前原と郡がうなずいた。

「息子は長野でサラリーマンやってるし、農家を継ぐつもりなんかまるでないからな。娘も役場の職員と結婚して、子どもが二人いる。進学塾に通わせて、将来は外交官にしたいなんて言ってるから、農家は俺の代で店じまいだ」

「もうとっくに店じまいしてるじゃねえか。お前んとこの田んぼ、草ぼうぼうだろう」

「それは、どこでも同じだろ。この年になりゃ無理が利かねえよ」

「俺んところも跡取りはいねえ。息子はエンジニアをやってるよ。土いじりより機械いじりのほうが、性に合ってるみたいなんだ」

「ご先祖代々受け継いだ土地を、他人に貸すのは本意じゃねえけど、これ以上草生やしたまんまにしてたら、それこそご先祖様に申し訳が立たねえ」

「だけど、松岡んところはどうする？」

　須藤が眉を曇らせると、老人二人も渋い顔をしてうつむいた。

「松岡にはまだあんたらの計画は話してないんだろう」

「はい。まだです」

「話したところで、いい顔はしねえだろうな」

　数年前、東日本フーズが農地を探していたところ、役場から紹介を受けたのが松岡だった。広大な土地を所有していたし、地元農家も牛耳っていたので、こういう人間を抑えておけば事業が円滑に進むと判断した経営陣が、松岡を取り込むことにしたと聞いている。

「でもわたしたちは、それなりに地域に貢献している企業です。農業委員会といえども、理不尽なことはできないのではないですか」

「田舎はそう単純には行かないのよ」

「そう。農業委員会なんて、どうでもいいよ。ネックは松岡なんだよ」

松岡家は代々続く大地主で、戦後の農地改革で大部分の農地は国に持っていかれたが、保有する山林や原野は対象外だったため、ここを新たに開墾し、広大な田畑を手に入れたのだった。

松岡の父親は大沼に学校や病院を建てたり、観光地としても有名になるよう尽力した、地元の名士である。とはいえ、その強引なやり方に陰で眉をひそめる人間も多かった。

息子の松岡は、隠居した父親の後を継ぎ、現在は村のリーダーとして君臨している。村長でさえ、松岡には逆らえない。

「あの倅も、父親似で傲慢だからな。勝手にあんたたちと取り引きしたなんてことがバレたら大変だ」

「松岡の倅は大沼の外との交渉は、全部自分で仕切りたいんだよ。で、あいつの懐に金が落ちるような仕組みにしたいんだな」

「自分の取り分が減って、権力も脅かされると感じたら、妨害工作に出るだろうな。大沼にいろんな企業が来るのはいいことなのによ」

「いい計画にはちがいないし、俺たちももう先は長くねえから、農地をあんたがたに預けて有効利用してもらいたいのは山々なんだが、きちっと根回ししてくれなきゃ、やっぱり無理だなあ」

須藤がすまなそうな顔で、理保子を見た。

根回しとは、事前に松岡と話をつけてくれということか。真正面から正攻法で行きたいと思っていた理保子の心は、揺らいだ。

「も、もっと人が増えたらどうです」

高橋の言葉に全員が振り向いた。

「人が増える?」

「そう。アグリパーク計画に、さ、賛同して、土地を貸すって農家がもっと増えれば、松岡も無視できなくなるんじゃないですか」

「つまり数の力で行くってことね」

民主主義の原点を思い出した。大沼の農家の過半数が近代化を求めれば、村の実力者とはいえ、一地主に過ぎない松岡が、如何に反対しようが、計画をつぶすことは難しくなるだろう。

「そうだな。賛成するのは何も俺たち三人だけじゃないはずだ。他の連中もこっちの陣地に入れちゃえばいいいんだな」

老人たちがうなずき合った。

「他にこの計画に興味を示しそうな農家を、知りませんか？」

「知らないわけじゃない。俺たちと同世代で、後継者のいない連中なら興味を示すんじゃないか。但し――」

俺たちのほうから説得はできない、と須藤は言った。計画に賛同はするが、自ら賛同者を増やすような行動は控えるということだ。

「わかりました。農家の方々は微妙な立場におられますから、これ以上無理は申しません。賛同してくれそうな方々のお名前をいただければ、交渉は直接わたしたちが行います」

十九

すぐに高橋と一緒に、須藤に紹介してもらった農家を一軒一軒回った。

説得はしないと言っていた須藤だが、理保子たちが話をしたがっていることは、各農家に伝わっていた。だから理保子が門を叩いても、驚いた顔は見せず、家に上げてくれた。

いつまでも「う～ん」唸っている者。賛同者が過半数を超えたら賛同してもいいと言う者。松岡がOKを出したら考えるという者。反応は芳しくなかったが、中には二つ返事で賛意を示してくれる者も、僅かながらいた。

「じ、地道な説得を続けていくしかないです。か、彼ら高齢農家は、本心では農地を預けてもいいと思っているはずです」

高橋が言った。

「そうね」

賛同者が増えれば増えるほど、説得はやり易くなる。少数派でなくなれば、どっちつかずだった農家も寝返りやすくなるはずだ。

接触した農家には、このことはまだ内密にしておいて欲しいと、釘を刺しているが、いずれ松岡の耳に伝わるだろう。松岡だけではなく、氷川の知るところにもなるはずだ。

――それでも構わない。他にやりようがないもの。

一度回った農家をもう一度回り、重ねて協力をお願いすると「また来たのか」というような顔をされた。前回現れた時から状況に変化がないことを知るや、「みんなが反対しているものを、俺だけが賛成するわけにゃいけねえ」と態度を硬化し始めた。土産（みやげ）もないのに、しつこく頼み込むのは却って逆効果だった。

かといって賛同者を増やすには、とりあえず彼ら現役を引退した農家を、切り崩していくしかない。

どうしたらよいのか……。

「現役の農家で近代経営を学びたい人たちも、取り込むことはできないのかしら」

「げ、現役農家から土地を借りるということですか」

「必ずしもそうじゃないけど、もし許可してくれるなら使わせてもらいたい。ちまちまと作付けしているより、隣の農地と合併して大量生産するほうがコスト安になるし、無駄も省けるでしょう」

大沼の農家をないがしろにして、よそ者だけで運営しようとしているわけではない。近代化を目指したい地元農家がいれば、一緒にやって行きたいと思っている。

「それはそうですが……現役はプライドがあるから、説得するのに苦労すると思います」

「高橋さんだってプライドがあるでしょう。でも、あなたはあたしたちの陣営に来た。そもそもなんで高橋さんは、アグリコ・ジャパンに勤め始めたの？」

これは理保子が赴任してから、ずっと疑問に思っていることだった。高橋は苦笑いしただけで、多くを語ろうとはしなかった。

「老齢農家をこれ以上説得することは得策じゃない。一息ついて、別のアプローチをするべきだと思うの」

「わ、わかりました。やってみましょう」

ところが、高橋が言っていたように、物事はそう簡単には行かなかった。真面目に野菜作りに励んでいる農家は、理保子の提案を聞くなり、眉を吊り上げた。

「巌さん。あんた、この人たちに魂まで売っちまったのか」

三十代のバリバリ現役農家青山（あおやま）は、こう言って高橋に詰め寄った。

「アグリコ・ジャパンが俺たちと共存してくれるなら、大沼にいさせても構わないと思っていたよ。ところがどっこい、やっぱり本性を現したな」

「本性だなんて。わたしたちは……」

理保子が困惑した瞳を青山に向けた。

「国は、大手資本の農業参入をずっと規制してきたのに、近頃はユルユルになっちまったからな。アンタらが政治家に金をばらまいて懐柔したんだろう。で、グローバル化だなんだって詭弁を弄して、俺たちから土地と仕事を奪い取るつもりでいるんだ」

「とんでもない。わたしたちは、あなた方から何も奪うつもりはありません。むしろあなた方が持っているノウハウを、これから農業を学ぼうとする企業の人間に伝授していただきたいのです。その代わりにわたしたちは、あなた方が欲しているものを提供する用意があります」

「欲しているもの？　俺たちは現状で十分満足してる。欲しているものなんてないよ」

「現状で満足しているのなら、農業はこのままでいいと考えておられるのですか。日本の農業は現状のままで、十年後二十年後も安泰だと思っておられるのですか」

「そんなことは誰も言ってないだろ。あんたは飛躍しすぎだよ」

「農業をもっと近代化すべきだとは思いませんか」

「思わないわけじゃない。だが、あんたらにそれをやってもらいたいとは思わない」

「じゃあ、誰がやるんですか」

「俺たちに決まってるじゃないか」

「あなた方大沼の農家は、競争力がありますか？　外国勢が攻め込んできても、互角以上に渡り合えるパワーを持っていますか」

青山の顔色がサッと変わった。

言い過ぎていることは自覚していたが、もはや止まらなかった。

「あんたらは、どうなんだよ。あんたらなら、オーストラリアの牛肉や、アメリカの穀物に勝てるのかよ」

青山が口角泡を飛ばして迫った。

「勝てるかどうかはわかりませんが、そこそこ渡り合えることはできると思います」

高橋の同意を得たかったが、高橋は難しい顔をして黙り込んでいた。

「……すみません。あたしも熱くなって、つい言い過ぎました」

理保子が小さく頭を下げた。

「そこそこ渡り合えると言ったのは、我々が協力すればということです。皆さんのノウハウとわたしたちのノウハウがくっつけば、外国勢にも太刀打ちできる大きなパワーが生まれるはずです」

「東京の人間は信用できない」

青山がきっぱりと言った。

「地元の知り合いが東京で仕事をしたことがあるんだ。工場の派遣労働だけどな。着いた初日にひったくりに遭って、現金と携帯電話を盗まれた。工場ではタコ部屋みたいな寮に押し込まれ、低賃金で徹底的にこき使われたそうだ。熱があるのに休むことは許されず、ぶっ倒れるまで働かされたって。で、入院して、退院後職場に戻ったら、もう来なくていいって通告された。契約期間はまだ終了していなかったのにな。訴えたいなら、訴えろと開き直られたらしい。

知り合いは、もう二度と東京には行かないと言ってたよ。労働者から搾取するだけ搾取して、後はポイ捨てするのがあんたら都会の人間のやり方なんだろう。俺は、あんたたちのことが信用できない。だから――」

「し、信用はできる。俺が保証する」

高橋が遮るように言った。

「巌さんはさ。アグリコ・ジャパン様々なところもあるんじゃないのか。俺、知ってるぞ」

青山が醒めた目を向けるや、高橋は瞳を泳がせた。

「わたしたちは、そういった企業とは違います。人材を使い捨てにするようなやり方は、わたしも反対です」

「どうだかな。東京の企業は、経営者と株主の利益しか考えていないっていうじゃないか」

「そんなことはありません。わたしたちは――」

「もう話すことはないから、いい加減帰ってくれないか！　作業があるんだよ。俺は忙しいんだ」

理保子たちの目の前で、冷たく扉が閉ざされた。

広大な砂漠に一人置き去りにされたような気分で、暫く理保子は家の前に突っ立っていた。

「い、行きましょう」

高橋の声に顔を上げた。用水路を流れるザーっという水の音が、やけにうるさく感じられた。

「あたしたち、あんな風に思われていたの？」

高橋に訊いても、ただ首をすくめただけだった。

雲行きが危しくなり、ポツポツと夕立が降り始めた。夏もそろそろ終わりだ。

――それにしても
理保子は斜め後ろからついてくる、朴念仁の姿を視界の端に捉えながら、青山の言ったことを思い出した。

——巌さんはさ。アグリコ・ジャパン様々なところもあるんじゃないのか。俺、知ってるぞ。

いったい青山は何を知っているというのだ。

こう言われた高橋は、なぜ瞳を泳がせたのだろうか。


とはいえ、天は理保子に試練ばかり与えているわけではなかった。

後藤（ごとう）という米農家に、高橋と出向いた時のことだった。

真っ黒に日焼けしたゴマ塩頭の後藤が、色よい返事をくれず、失意の理保子たちがトボトボと農道を帰路についていると、背後から「待ってくれー」と声をかけられた。

振り返ると、先ほど見た後藤とそっくりだが、三十歳くらい若返らせたような顔の男が、こちらに駆けてくるところだった。「あれは後藤の倅です」と言われなくてもわかることを、高橋がつぶやいた。

若い後藤は、理保子たちに追いつくと、肩で息をしながら「後藤友樹です」と自己紹介した。

「俺、社長さんと話してみたいと思ってたんだ」

呼吸が整うと、友樹は理保子の身体を、つま先から頭のてっぺんまで舐め回すように見た。あまりに不躾（ぶしつけ）な視線だったので睨むと、ヘラヘラ笑い出した。

「イヤらしい目つきしてましたか？　すんません、若いもんで、綺麗な女性見ると、ついムラムラ来ちゃうんです」

あまりにもハッキリと、自分はスケベです、と公言するので、理保子は声を失った。

「いやあ、だけど近くで見ると、ホント、ヤベーっすね。その辺のグラビアモデルなんかより、ずっと上行ってますよ。ハリウッド女優クラスっすね。なんで芸能界行かないんですか」

「何か用ですか。用がないならもう行くけど。忙しいんで」

背を向けようとすると「待って、待って。行かないで」と子どものように、ダダをこねた。

「社長、うちに何しに来たんですか」

「社長って誰です。わたしは社長じゃありません」

理保子が眉を吊り上げた。

「あれ？　社長じゃないんですか？　おれ、てっきりあなたがアグリコ・ジャパンの社長とばかり思ってました」

自分は生産・営業部長で社長は別にいると説明した。

「でも、本当の社長はy市にある会社と兼務で働いているから、ほとんど事務所にはいないけどね」

「何だ、そうだったんすか。ところでさっきの質問だけど、部長、うちと取り引きかなんかしに来たんですか」

「お父さんに訊いたら」

「いや、直接部長から聞きたいっすよ。俺、こう見えても一人前ですから。田んぼ任されてるし。俺が親父と仕事するようになってから、生産性、飛躍的に向上しましたから」

「そう、それは頼もしいわね」

眉唾もので聞いていたが、若い跡取りに聞いてもらうのも大切だと思い、理保子はアグリパーク計画のことを話した。

「それ、ヤベーっすよ。マジ最高っすよ！」

話し終わらないうちから、友樹は瞳を見開いて、こう叫んだ。

「まだ話し終わってないけど、本当に理解してるの？」

ついこう問い質したくなった。

「理解できてますよ。これからの農家は、近代化しなきゃやってけないでしょう。おれもそういうこと、ずっと考えてきたんです。でもトラクター運転して、米作ってるだけの毎日だから、他のこと学ぶ機会がなくて。農閑期に勉強すりゃいいんだけど、遊びやバイトで忙しくて」

「じゃあ友樹くんは、わたしたちの計画に賛同してくれるのね」

「もちろんっすよ」

友樹が胸を張った。

「俺らの田んぼに、研修生を受け入れることはできます。その代わり、こっちに欠けている部分はサポートしてください。親父がなんと言おうが、おれはアグリコさんの計画に賛成しますよ。新しい考えを受け入れないから、大沼はいつまで経ってもダメな土地なんです。俺らの世代が、変えて行かなきゃいけないんですよ」

思いがけず頼もしい言葉をもらい、理保子の口許が綻（ほころ）んだ。

「ってなことを俺も考えてるんで、今度食事でもしながら、その辺のことをじっくり語り合いませんか」

「いいわよ。計画が具体化できたら、みんなで祝杯を上げましょう」

「みんなで……ですか」

声のトーンが下がった。

「そうよ。仲間は多いほうがいいでしょう」

友樹に礼を言って別れた。

「やっぱり、若いっていいわね。柔軟で、凝り固まってなくて」

緩やかな坂を歩きながら、理保子は高橋に語りかけた。

大沼は活火山の裾野にできた村であるため、勾配が多い。正面の山々に、陽が沈もうとしていた。

ずいぶんと日が短くなった。ひゅるひゅると吹く風が、秋の気配を運んでくる。

「他に若い農家はいないのかしら」

坂を下りきって平野に出ると、草がぼうぼうの土地が見えた。ここは大沼の中心地だ。

東京で言えば千代田区一番町のようなプライムロケーションに耕作放棄地があるなんて、何たる圃場の無駄遣いだと理保子は憤った。

「わ、若い農家ならここにもいますよ」

高橋が草だらけの圃場を指さした。

「若いのに畑をこんな状態にしてるわけ？　やる気あるのかしら」

「ゆ、有機農家です」

——有機農家？　耕作放棄地ではないのか。

そういえば向こうのほうで、きゅうりと思しき野菜が、にょきにょきとつるを伸ばしている。

有機農業の畑を見るのはこれが初めてだった。スノビッシュな健康オタクを満足させるためだけの畑は、原野のまま放置されていたのか。農薬を使わないから、こんな具合になってしまうのだろう。

「耕作者は誰？」

「木村という娘が、この畑のオーナーです」

木村？

どこかで聞いたことのある名前だと、理保子は記憶の糸を手繰った。

思い出した！　おおぬま春祭りの際、一緒に神輿を担いだ、あのお尻がはみ出そうな短パンを穿いていた娘が、木村という名前だった。

木村春菜――。

彼女は有機農家だったのか……。

二十

きゅうりの第一弾が、不本意な結果に終わると、和也たちはすぐさま第二弾に取り掛かった。

同じ場所に苗を植え、肥料はさらに栄養価の高い高価なものを与え、害虫や雑草には細心の注意を払い、すくすくと成長するよう支柱を立て、つるを巻き付けた。今度こそ美味しい実がなって欲しいと、たっぷり愛情を込め、育てた。

そんな和也たちに、益子は時折、醒めた視線を向けていた。こういう目をする時は、正気に戻っている。醒めているように見えるのは、目に知性が宿っている証拠だ。

とはいえ――

「ばあちゃん。これでいいんだろう」

和也が質問すると、電源が切れたように瞳は輝きを失い、鼻歌を歌いながら行ってしまうのだった。

「何だよ、言いたいことがあるなら、ハッキリ言えばいいのにな」

和也は口を尖らせ、益子の背中を見送った。

「しょうがないんです」

春菜が悲しそうに目を細めた。

「本人だって、無意識なんですから。お義母さんこそ、ずっと正気でいたいはずなのに、それが叶わないんですよ」

そうだった、と和也は反省した。自分を見失うのがどれ程深刻な事態か、若い和也は真剣に考えたことがなかった。

「病院には行かなかったのか」

「夫がまだ生きている頃に何度か行きましたけど、完治するのは難しいようです」

「ばあちゃんに頼るのは、よくないな。俺たちで何とかしないとな」

そして、山々の尾根が色づき始める頃、きゅうりの実が生った。第二弾のきゅうりは、第一弾に比べても、明らかに栄養が偏っているように見えた。

小さくひん曲がり、捥いで齧ってみると、水気が少なく苦かった。収穫時期とか旬とか、そういう問題以前に、人に食べさせることなどできないような代物ばかりだった。

「くそ！　いったいどういうことなんだよ」

今度こそ、ちゃんとしたきゅうりを作ろうと思ったのに、いったいどこがいけなかったのか。肥料も水もたっぷり与え、木酢液もたくさん撒いて、害虫被害を防いだはずだ。

それなのになぜ……。

「あっ」

ネットを検索していた春菜が声を上げた。

「連作障害って、ありますね」

連作障害――。

そういえば、そんな言葉を農業高校の授業で聞いたことがある。

記憶の底から、沸々と小さな泡が沸き上がった。

「そうだった！　それだよ。俺、知ってたのに……ああ、俺ってバカ！」

和也は頭を抱え、畳の上をのたうち回った。

「――作物の生育には、種類によって吸収する栄養分などが異なる。特定の作物を一枚の畑地で長期間連作すると、土の栄養分が偏り、その結果作物の生育が抑制される。これを連作障害という――って、ここにありますね。栄養障害や自家中毒、雑草害などの原因になると書いてあります」

「そうなんだよお、俺、知ってたんだ。知ってたのに、やっちまった。ホント、馬鹿だ。春菜さんに無駄な出費をさせちまった。出費だけじゃなくて、時間の浪費も。ゴメン。謝るよ」

和也は畳の上に正座し、頭を下げた。

せっかく手間暇かけて育てたのに、すべてが無駄だったとは。三ヶ月前に気づいていれば、こんな結果にはならなかった。すべて自分のミスだ。

「頭を上げて下さい、小原さん。小原さんが悪いんじゃありません。あたしにだって、責任があります。一回目のきゅうりが上手くできなかったから、今度こそって、あたしも熱くなっちゃったんです。結果的に、そういう考えがダメだったんですね」

「やっぱり農業って難しいな。これからどうしたらいいんだろう。俺たちは、どっちの道に進めばいいんだ」

　春菜がうなだれている和也の肩に手を置いた。

「一息つきましょう。あたしたち、夏の初めからずっとがむしゃらにやって来たでしょう。ちょっと立ち止まって、いろいろ考えてみるのもいいかもしれません。もうお昼ですね。久しぶりに表で食事をしませんか」

　益子と三人で薺に行った。

　シェフの遠藤は、和也たちを認めると「野菜作りはうまくいってるかい」と声をかけてきた。

「なかなか難しいです」

　ボソリと和也が答えた。

　その顔が余程憔悴しきったように見えたのか、遠藤は厨房を若手に任せ、和也たちのテーブルに来た。

「いつも元気いっぱいの和也くんが、そんな顔をするのは初めて見たよ。何があったんだ？　よかったら話してみないか」

　和也と春菜が顔を見合わせ、うなずいた。口を開いたのは、春菜だった。

「――そうか。苦労してるんだねえ」

　春菜の説明が終わると、遠藤が小さくため息をついた。

「あたしたち、野菜作りのことなんか何も知らない素人だってことが、今回の件でよくわかりました」

「そんなことはない。自分を卑下しちゃいけないよ。最初は誰だってそんなものだ」

「俺たち、師匠がいないんです。大沼には有機農家がいませんから。だから、ネットとかで検索しながら、見様見真似でやってるけど、漏れも多くて。やっぱり限界がありますよね」

遠藤が腕を組んで天井を見上げた。

「有機農家なら知り合いがいる。ちょっと変わったところだが、行ってみるかい。もし、行きたいんだったら話をつけてやってもいいよ」

「是非行ってみたいです」

間髪を容れず、和也が答えた。

「その農家で作ってる野菜は、さぞかしうまいんでしょうね」

y市の自然食レストランで食べたニンジンの味を思い出した。あんなにうまいニンジンを食べたのは、生まれて初めてだった。

「それがね。実はそうでもない。ぼく自身は好きだから、個人用に仕入れているけどね。好き嫌いは、別れるようだ」

「あはははははっ」

今まで黙って座っていた益子が、いきなり大きな声で笑い始めた。

「有機農家だって、慣行農家だって同じだからねえ。うまいところはうまい、まずいところはまずい」

益子は和也たちの会話を漏れなく聞いていたのだ。

「その通りです、おばあちゃん」

遠藤が首肯した。

「でも、なぜその農家なんですか」

春菜が訊いた。

「話を聞いた限りでは、そこが今の君たちにとって、一番勉強になる場所だと思ったからだよ」

「いろいろ丁寧に、教えてくれたりするんですか」

「さあ、それはどうかな」

遠藤が意味ありげに目を細めた。

「ぼくは農家じゃないから、野菜作りに関して大きなことはいえないけど、料理人としては三十年の経験がある。だから言わせてもらうけど、小手先の技術なんて、大して役には立たないんだよ。そんなモンは、ちょいと勉強すれば誰だって身に付く。一番大切なのは、ここだ」

遠藤が自分の左胸に掌を当てた。

「心で掴むことが大事だ。野菜作りだって調理だって、同じだろう。小手先でしかできない人間は一流にはなれない」

「兄ちゃん、若いのにいいこというねえ〜」

スイッチが入ったらしい益子が、唸った。

「ありがとうございます、おばあちゃん。もうそんなに若くはないですけど」

遠藤が目じりにしわを寄せ、ほほ笑んだ。

「昔の職人は弟子にあれこれ教えなかった。今は手取り足取り教えるのが主流みたいだけど、それじゃ肝心なところがぼやけちまう。肝心なところは教わるんじゃない。自分の力で掴むんだ」

高橋の言っていることは理屈ではわかったが、実際にはどうしたらよいのか、和也の理解を超えていた。有機栽培を掴むとは、具体的に何を指すのか。

「もう一度訊くけど、その農家に本当に行ってみたいかい」

和也は春菜に目配せした。

「……行ってみたいです」

和也が言うと、春菜もうなずいた。

「そうか。それじゃ、さっそく連絡してみるよ。その人はテツジンと呼ばれてるんだ」

「テツジン？　鉄人ってことですか。有機農法の鉄人？」

「まあ、行ってみればわかるさ」

遠藤がニヤリと口角を上げた。

二十一

二日後、和也の携帯に遠藤から連絡が入った。

「テツジンはいつでも来て構わないそうだ」

「それじゃ、早速連絡してみます。先方の電話番号、わかりますか？」

「いや。テツジンの家に電話はない。いきなり行っても大丈夫だよ。場所は……」

遠藤の言った地名をナビで検索してみると、大沼から十キロほど離れた山奥であることがわかった。

翌日、和也と春菜は軽トラに乗って、テツジンが住んでいるという山奥を目指した。

山々はすっかり秋の景色に彩（いろど）られている。この季節には、都会からの観光客も多い。路肩に停まった品川や練馬ナンバーの車の脇で、家族連れやカップルが記念写真を撮っているところに何度か出くわした。

「お土産、こんなんでよかったですかね」

春菜は、大沼特産のみたらし団子を抱えていた。

「物を教わりに行くんだから、金を要求されるかもしれないな」

「貯えなら、ほんの少しくらいならありますけど」

春菜が不安気な眼を向けた。

「あまりに法外な値段をふっかけられたら、断って帰ってくればいいさ。まあ、遠藤さんの知り合いだから、そんな阿漕な人じゃないと思うけど」

「だといいんですけど」

テツジンの家はいつまで経っても見つからなかった。GPS画面は緑一色で、民家などどこにも見当たらない。とんだ山奥に来てしまったと、和也は独りごちた。

「いったん車を降りよう。徒歩じゃなきゃ行けないところかもしれない」

路肩に車を停め、携帯ナビで位置を確認した。テツジンの住処まで一キロほどの距離だが、どの道を辿って行けばいいのか、サッパリわからなかった。

「あの人に訊いてみましょうか」

大きなナップザックを背負った登山客らしき男が、こちらに向かって歩いてくる。おそらく地元の人間ではないだろう。

「期待薄だけど、ダメ元で訊いてみるか」

男を呼び止め、この辺りにある有機農家を知らないかと尋ねてみた。

「知ってるも何も、俺は今そこから来たんだよ」

意外な言葉に、和也と春菜は驚いた。

「テツジンの農家だろう。あんたたち、もしかしてあそこに研修に行くの」

和也より一回りは年上に見える男性が、眉をひそめた。

「はい。あたしたち、有機農業を始めたばかりなんです。それでテツジンさんを紹介されて。お勉強させていただきたいと――」

「やめとけ、やめとけ」

春菜がしゃべり終わらないうちから、男が制した。

「あそこじゃ何も学べない」

聞くところによると男も農家で、これから有機栽培を始めようと思い、テツジンの噂を聞きつけて門戸を叩いたのだという。

「とんだ食わせモンだよ、あれは。行くだけ無駄だ。後悔するぞ」

「わかりました。でも一応、信頼できる人からの紹介なんで、行くだけ行ってみようと思います」

和也が言うと、春菜がうなずいた。

「そうか。まあ、判断するのは君たちだから、これ以上は言わないけど」

「あの～、テツジンさんて、本名はなんて言うんですか」

「確か秋山（あきやま）だと思った。秋山哲人（てつひと）」

「哲人？　そうか。だからテツジンなんですね」

春菜が小さな手をポンと叩いた。

「そうだよ。正に名は体（てい）を表すを地で行ってる人だ。ここから二百メートルほど行ったところに小さな空地がある。そのすぐ脇に、山道があるからそこを登ったところが、テツジンの畑だ」

頑張れよ、と言い残し、男は去って行った。

男がやってきた方向に車を走らせると、道路脇に小さな原っぱが見えた。一台のシルバーメタリックのセダンが停まっている。セダンの脇に軽トラを駐車し、車を降りた。

谷底から冷たい風が吹きすさぶ。ここは標高八百メートルといったところか。

「あそこですよ、きっと」

春菜が指し示す方向に小径が見えた。

人一人がやっと通れそうな、舗装していない小さな山道を進んだ。周囲には黄色く色づき始めたケヤキやブナの木々があった。どこかから、山鳥の鳴き声が聞こえて来る。

暫く小径を登っていると、平地に出た。二十メートルほど先に、平屋建ての古い民家が見えた。戸口のところで作務衣姿の男が薪を割っている。多分七十代だろう。耳の後ろに僅かに残った頭髪は真っ白で、斧を振るう腕は枯れ木のように筋張っていた。

「あのー」

春菜が老人に歩み寄った。小柄な春菜より僅かばかり背が高い老人は、チラリとこちらに視線を向けると、再び薪割りに戻った。

「テツジンさん、いえ、秋山さんですよね」

老人は斧をグサリと地中に突き刺し、フーと大きく息をついた。鼻の脇の大きなほくろが、汗で光っている。

「おれ、手伝います」

腰をトントンと叩いている老人の返事を待たず、和也は斧を握った。老人はその場に腰を下ろすと、泥だらけの手拭いで、毛のない頭を磨くように拭き始めた。

和也は切り株の上に太い薪を載せ、斧を振り下ろした。

「秋山さんですよね」

春菜が老人の目の前にしゃがみ込み、尋ねた。

「うむ」と老人が面倒臭そうにうなずいた。

「薺の遠藤さんの紹介で来ました。あたしたち、駆け出しの有機農家なんです。秋山さんにいろいろ教えていただきたいと思い、大沼からやってきました。もちろん、お手数はかけません。秋山さんのお手伝いもきちんとします。これ、つまらないものですが――」

「教えることなど何もない」

みたらし団子を手渡そうとする春菜を、テツジンがギロリと睨んだ。

「手伝いも必要ない」

春菜が困惑した顔で和也を振り向いた。和也は薪割りの手を休め、肩をすくめた。

「じゃが、ここにいたいというならいてもよい」

「それじゃあ……」

春菜が言葉を継ごうとするや、テツジンは座禅を組み始めた。もう一度語り掛けたが、テツジンが目を開くことはなかった。

「どうしましょうか」

春菜が和也の元まで来て、ささやいた。さっき会った男が、行くだけ無駄だって言っていた意味が、なんとなくわかった。

「そうだよな……」

しかし来たばかりでもう結論を下してしまうのも、時期尚早のような気がする。

「もう少しだけ様子を見よう。俺は取りあえず薪割りを最後までやる」

薪は後三十本ほど残っていた。

「そうですね。わたしは――」

春菜は周囲をグルリと見渡した。

「テツジンさんが、耕している畑が近くにあるはずですから。ちょっと見学してきます」

とはいえ、辺りは原野ばかりで田畑があるようにも思えなかった。テツジンを見やると、両足を組んで座ったまま、置物のようにじっとしている。膝の上で絡んだ指が、小さなアーチを描いていた。

「じゃあ、行ってきます」

背を向けようとする春菜にうなずき、和也は薪割りに戻った。

山鳥の鳴き声を聞きながら、暫くは薪割りに集中した。コツを覚えると、なかなか楽しい。一撃でパキーンと二つに割った時など「お～っ」と感嘆のため息が漏れた。

どうだと言わんばかりにテツジンを振り返ったが、相変わらず目を閉じ、瞑想にふけっている。

――あれ？

真っ白だったテツジンの口ヒゲが、いつの間にやら茶色っぽく染まっている。地面には竹串がばらまかれ、その隣には口の開いたプラスチックのパックが転がっていた。

――いつの間に食ったんだ？　確か五串入っていたはずだぞ。全部一人で食っちまったのか？

串には四個の団子がついていたはずだ。五串分だと二十個。和也が薪割りをしている間に、この小柄な老人は一人で二十個もの団子を、ぺろりと平らげてしまったのだ。

やがて春菜が戻ってきた。「どうだった」と訊くと首をかしげながら、複雑な顔をした。

「向こうのほうに、ミカン畑がありました。いえ、畑というより自然に生えたミカンの木っていうような感じで――」

春菜は瞑想しているテツジンを振り返り、声を潜めた。

「ちょうど実が生っていたんで、一つ捥いで食べてみました」

「どうだった？」

「袋が硬めで、とても酸っぱかったです。なんだか、ずっと昔に食べたミカンの味がしました。あたしは嫌いじゃないけど、たぶん好き嫌いが分かれるところでしょうね」

「ふ〜ん」

和也は斧にもたれ掛かりながら、天を仰いだ。灰色の空から今にも、ポツリポツリと雨が降りだしそうな気配である。

「それ以外には、畑や田んぼはないような気がしました。でも、ちょっと見覚えのある丸い葉っぱがあったんで引っ張ってみたら、お芋が生っていたんです。里芋みたいな感じでしたが、野生のお芋だったのかもしれません」

ここって、本当に農家なんですかね、と春菜がさらに声を潜めた。

「本人に訊いてみればいいさ」

座禅など組みだしたので、さぞかし高名な人物なのだろうと畏敬の念を抱きかけたが、いつの間にやら団子を平らげているのを見て、そんなものはどこかに吹っ飛んでしまった。

「おい、テツジンさん。団子はうまかったか」

春菜が驚いた顔で和也を振り向いたが、草むらに落ちている竹串を見て、納得したように頷いた。

テツジンは答える代りに、茶色いたれがついた口ヒゲをもごもごと動かした。

「座禅組んでる時に団子食っていいのかよ」

プーと音がして、硫黄のような臭気がほんのりと漂ってきた。テツジンが放屁したのだ。和也は鼻をつまみながら、手をパタパタと仰いだ。

「すべては自然に流れるまま。抗わず観察すべし」

老人が口を開いた。

「はっ？」

和也が眉を吊り上げた。

その時、山間に小さな稲妻が走った。少し遅れて雷の落ちる音が轟く。

「あたし、洗濯物干しっぱなしでした。今日は晴れるって天気予報で言ってたから」

春菜が心配そうな目を向けた。

「帰って取り込んだほうがいいんじゃないか。ずぶ濡れにならないうちに」

「そうですね。小原さんはどうしますか？」

「おれは……」

和也は人前で屁をこいてもしれっとしている老人を、振り返った。テツジンはまた瞑想に戻ってしまった。行くだけ無駄と眉をひそめた男の顔が脳裏に浮かんだ。

「俺は残るよ」

秋きゅうりを失敗したのは自分の責任だ。つい熱くなり「もう一度きゅうりで勝負だ！」と春菜をけしかけてしまった。

有機農法を絶対に成功させたい。そのために、藁をも掴む思いでやってきた。あの信頼できる遠藤が、ここを勧めたのだ。何かを掴むまでは帰るわけにはいかない。

「それじゃ、あたしは一旦帰ります。着いたら連絡しますね」

お世話になりました、と便宜的に春菜は頭を下げたが、テツジンは無視を決め込んでいた。

「気を付けて」

ここから軽トラを飛ばせば、二十分ほどで大沼に着く。

春菜が去ってしまうと、和也は所在無く空を見上げた。雲行きは相変わらず怪しいが、降雨はない。

「お前は帰らないのか？」

テツジンのほうから話しかけてくるのは、これが初めてだった。

「帰らなきゃ迷惑かい」

和也が問い返した。

「言ったはずだぞ。学ぶことなど何もない、手伝うこともない」

「それが本当かどうか確かめるために、俺はここにいるんだ」

「ほう」

テツジンが興味深そうに和也の顔を覗き込んだ。白内障なのだろうか。色素の抜けた青い目は、まるで外国人のようだ。

「お前は、とんがった目をしてるな。そういう人間にここが耐えられるかな」

「居ても意味ねえとわかったら、とっといなくなるから心配しないでくれ。ところでジイさん、あんたはナンで座禅なんか組んでるんだ」

「宇宙と繋がっておるんだよ」

――宇宙と繋がる？

スピリチュアルか何かか？　やはりヤバい人だったのかと、和也はかぶりを振った。

「宇宙と繋がると、なんかいいことでもあんのかよ」

「繋がってみればわかる」

「繋がるのは難しいのか」

「やってみればわかる」

「あんたみたいに座禅を組めば、繋がれるのかよ」

「それは人それぞれだな」

何を言っても糠に釘だった。

よし、と心の中で掛け声をかけると、和也は靴を脱いでテツジンの隣に座った。見様見真似で足を組み、座禅のポーズを取ってみた。テツジンはフンと鼻を鳴らし、背筋を伸ばすと、再び瞑想の世界に入って行った。

さて……。

目を閉じるなり和也は考えた。瞑想とはどのようにやればいいのか？　どうすれば、宇宙と繋がることができるのか？　繋がったら何のメリットがあるのか？　それが有機農法の何に役に立つのか？

和也は目を開け、小さなため息をついた。

——おれ、いったい何やってんだろうな。

スースーというテツジンの吐息が、隣から聞こえてくる。相変わらず口ヒゲは茶色く染まったままだ。本当に瞑想しているのか？　もしかしたら寝てるんじゃないのか？

仕方なくまた目を閉じた。どっと疲れが襲ってきた。

和也はそのまま、深い眠りに落ちて行った。

モゾモゾと何かがうごめく気配を感じ、和也は薄らと目を開けた。手の甲に小さな生き物がびっしりと張り付いていた。何匹かは腕を伝って首元まで登ろうとしている。

「うわっ！」

飛び起きて、パタパタと手を叩いた。くっついていたのはクモの子だ。虫には慣れているはずの和也だったが、こんなにもたくさんのクモを目の当たりにすれば、背筋が震えた。

ふと隣を見ると、テツジンの身体にもクモの子がいた。首や顔面で小さなクモがうごめいているのに、そんなものはどこ吹く風で、静かに目を閉じている。

「おい、ジイさん。クモが這ってるぞ。顔に。寝てるのか？　おい」

「寝てなどおらんわ」

テツジンがカッと目を見開いた。

「クモの子など、珍しくもない。あちこちにおるわ。クモだけじゃないぞ。ハリガネムシ、ゾウリムシ、トビムシ、ハサミムシ。ありとあらゆる虫がおる」

テツジンが立ち上がり、歩き始めた。和也はその後を追った。携帯電話が震えたのでポケットから取り出すと、春菜からだった。時刻は午後四時を過ぎている。ずいぶんと長く寝ていたらしい。

「すみません。連絡が遅くなっちゃって。お義母さんの具合がよくなくて」

「大丈夫なのか」

「ええ。お医者様に連れて行ったら、単なる風邪だから心配ないって。そっちはどうですか」

「まあ何とかやってるよ」

「おい」とテツジンに呼ばれ、和也は携帯を握りなおした。

「また連絡する」

テツジンの元まで行くと、ここを掘れ、と大きな葉っぱを指さした。葉っぱの周りを掘るなり、小ぶりな芋がごろごろと出てきた。春菜が言っていた里芋に違いない。

「これに入れろ」

テツジンがいつの間にか、脱衣所にあるような大きな籠を持っていた。里芋を掘ると、今度は別の場所にあった茎を引っこ抜けという。言われた通りにすると、地中から紫色の根菜が出てきた。

「サツマイモ？」

「違う。チュウゴクダイコンじゃ。知らんのか」

和也は首を振った。

次に獲ったのがレンコン、その次がハショウガ、最後にノザワナ。原野のように見えるが、どうやらここはテツジンの畑らしい。

「草取りとかしないの？」

質問すると、テツジンはなぜそんなことをする必要があると、逆に問い返して来た。

「自然のままでもきちんと作物は育つ。人間の手心など必要ない」

「でも雑草に栄養を吸い取られたり、日光を遮られたりするじゃない」

「雑草に負けてしまったら仕方ない。それが淘汰というものじゃ。さあ、そろそろ晩飯の準備に取り掛かるぞ。それを小屋に持って帰って井戸水で洗うんだ」

一人でこんなに食べるのかと、和也は驚いた。

「図体のデカいやつがおるからな」

テツジンは、和也の身体を見て、目じりにしわを寄せ、笑った。

突然、思い出したように腹がグーッと鳴った。ずっと寝ていたから、昼飯を食べていない。

「わしが言ったことが本当かどうか見極めるために、お前はここに残ったのだろう」

テツジンが一足先に家に戻ると、和也は春菜に電話を掛けた。

「春菜さん？　俺、暫くここに留まることに決めたから」

二十二

テツジンは相変わらず多くを語ってはくれなかった。

しかし、和也は何かを学び取るまでは帰らないと心に誓った。圃場のことは心配だったが、何も方針が定まらないまま、作付けをしたところでまた失敗するに決まっている。それにもう農閑期だ。今は逸る心を抑え、一から物事を見つめ直したほうがいい。

テツジンは農作業というものをほとんどせず、一日の大半を座禅を組んで過ごした。座禅を組む心得としては、何も考えない、無になる、ということぐらいは和也も知っていた。しかしそれが難しかった。止めようと思ってもまるで叶わず、次から次へと、濁流のように思念が現れては消えていく。

腹が減った。来年はちゃんとした野菜が作れるだろうか。春菜は今頃何をしているのか。この間Y市に出かけた時、すれ違った金髪女のケツが巨大な桃のようだった。またクモが身体を這っていないか。冬用に新しいブルゾンが欲しい。ウンコがしたくなってきた。替えの下着を買っておけばよかった……。

人間の脳味噌は、無駄な思念を垂れ流し続けるためにできているらしい。それとも、俺の脳味噌だけがおかしいのか。修行を積んだ人間は、くだらない思念を完全にコントロールできるのか。

趣向を変え、頭の中で大空に向かって羽ばたく自分をイメージしてみた。

両手を大きく広げ、天を見上げると、身体が浮き上がる。二階の屋根を越え、杉の木より高く昇り、やがて山の頂をも眼下に見下ろすようになる。

雲を突き抜け、後ろを振り返ると、そこは辺り一面真綿の世界。遮る物がなくなった空には燦々と太陽が輝いている。不思議とまぶしさを感じない。

さらに昇ると、日の光の中に何やら人影のようなものが現れた。ヒゲを生やした長髪の男。優しそうな目をしている。頭に載せられたあれは、茨の冠か？　あの人はもしや……。

男が両腕を広げた。腕の中に吸い寄せられるように、和也は男に近づいて行った。男が人差し指を掲げた、和也も指を差し出した。二つの指の先端が交差する。

――繋がった？

わけねーよな。ETじゃねーんだって。勝手に都合のいい想像したって、ダメだよな。

和也は苦笑いしながら、目を開けた。想像の中では無害だった直射日光が瞳を直撃し、和也はしきりに瞬きを繰り返した。

気が付くと、いつも隣で座禅を組んでいるテツジンがいない。遠く離れた草むらにしゃがみ込んでいる小さな背中を発見した。

「瞑想はもう終わっちまったのかよ、ジイさん」

和也は大声で怒鳴った。

初対面からずっと、敬老精神など欠片もない乱暴な言葉を使っているが、もしかしたらとんでもないペテン師かもしれないこの老人と会話をするのに、一番合ったトーンだと開き直った。

「何やってんだ」

立ち上がって、テツジンに近づいた。

「観察じゃよ」

テツジンがしゃがみ込んでいる足元では、蟻（あり）が列を作って行進していた。

「ここは虫だらけ、雑草だらけだな。こんなんで本当に圃場と呼べるのか」

「圃場と呼んでもらおうとは思わん」

和也は舌打ちした。

――このジイさんとは、マジで会話が続かねえ。

「これが自然のままの姿じゃよ。だが作物はちゃんと育つ。昨日の晩、食べただろう」

昨晩食べさせられた七草粥（ななくさがゆ）もどきを思い出した。美味かったかと訊かれれば、微妙としか答えようがない。

「もしかして、この土の上にばらまかれてるのは藁か」

「そうじゃ」

「うちの畑でも昔、藁を撒いてたよ」

「藁はよい堆肥（たいひ）となる。ここでは米を作っておった。つい先月収穫したばかりじゃ」

「ここで米？　田んぼだったんか」

和也は周囲の草むらを見渡した。田んぼのことは詳しくなかったが、水を抜くとこんな風になってしまうのか。だとすれば、この雑草たちは先月まで水の中に生えていたのか。

「雑草は主にクローバーじゃよ。緑肥として役に立つ」

緑肥というのは確か、除草せずそのまま土にすき込んで肥料にする植物のことだ。

「それから、ここで作っているのは米だけではない。麦もじゃ」

「麦？　田んぼで麦を作るのか」

「そうじゃ。ここに生えておるだろう。これが二ヶ月ほど前に播いた麦じゃよ。先月は麦踏みをしながら、稲穂を刈ったんじゃ」

「麦はいつ収穫するんだ」

「五月じゃな」

普通の田んぼでは田植えをする時期だ。

「つまり秋と春、年に二回の収穫がある。収穫の後は、稲藁か麦藁を土に播く。土は肥えるぞ。だから雑草が生え、虫たちも寄ってくる。そろそろ、稲の籾種(もみだね)を播かねばならん。手伝うか」

「ああ、もちろん」

やっと実践ができそうだ。

稲の籾種を播くというのは、田植え用の苗を作るのではなく、畑に種を播くように直播きすることだと聞き、和也は驚いた。おまけに田んぼは耕さないという。

「オイ、ジイさん。それって手抜きじゃねえのか」

「手抜きではない。土地を耕す必要がどこにある。せっかくできた生態系を破壊するようなものだぞ。下手な小細工などせんでも、土地は十分肥えておるわ」

「自然のままってやつか」

テツジンはむっつりとうなずいた。

「苗床などに入れて、過保護に育てる必要もない。直播したって、稲穂は元気ににょきにょき伸びる」

作業としては恐ろしく単純だった。乾田に木の枝で溝を掘り、そこに籾種と鶏糞をばらまくだけ。ものの三十分で終了してしまうと、テツジンは再び座禅を組み始めた。

「ジイさん」

「なんじゃ、もうこれ以上の質問は受け付けないぞ。今日はしゃべり疲れた」

「最後に一つだけ質問させてくれ。こんな手抜きの栽培で、ちゃんと収量は上げられるのか」

「反十五俵獲りじゃ」

と言われても、和也にはよく理解できなかった。一反というのは約十アールだが、そこで十五俵の米が獲れるというのは、多いのか少ないのか。

ポケットからスマホを取り出し、「米、反収」と入力し、検索にかけた。

「一反の田んぼで獲れる米は、通常八俵から十俵って書いてあるな。十五俵ってのはスゲーんだな」

テツジンは目を瞑ったまま、ニンマリと笑った。

「育苗施設も、田植え機も、耕運機も無しの超低コストで、反収は一・五倍。おまけに麦の収穫まであるから、むちゃくちゃ儲かるだろう」

「儲けようと思えばできる。じゃが、金儲けなぞ、無意味だよ」

本当かよ？　と和也は心の中でつぶやいた。格好をつけてるだけじゃないのか。自ら作り出した仙人のようなイメージを、壊したくないだけだろう。

まだこのジイさんのことが信用できない、と和也は思った。

──待てよ。

いくら収量が凄くても、肝心の味のほうはどうなんだ？　昨晩食べた水っぽい粥では、米本来の味がわからなかったが──。

その日の晩、和也は出された粥ではない米を、ゆっくりと噛みしめ、味わった。

正直、うまいのかまずいのか、よくわからなかった。ということは、凡庸な米なのだろうか。しかし薄暗いテッジンの小屋で、不安と孤独に苛まれながら食べているから、味気なく感じるだけかもしれない。気の置けない仲間たちとハイキングに出かけ、この米で作った握り飯を青空の下で頬張ったとしたら、どうだろう。

ポケットの携帯が振動した。画面を見ると、春菜からだった。

「小原さん、ごめんなさい。連絡が遅れてしまいました」

一日会わなかっただけなのに、春菜の声がずいぶん懐かしく聞こえた。

「お義母さんが相変わらず臥せってますので、ちょっとバタバタしてて」

医者からも単なる風邪と言われたし、熱も下がったから心配ない。ただ、お年寄りだから完治するのに時間がかかると、春菜は説明した。

「そちらに行こうと思ったんですけど、今日は無理でした。明日にでも行きます」

「いや、必要ないよ」

本心では春菜に来てほしかったが、きっぱりと断った。

声を潜め、ここに来ても、具体的に学べることは少ない、精神修行の道場のようなところだから、一人で十分だと説いた。

「でも、小原さん一人に押し付けて、何だか悪い気がします」

「心配ないよ。こっちも無駄だとわかったらすぐ帰るから」

「無駄、ではないんですね」

「まだ、わからないんだ。ホント、モヤモヤしてるんだ。だからもう少しいて、様子を見たい」

電話を切ると、「昨日の彼女か?」とテツジンが訊いてきた。瞼が重たそうな表情をしている。吐く息が酒臭かった。

「酒、飲むのか?」

「ああ、もちろん飲むよ。お前も一杯行くか」

普段は酒などほとんど飲まない和也だったが、むっつりとうなずいた。

「自家製のどぶろくじゃ。こいつぁ利くぞー」

テツジンは和也の湯飲みに、どくどくと白濁した液体を注いだ。

「密造酒かよ」

「個人消費用だったら問題ないわ」

「本当かよ」

「若いのに、いちいち細かいことを気にするな。さあ、グッと行け、グッと」

仕方なく和也は湯飲みを傾けた。口の中に含んだ途端、舌の上でピチピチと炭酸ガスが弾け、飲み干すとほんのりとした甘味が残った。米と違い、こちらはなかなか美味だ。

「農家より、酒屋をやったほうがよかったんじゃないの」

ガハハハハハッ、とテツジンが愉快そうに笑った。やはりこの男は俗物だ。宇宙と繋がるだの、自然に流れるままだの嘯いているが、酒や団子が大好きな普通のジイさんではないか。

「お前はなんで、百姓など始めたんじゃ」

テツジンは、茶を啜るようにドブロクを飲むと尋ねた。

「まあ、いろいろあってさ」

「話してみろ」

あまり乗り気はしなかったが、和也は農業を始めた経緯を説明した。話半ばで、テツジンが下瞼を盛り上げ、ニヤニヤと笑いだした。

「お前、あの娘に惚れてるだろう」

「いや、んなこたあねえよ」

「んなこたあ、あるだろう。お前の瞳、動揺しとるぞ。素直に認めろ」

春菜のことを、まるで意識していないといえば嘘になる。いろいろ悩んだ末、大変な状況にあった彼女の手助けをすることを決めたのだ。有機農法を極めたいという気持ちに嘘偽りはないが、春菜がいなかったら果たしてこの道を選んでいたかと訊かれれば、口ごもるに違いない。

これらのことを、包み隠さず不器用にテツジンに話した。

「つまり、俺と彼女は言うなれば、ビジネスパートナーなんだ。ジイさんの思っているような関係じゃない。今のところは、だけどな。おい、寝てんのかよ？」

テツジンは、湯飲みを持ったまま舟をこいでいた。

「何だよ、しゃべらせるだけしゃべらせておいて」

テツジンはむにゃむにゃ言いながら横になり、グガガガガガッと派手ないびきを掻き始めた。

「そんなところに寝てると、風邪ひくぞ」

まだ木々は葉っぱをつけているとはいえ、中山間地域の夜は冷える。

——しょうがねえなあ。

和也は毛布を探しに、アルコールランプを手に、奥にあるテツジンの部屋に入った。六畳ほどの部屋には本棚と机があった。

押し入れから毛布を出し、テツジンに掛けると再び部屋に戻った。テツジンの蔵書に目を通したくなったのだ。

見たこともないような古いノベルズの類（たぐい）は、和也を魅了した。表紙に描かれたゼロ戦や、おどろおどろしい幽霊の絵などは、まさに昭和レトロといった風情だ。テツジンは、こういったものも読んでいたのか。ページを捲ると、ランプの明かりに驚いたシラミが、綴じ代（とじしろ）に沿って逃げていくのがわかった。

農学関係の学術書もあった。その中の一冊は、昭和四十三年の第一版第一刷と書いてあるからかなり古いものだ。本を手に取り、二、三ページ捲っただけで、和也はギブアップした。恐ろしく難しいことが書いてある。しかも内容的には、テツジンが実践しているのとは正反対の、農作業の機械化、近代化に関するものばかりだ。

ふと、本棚の端に目を留めた。アルバムらしきものがある。

居間のほうに首を捻（ひね）ると、相変わらずテツジンは、だらしなく涎を垂らしながら爆睡していた。

和也は再び本棚に視線を戻した。

本はともかく、プライベートの写真を許可なく閲覧することは憚（はばか）られたが、好奇心が勝った。古いアルバムを抜き取り、ページを捲った。アナログ時代の写真が、所せましと貼られていた。

――誰だ、これは？

長髪でスリムな若者が、細身のスーツに身を包み、カメラに向かってワイングラスを掲げている。両隣には、胸のはだけたドレスと和服姿の、どう見ても昼職に就いているとは思えない女を二人侍らしていた。

この一見軽薄そうな若者が、テツジンだと理解するのに大した時間はかからなかった。鼻の脇に大きなほくろがあるし、春菜のことを訊いてきた先ほどのニヤけた顔と、写真の鼻の下を伸ばしただらしない表情が、そっくりだったからだ。

さらにページを捲っていくと、女子とツイストを踊っているテッジン、プールサイドのデッキチェアーで、水着美女を膝に座らせているテッジン、あ～んと大口を開け、女子からケーキを食べさせてもらっているテッジン等々、信じられない画像が次々に現れた。

――やっぱりとんでもねえ俗物じゃないか！　仙人面（づら）しやがって。ふざけるな！

明朝にでもここを出ていこうと思った。

いや、待て。

和也はかぶりを振った。

若い頃にこんないい加減だったテッジンが、年を取った今はなぜこんな人生を送っているのか？　この変貌ぶりには興味をそそられる。

それに、テッジンが教えてくれた不耕起米麦混播栽培（ふこうきこめむぎこんぱ）には感銘を受けた。春菜の圃場での運用は難しいだろうが、こんな栽培法を生み出したテッジンは、やはり一方（ひとかた）の人物ではないのだろう。

――まだだ。まだ何も、おれは摑んでいない。

是が非でも、この老人から何かを学び取りたかった。そして、それを自分たちの圃場に応用し、今度こそ人前に出しても恥ずかしくないような野菜を作りたかった。

和也はアルバムを戻すと、明かりを消し、テッジンの部屋を出た。

二十三

「考えまいと思うな」

いつものように座禅を組もうとすると、脇に座っていたテツジンが、ポツリと言った。

「えっ？　何？」

訊き返した時にはテツジンはもう目を瞑っていた。「おい」ともう一度声をかけても、目を開ける気配はない。

仕方なく和也も目を瞑った。

――考えまいと思うなだって？　つまり、考えろと思えってことか？　いや、ちょっと違うかな。

和也は座禅を組み直した。

――人間は、考える足だったけか？

いや、足ではなくて葦(あし)だったか。足が何で考えるんだと質問したら、クラスメートに馬鹿にされた。勉強のできる奴だった。確か、中学三年の時だ。

「葦は植物の葦のことだよ。足じゃない」

ドヤ顔で言ったそいつに「足が考える以上に、葦が考えるなんて変だろう。足なら脳みそに繋がっているから、もしかしたら自分で考えることもできるかもしれないけど、そもそも葦には最初から脳みそなんてないのに、どうやって考えるんだ」と反論した覚えがある。

そいつは一言「お前に説明しても、まったく無駄だ」と答え、行ってしまった。そいつは今、どこかの国立大学目指して三浪している最中だと聞いた。

そいつのおかげで、足が葦であることが判明したが、こんな諺(ことわざ)など知っていてもクソの役にも立たないと和也は思った。

宇宙に繋がるためには、何も考えず、座禅を組まなければならないのだ。

——いや、考えまいと思うな、だったな。

ああ、わけがわかんね！　っておれ、やっぱさっきから、ずっと考えてるじゃないか。

この時、ふと和也の頭に閃くものがあった。

考えまいと思わない、というのは正に今の状態のことではないのか？　人間は考える葦なのだから、何をどうやっても考えることを止めることはできない。ならば、考えるがままにしておく。すべては自然に流れるまま、抗わず観察すべし——。

テツジンはこうも言っていたはずだ。

思考中枢にストップをかけず、そのままにしておくと、驚くべき思念の垂れ流しに我ながら呆(あき)れるばかりだった。

考える葦の哲学者（名前は忘れた）はいつもウンウン唸りながらこの世の真理について考えていたのだろうが、俺は車だの、サーフィンだの、女のケツだのにしか興味がないらしい。頭の中は、下らないことでいっぱいだ。

何たる俗人。テツジンのことを笑えないな。

あそこに見える、あのちっぽけな男が俺だ。慣れない座禅なんか組みやがって、ほら、また裸の女のことなんぞ考えてる。まったくしょうもない奴だ。

んっ？

この状況は、いったい何だ？

俺が今見ているのは、小原和也自身なのか。

じゃあ今の俺は、いったいナンなんだ。俺は今、どこにいるんだ。

はっ、となり、目を開けた。

山鳥のさえずりが聞こえる晴れ渡った空に、太陽が燦々と輝いていた。

――もしかして、これが繫がるってことなのか？

無論まだまだ宇宙と繫がったなんて、大それた感覚はなかった。しかし、繫がる道筋は少しだけ見えたような気がした。

すべては自然に流れるまま、抗わず観察すべし――。

和也はもう一度、この言葉を嚙みしめた。


座禅が終了すると、テツジンは和也をミカン畑に連れていった。

「見よ」

テツジンが一本のミカンの木を指さした。

「これが自然型の木じゃ。根から一本仕立てになっておるだろう」

確かにテツジンが示したミカンの木は、杉のように一本の太い幹に、枝が交互に生えていた。

「そして、これが放任型」

テツジンが隣の木に顎をしゃくった。

放任型は、主幹の見分けが難しくて、枝が四方八方に散らばり、自然型より背が低く、丸みを帯びて見える。

「放任型って、手を加えず放任してたって意味だろう。自然型とどう違うんだ？」

「自然型と放任型は違う。自然型は、生まれた時から自然のままにすくすく伸びていった木のことじゃ。放任型は、一度でも人間が悪さをして、その後放っておいたからこうなったのじゃ」

悪さというのは、どうやら剪定(せんてい)のことらしい。随時剪定をして形を整えず、一回の剪定だけで放置しておくと、ミカンは松の木のようにグネグネになってしまうという。

　和也は、自然型と放任型からミカンの実を一個づつもぎ取り、味比べをしてみた。二つとも市販のミカンと違い、酸味が強く、際立った味の差はないように感じられた。

　そういえば、ここに来た初日に春菜もミカンを食べたらしいが、どちらの木から捥いだのだろうか。

「人間が一切手を加えないのが自然型ってことか」

　テツジンはむっつりとうなずいた。

「この農園の元のオーナーが、ミカンの木の剪定を行っていた。わしが引き継いでからは、有りのまま自然のままにしておこうと、剪定を止めてしまった。これが失敗だった。結果、大部分のミカンは枯れた。わしは、自然と放任を混同しておったのだ。生まれながらのまま、裸のままのものが健全に育った場合にのみ、自然型となる。一回でも人間が悪さをすると、取り返しがつかなくなる」

　和也はテツジンの言っていることを、心の中で反芻してみたが、どうも根っこの部分で引っかかるものがあった。

「もの凄く、基本的な質問だけど、自然型のどこがいいんだ」

　尚も和也が質問すると、テツジンは眉尻を下げ、小さく首を左右に振った。

「自然がよくないという考え方が、どこかにあるのか？　この木は、真っ直ぐにすくすく育っておるだろう。真っ直ぐに育った木は、病害虫にも強い」

「だけど、こっちのグネグネ型のミカンだって不味くはなかったぜ。枯らしちゃうのはマズいから、一度手を加えたら、最後まで面倒を見ればいいだけのことだろう。俺が知ってるミカンの木は、みんなこいつみたいに、グネグネしてるぜ」

「お前は、それが美しい姿だと思うのか？」

「じゃあ訊くけど、グネグネしてる松は、自然体じゃねえのかよ。人間が手を加えたから、最初は杉みたいに真っ直ぐだったのが、あんな具合にグネグネになっちまったのかい。真っ直ぐに育った木のほうが病害虫に強いんなら、杉は松よりも健康ってことになるけど、本当にそうなのか？」

　テツジンは腕を組み、目を瞑って暫く考えていた。

「お前は、面白いことを言う」

　目を開けたテツジンが、目じりにしわを寄せた。

「松の木は、真っ直ぐが自然か、グネグネしてるのが自然か、わしにゃ説明できん。杉が松より優れているとも思えん。わしに言えるのは、ミカンや稲や麦のことだけじゃ」

「ジイさんは、宇宙と繋がってるんじゃないのかよ」

「宇宙になど繋がれるわけがないだろう」

　はっ？

　あまりにもあっさり否定したので、和也は目を丸くした。

「僅かな可能性を求め、日々精進しているだけじゃ。ぶっちゃけた話、宇宙に繋がればそれは神だ。人間は神にはなれん」

「でもおれ、ジイさんの言う通りやったら、一瞬繋がったような気がしたけど」

「わしも、そう思った時期があった。じゃが、それは人間のおごりだよ」

「じゃあなんで、こんなことしてんだ」

「神に一歩でも近づく努力をして、悪いということはあるまい」

その日の晩、また晩酌が始まり、いい加減酔っぱらってくると、和也はテツジンの若かりし頃のことについて、訊いてみた。

「わしの過去のことについて、知りたいのか？」

テツジンはトロンとした目を、和也に向けた。

「なぜそんなことを知りたがる？」

「べ、別に深い意味はないけどさ、いつごろからこんな仙人みたいな生活をしてるのか、ちょっと興味があって――」

深い海のような瞳でさらに見つめられると、鼓動が早くなってきた。

「俺、悪いけど見ちゃったんだよ」

テツジンの若かりし頃の写真を盗み見してしまったことを、素直に打ち明けた。

「なるほどな」

白髪の老人は、あごひげをしごきながら目を細めた。

「別に見ても構わんよ。わしがどんな人間だったか、教えてやろう」

東京の大学の農学部を出て、農業試験場に勤務していたのだという。その頃は、人生の絶頂期で、よく飲み、よく遊んだ。女にもモテた。二十七歳の時、農家だった父が亡くなり、跡を継ぐため田舎に戻った。

「大学で勉強したのだから、野良仕事など屁のカッパだと高を括っておった。ところが、作った作物は不良品ばかりで、農協の選果でことごとく撥ねられた。理論と実践が違うことを嫌というほど思い知らされた」

　そんなある日、テツジンのところに役人が現れた。農地を売って欲しいという。折しも高度経済成長の真っただ中。テツジンが保有する農地とその周辺に、道路を通す計画が浮上していた。

　提示された価格は魅力的だったが、テツジンは断った。先祖代々の土地を手放したくなかったわけではない。もう少し、引っ張れば価格はさらに吊り上がると踏んだのだ。

　農地の売買に、農家の中で最後までゴネたのがテツジンだった。その結果テツジンは一番高値で売却することに成功し、一夜にして巨額の富をものにした。

「ジイさん、そんなにがめつい奴だったのかよ」

　和也が鼻を鳴らした。

「ああ、若い頃はな」

　これに味を占めたテツジンは、農家を止め、不動産屋に転身した。

「農家、止めちゃったのかよ!?」

「ああ。野菜作りは下手っぴだったし、農家は儲からん」

「じゃあ、不動産屋は儲かったのか」

　ちょっと待ってろ、と言い残し、テツジンは自室に消えた。暫くすると、大きなバインダーを小脇に抱え、戻ってきた。

「お前はまだ、こっちのアルバムには目を通しておらんだろう」

　和也が見たものより新しいアルバムだった。といっても、二十年以上前のものらしいが。

「このニヤけたデブのおっさんは誰だ」

　テツジンがククク ッと苦笑いした。

和也が注目している写真の中央には、真っ白でダボダボのスーツを着たメタボ体型の中年男が写ってた。パンパンに太っているが、尋ねるまでもなく、テツジンである。

テツジンは左右の腕を広げ、女の肩を抱いていた。パンツが見えそうなほど短い、身体にピッタリ張り付いたワンピースを着た二人の若い女である。眉毛がやたら太いのが印象的だった。これが当時の流行だったのか。

「六本木のディスコで撮った写真じゃよ。五十になったばかりの頃だな。事業がことごとく成功して、一番勢いに乗っていた時期じゃ」

バブル経済の波に乗り、テツジンが経営する不動産会社は破竹の勢いで急成長を遂げた。

だが、バブルであるから当然弾ける。それも、ゆっくりと空気が抜けて行くのではなく、ある日突然弾け飛んだ。

「会社は巨大な負債を抱えて倒産した。妻とも離婚したよ。娘が一人おったが、離婚してからは一度も会っておらん」

悲劇はそれだけで終わらなかった。

長年の不摂生が祟って動脈硬化が起こり、心筋梗塞（こうそく）で倒れたのだ。幸い一命は取り留めたものの、数日間生死の境（さかい）をさ迷った。絶望と恐怖の中で、様々なことを考えた。

回復したテツジンは、人生を一からやり直すことに決めた。都会を離れ、田舎に移り住み、隠遁生活を送るようになってから、既に二十数年が経過したという。

「なるほどな……」

テツジンが何故こんな生活をしているのか、やっと得心がいった。

それから数日間、和也は座禅を組んだり、風の音を聞いたり、落葉する木々を見ながら過ごした。もうテツジンに質問はせず、テツジンも和也に話しかけてくることはなかった。

「おれ、明後日帰ることに決めたから」

こう宣言した時、テツジンは目を瞑ったまままむっつりと頷いただけだった。

帰る日までの二日間、和也は山の木を切って薪を作ることに専念した。電気もガスも通っていないテツジンの家では、ほとんどすべてのエネルギーを火力に頼っている。

「これで、来年の冬まで大丈夫だろう。薪は十分乾燥させてから使ってくれよ」

細かく切断した木々を小屋の裏手に積み重ねると、和也は額の汗を拭った。テツジンにはいろいろ世話になったので、せめてものお礼の気持ちだ。

「結局、何も役に立たなかっただろう」

テツジンが言った。

「いや、そんなことはないよ。今までいろいろ、ありがとうございました」

初めてテツジンに深々と頭を下げた。

嘘偽りを言っているつもりはない。ほぼ十日間の生活を通して、何かを摑んだという実感があった。

春菜に車で迎えに来てもらい、帰路に着いた。当然春菜は、和也が何を修めることができたのか、知りたがった。

「口で説明するのは難しんだ」

険しい山道は、やがて緩やかな丘陵に変わった。

たったの十日間留守にしていただけなのに、草の生えた圃場が懐かしかった。我が家に帰ってきたことを実感した。

いったん実家に戻り、風呂に入って着替えを済ませると、春菜の圃場に戻った。畑では益子が一人で土いじりをしていた。

久しぶりに見る益子が、和也の姿を認めるなり「新太郎兄さ〜ん」と破顔した。

「ばあちゃん、久しぶりだな。風邪のほうは大丈夫なのか？」

「うん。もうよくなったから大丈夫」

益子が和也の腕を取り、子どものようにブラブラと揺らした。益子と一緒に玄関で靴を脱いで家に上がると、居間でＰＣ画面を見ていた春菜が和也を振り向いた。

「俺たちはテツジンのようにはできない」

開口一番、春菜にこう告げた。

「なぜできないかっていえば、俺たちがテツジンのような経験をしてこなかったからだ」

テツジンが語った半生を、春菜に説明した。

「テツジンは、何て言ったらいいか、罪滅ぼしのために、あんなことをやっているようなモンなんだ。俺たちとは、その点がまるっきり違うんだ。わかるかな？」

言いたいことは山ほどあったが、それが果たしてきちんと言葉になって伝わるのか、和也は不安だった。

「わかります。品行の悪かったテツジンさんは、何かに目覚めたってことですね。あの人が実践しているのは、農業というより生き方の哲学、もしくは宗教のようなものだったのでしょうか」

「そう。その通りだよ」

春菜が呑み込みが早くて助かった。

「テツジンがやってるのは、商売じゃない。でも俺たちは、商売をやっている。だから、あの人のようにはなれない」

　春菜がコクリと頷いた。

「とはいえ、テツジンの考え方は、すごく勉強になった。宇宙に繋がるのは大切なことだ。いや、繋がる努力をすることだな。すべては自然に流れるまま、抗わず観察すべし。ずっと座禅を組んでたら、錯覚かもしれないけど、草木の考えてることが少しだけわかったような気がした」

「まあ」

　春菜が小さく目を見開いた。

「俺たちは、たっぷり肥料をやって、木酢液をじゃんじゃんかけて、野菜を育てようとしてた。いや、春菜さんはちょっとばかりやり過ぎと思っていたかもしれないが、俺は構わず、栄養を与え続け、外敵を根こそぎ殲滅（せんめつ）しようとした。すべて有機原料とはいえ、俺たちのやっていることは、慣行農家と同じじゃないかってことに気づいたんだ。化学肥料をガンガン与えて農薬をばらまいてるあいつらと、俺らはどこが違うんだと」

「やっとわかったじゃないか」

　突然声がしたので振り返ると、益子が和也の顔をジッと見ていた。スイッチが入ったのだ。

「野菜と寄り添うことが大切なんだ。野菜の声が聴けない百姓には、農家をやる資格はないんだよ」

　益子の言葉が、グサグサと和也の心臓を突き刺した。

「もういいって言ってるのに、栄養をあげ続けたり、大丈夫と言ってるのに、雑草や虫をすべて抹殺してしまったり。そんなことをされた野菜が、健康に育つと思うかい？」

「その通りだ、ばあちゃん。何も言うことはねえ」

和也がうなだれた。かつて益子が「有機農法は野菜が生育するのを人間が手助けしてやる農法。だから主役はあくまで野菜」と言っていた言葉を、今さらながら噛みしめた。

「雑草だって、やたらめったら引き抜きゃいいってモンでもない。畑の役に立っている雑草だってちゃんとあるんだ。そのテッジンって人じゃないけど、アンタたちも一からすべてやり直しだね」

和也と春菜は神妙にうなずいた。

「でも、まあ大丈夫だろう。今度こそうまく行くさ」

益子はこう言い残すと、鼻歌を歌いながらどこかに行ってしまった。

第二章　近代農業ＶＳ有機農業

一

理保子がアグリパーク構想を練ってから、もうすぐ一年が経過する。

計画はゆっくりと着実に進行していたが、実現化させるのにはまだまだ遠い道のりであった。この一年でもっとも苦労したのは、農業進出を画策する企業、土地とノウハウを提供する用意のある農家、各々に担保を与えることだった。

企業の側は、投資に値する農地が確保されているなら真面目(まじめ)に進出を考えてもよいと言い、農家は、きちんとした企業の誘致が確約されているなら、農地の手当てを検討してもよいと言った。二者を同時に安心させるためには、アグリコ・ジャパンはもとより、理保子個人の信用を勝ち得るしかなかった。

理保子は頻繁(ひんぱん)に地域の会合に顔を出し、あらゆる努力を惜しみなく大沼のために注(そそ)ぐと同時に、進出を検討中の企業に足繁く通い、計画の進捗状況と、後継者不足に悩む、日本農業の未来について熱く語った。

しかし、企業側はともかく、理保子の計画に積極的に乗ってくる農家は、依然として多くはなかった。

やはり農家は、松岡の動向が気になるのか。

その松岡には未だ、アグリパーク計画のことを明かしていない。理保子が農家たちと直接交渉していることに関して、松岡は一切何も言ってはこなかった。当然、彼の耳にも届いているはずなのに、無言を貫いているのは不気味である。

とはいえ、薺での一件以来しばらく松岡は理保子を避けていたが、春ごろから挨拶くらいならよこすようになった。所有する農地の賃貸借契約も、更新することに合意した。

そして、もう一人の目の上のたん瘤、氷川は、相変わらずY市にある東日本フーズの信越支社に入り浸り、アグリコ・ジャパンにはほとんど顔を出さない。当然、水面下で進められている計画に気づくはずもないが、事が具体化した暁には、猛反発を食らうことを覚悟せねばならなかった。

――でも、まだそんなことを心配するはるか以前の段階よね。

理保子はため息をついた。

問題はそれだけではない。

近頃、大沼の農家に妙な動きがある。

木村春菜が始めた有機農法に、賛同する農家が増え始めたのだ。以前理保子を冷たく拒絶した青山も、農薬を使わない農法に傾注しているという噂を耳にした。

まだ大したノウハウも生産量もない彼らは共に勉強しながら、大沼に有機農法の輪を広めているらしい。

冗談じゃない。

そんなことをされたら、理保子の計画が台無しになってしまう。

とはいえ、春菜本人に悪い印象を持っていたわけではない。彼女が「向こう側の人間」であることが、残念だった。

春菜には一度だけ、理保子の計画を話したことがあったが、いい顔はしなかった。

「上田さんの考えていることはわかります。ですがあたしたち、進んでいる道が違うと思います」

理保子に遠慮しながらも、春菜は自分の意見をはっきりと口にした。

理保子はそれ以上説得を試みず、一旦退(しりぞ)くことにした。農地を遊ばしている農家は沢山ある。まずは彼らを説き伏せることが先決だ。

とはいえ、春菜の圃場(ほじょう)は大沼のいわば一等地にあった。理保子としては、いずれぜひとも手に入れたい農地だったのである。

「何だか近頃、自分も有機をやってみたいって連中、また増えてるようですよ」

桜井が報告に来た時、理保子はようやく重い腰を上げる覚悟を決めた。

「有機なんかやったって、一ヶ月で音(ね)を上げるに決まってるわ」

「でも木村の圃場は、そこそこ稼働してるようですからね。薺に卸して、評判も上々って聞きますよ」

「それは、大したものじゃない」

理保子がフンと鼻を鳴らし、席を立つと、バッグを手に取った。どこにいくんですか？　という桜井の問い掛けに、敵の視察よ、と答えた。

愛車のクロスポロを転がし、程なく春菜の圃場に着いた。畑に春菜の姿はなかった。背の高い若者が一人いて、支柱にきゅうりのつるを巻き付けていた。

路肩に駐車し、車を降りた。若者がジッとこちらを見つめている。目つきの悪い男だ。春菜と一緒に仕事をしていることは知っていたが、第一印象が良くなかったので、今まで一度も言葉を交わしたことはなかった。

「春菜ちゃん――いえ、木村さんはご在宅かしら」

農道から男に声をかけた。男は面倒臭そうに、かぶりを振った。ならば仕方がない、引き揚げようと踵（きびす）を返しかけたところ、「何の用だ」と男が喧嘩（けんか）腰で訊（き）いてきた。

「木村さんに用があるの」

理保子は意識して高飛車に答えた。

「木村春菜は外出中だよ。いずれにせよ、あんたが何か話したら、春菜さんは俺に相談する。あんた、アグリコ・ジャパンの社長だろう。俺たちにいったい何の用だ」

「アグリコ・ジャパンの営業・生産部長の上田理保子です」

理保子は男に歩み寄り、名刺を差し出した。男は一瞥（いちべつ）すると、名刺を無造作につなぎのポケットに突っ込んだ。

「で、あなたは？」

「小原和也」

男はぶっきらぼうに答えた。

「あなたは共同経営者なの？」

「違う。単なる雇（やと）われ。小作人だよ」

「じゃあ話しても仕方ないと思うけど、どうしてもというなら、話してもいいわよ。そもそもあなたたちは、なんで有機農家なんてやってるの？」

「なんでって、農薬や化学肥料を使わない農業を目指してるからだよ」

「それって、はっきり言って非効率だとは思わない？　作付けをした段階で、収量がどれくらいになるのか、予想はついてるの？」

「ついてるさ」

小原が向きになって言っているような気がしたので、理保子はわざとらしく鼻を鳴らしてやった。

「虫に食われてボロボロになったり、栄養失調でろくに実がならなかったりするのに、どうやって予想を立てるっていうの？　あ、そうか。作付けした九割は使い物にならないって予想は立つわけね」

言い過ぎているという自覚はあったが、この小原という青年の目つきが、なんとも気に食わないのだった。

「んだと〜」

元々平和的とはいえない小原の顔が、さらに凶暴に変貌した。

「失礼。九割はオーバーだったわね。六割、いえ、七割くらいかな」

「なめてんのかよ、オバさん」

オバさん呼ばわりされ、理保子の下瞼（したまぶた）がピクリと動いた。

「あんたたち、夢見る世界の住人は、日本の食について真剣に考えたことがあるの？　人口一億三千万を、有機農業だけで食わせていくことができるとでも思っているの？」

「思ってるさ」

小原が挑発的な眼差（まなざ）しで答えた。

「日本全国、どこへ行っても捨てられてる野菜がたくさんあるだろう。つまりそれだけ無駄なモンを作ってるってことだ。日本の農家がすべて有機農家に転身したら、全体の収量が落ちるだろうが、捨てるのを止めれば十分回ってくはずだぜ」

「そんなのは屁理屈よ」

確かに無駄に捨てられてしまう野菜には、理保子も忸怩たるものを感じていたが、それと有機農業はなんの関係もない。

質問の仕方を間違えたと理保子は舌打ちした。有機農業で日本国民全部を食わせていけるか問うのではなく、有機農業が如何に無意味で非効率で時代に逆行しているか、知らしめるべきだったのだ。

「あんたたちが有機農業に、それだけこだわる理由はなんなの」

「だから、無農薬で……」

「それは、もう聞いた。どうしてそこまでマニアックに、無農薬や無化学肥料にこだわるのかって尋ねてるのよ」

一瞬の間があったのち「わからねえ」と拍子抜けするような答えが返ってきた。

「わからねえって、随分素直なのね。わからないのに、有機をやってるわけ?」

理保子はせせら笑った。

「じゃあ訊くけど、あんたはナンでそんなに有機農業に否定的なんだ」

「その点については、立ち話じゃ済まされないほど言うことがあるわよ」

「かまわねえよ。言ってみろよ」

「いいわよ。でもちゃんと理解してね」

非効率、不経済、グローバリズムに逆行、先端技術の否定、化学肥料や農薬に対する過剰アレルギー、有機野菜が普通の野菜より新鮮で美味しいという錯覚……等々。図体はデカいが頭の中はまだ幼そうな青年に、有機農法がダメな理由を順序立て、分かり易く噛み砕いて説明した。

「わかった？　もしわからないところがあったら遠慮なく訊いてね。わかるまで教えてあげるから」

　思いもよらず、最後まで口を挟まず素直に聴いていた小原の好感度が僅かばかり上がったので、理保子は優しく質した。

「馬鹿にすんなよ」

　小原が鼻を鳴らした。

「あんたの言ってることなんか、当たり前すぎて面白くもナンともねえや。俺だって、日本の農薬や化学肥料は安全基準を十分満たしてると思ってるよ」

「だったらなぜ、それほどアレルギーを持つの？」

「安全基準を満たしてるとはいえ、農薬はやっぱり、できれば使わないほうがいいだろう」

　理保子はグッと口ごもった。

「今は安全でも、十年経って科学が進歩したら、どうだかわかんねえじゃねえか。俺の親父がガキの頃は、表に出て日の光を浴びてれば健康になるって、さんざん親や先生から言われたっていうぞ。家の中に閉じこもって、生っちろい顔してるやつは、日陰のモヤシとおんなじで不健康なんだと。だから田舎のガキはみんな炭であぶったみてえに真っ黒で、そういうやつらが健康優良児とかで表彰されてたらしい。今からしてみりゃとんでもねー話だろ。紫外線は発癌物質なんだぜ。それ以外にも数えきれないほど害毒があるから、アラサー女なんかはみんな、真夏だってのにミイラみてえな格好で表、歩いてるじゃないか」

　小原が理保子の格好をジロジロ見ながら、ニヤリと笑った。

理保子は、気温が三十度に届こうとしているのに長袖のシャツを着て、つば広の帽子をかぶり、サングラスをかけていた。

「農薬だって、今は安全と考えられてる成分が、十年後には危険薬品って認定されて、発売禁止になってるかもしれねーしな。それと、さっきあんたが言った、有機野菜がみんな新鮮でうまいっていう錯覚のことも、よくわかってるよ。プラセボ効果っての？　いや、ちょっと違うかな。例えば、刑務所で食ったら、魚沼産コシヒカリだって臭いメシになるだろう。晴れた日に、キラキラ光る鮎の背びれを眺めながら、河原で食う握り飯は、どんなに最低の米で握られてても、うまく感じるだろうさ。

とはいっても、世の中には絶対的にうまいものってのは、やっぱりあるんだよ。あんたはまだ、本当にうまいものを食ったことがないんじゃないか。っていうより、味音痴か」

「ふざけないでよ！」

理保子が眉を吊り上げた。

「あたしは、この業界に十年いるんだよ。味音痴でやっていけるわけがないじゃない。過去に有機野菜を何回か食べたことがあるけど――」

代々木のグリーンデイマーケットと、薺で食べた有機野菜のことを思い出した。味に関しては、慣行栽培野菜と大差はなかった。

「悪いけど、皆が言うほど美味しいものではなかった。野菜の美味しさを決定するのは、有機、慣行の如何を問わず、栽培時期と鮮度、それに品種だとあたしは思ってる。例えば、夏場のほうれん草は、どう工夫を凝らして作っても、やっぱり美味しくない。これは栽培時期を間違えてるから。冬場に作った栄養たっぷりのほうれん草も、冷蔵庫で寝かしておいたら味は落ちる。これは鮮度の問題ね。それと、最後の品種だけど、あんたはコンビニで売ってるおでんのダイコンをどう思う？」

「サイテーだな」

「初めて気が合ったじゃない」

　理保子が目を細めた。

「長時間煮ても、まったく煮崩れしないダイコンは、あたしも美味しいとは思わない。あたしが好きなのは、トロっと煮崩れる食感と甘さのある品種。でも、すぐにドロドロになっちゃったら売り物にならないから、売り手の事情も分からないではない。コンビニの硬くて便利なダイコンは、俗に『客待ち品種』って呼ばれてるの。つまり、品種ですべてが決まってしまうということ。いくら有機栽培で頑張っても、品種を間違えたら、もはやどうしようもないのよ」

「理保子さんの言ってることは、わからないわけじゃありません」

　背後から声がしたので、振り返ると木村春菜だった。外出先から帰って来たのだろう。

「栽培時期、鮮度、品種が野菜の味を決める三要素というのは、確かにその通りです。でも、それだけじゃないと思います。もし、それだけですべてが決まってしまうなら、真面目にやっている農家がかわいそうです」

　春菜は眉尻を下げ、眉間にしわを寄せて、理保子に訴えかけた。

「春菜ちゃんが真面目に努力してるのは、あたしも十分わかってる。でもその努力を、別の方面に向けてみようとは思わないの？」

「どういうことですか」

「日本の農業は崩壊する瀬戸際に立たされているのよ。少子高齢化だけが問題じゃない。日本は今、諸外国と、例外のない関税撤廃と、幅広い分野にわたって制度の変更を求められる協定を結ぼうとしているの。無論、農業分野だって例外じゃない。もし協定が締結されたら、アメリカやオーストラリアの農家とまともに遣り合わなきゃいけなくなるのよ。今の日本の農家で、太刀打ちできると思う？」

「それは……一筋縄ではいかないと思います。でも、もしそうなったら、国が補助金とか出してくれるんじゃないですか」

「あたし、そういう考え方、好きじゃないの」

理保子がきっぱりと言った。

「もちろん、補助金はある程度、必要だと思う。アメリカだってEUだって、国は農家を補助してるわ。でも、そういうものにずっと甘えて来たから、今の農家の衰退があるんじゃないかしら。補助金を貰えるなら、まともに作付けをするのが、ばかばかしくなってくるでしょう。そんな農家に希望を見出せず、若者たちはどんどん都会に移り住んでしまう。その結果、地域は益々疲弊してしまう」

「でも、努力して品質の高い作物を作ってる農家だって、ありますよ」

「確かに、数は少ないけど国際的に競争力のある作物を作ってる農家はある。でも、それだけじゃダメなのよ。日本の農業にもっとも欠けているのが、経営感覚なの。とはいっても、農家に一から経営を学べといっても限界がある。経営を知っている企業とコラボすれば、時代から取り残されず、生き永らえることができる。それが、あたしたちが今やろうとしてることなのよ」

「あんたらはそうやって、農家から土地を奪おうとしてるんだろう」

小原が眉をひそめた。

「そんなみみっちいことなんか、考えてないわよ！」

理保子は小原をにらんだ。

「正直に言うわ。以前のあたしは、自社の利益のことしか考えてなかった。なんでもいいから早く会社を黒字にして、本社に返り咲くことしか頭になかった。でもまったくうまく行かなかったわ。当たり前よね。あたしが見ていたのは東京だけで、大沼の農業のことなんか、本当はどうでもよかったんだから」

春菜がじっと理保子の顔を見ていた。

「だけど今は違う。あたしは、大沼に骨を埋める覚悟でいるの。会社の利益はもちろん大事だけど、それだけじゃない。あたしは日本の農業の将来を憂えているの。ここ、大沼から日本の農業を変えたいと思ってるの」

「随分大きく出たじゃねえか」

せせら笑う小原を無視し、理保子は春菜に向き直った。

「春菜ちゃん。あたしは、あなたのことを買ってるの。去年の、おおぬま春祭りでのこと、あたし、今でも覚えてるわよ。あなたは一番元気がよくて、へばっていたあたしの面倒を見てくれた。あなたの優しさには感謝しているの。だからいがみ合いたくない。あたしたち、協力しあうことはできないの？」

「理保子さんのグループに、あたしたちも加われってことですか？」

理保子はうなずいた。

「有機農法じゃ、日本を救うことはできないのよ」

「確かに有機農法で日本を救うことは難しいかもしれません。でもあたしは、止めるつもり、ないです」

　春菜が明言した。

「有機農家の割合は全農家の僅か〇・六パーセントに過ぎないのよ。そんな小さなものにしがみついているより、もっと大きな夢を持ちたいとは思わない？」

「たった〇・六パーセントだから、見捨てちゃえってことですか」

「有機農業は生産性の低い、非効率な農法よ。これじゃ、外国との競争には勝てない」

「競争とか、関係ないんです。理保子さんたちがやっているのは、人間が野菜を支配する農法です。だから、生産性とか効率を追求できる。あたしたちのは、野菜が生育するのを人間が手助けしてあげる農法。主役はあくまで野菜ですから、生産性や効率を人間の都合でコントロールすることはできません。あたしたちの考え、根本的な部分で違うんですよ」

「でもそれじゃ、ビジネスとはいえない。あなたは農家の担い手不足のことを、どう思ってるの？　農家がどんどん衰退していくのを尻目に、自分たちの殻に閉じこもって、やりたいことだけをやっていれば、それで満足なの？」

　理保子が眉根を寄せ、春菜に迫った。春菜は一歩も退かず、理保子を見据えると、小さく息を吸い込んだ。

「……夫の跡を継いだんです。あたしと主人は、元々東北の有機農家でした。数年前に大きな地震がありましたが、幸いあたしたち一家は一命を取り留めました。でも津波で農地が台無しになってしまったから、親戚のつてを辿ってここ大沼にやって来たんです。意気消沈していた夫も、ここに来て一からやり直そうと、決意を新たに土地改良から取り組みました。でも――」

　春菜がこみ上げてくるものを、グッと堪えた。

「夫は、周りの農家さんから変人扱いされながら、コツコツと地力を取り戻す作業を三年間行いました。そして、やっとこれからっていう時に、事故に遭って、あっけなくこの世を去ったんです」

春菜の瞳から、ポロポロと涙が零れ落ちた。

「夫は死の瀬戸際で、畑をよろしくって、あたしに託しました。有機農業は夫の遺志なんです。だから、止めるわけにはいかないんです」

二

「どうだい、調子は？」

大きく育ったゴウヤから顔を上げ、後ろを振り向くと、麦わら帽をかぶった青山が、背後から和也の手元を覗き込んでいた。青山の隣には、白髪の男がいた。須藤という老齢の農家だ。

「イボイボが大きくなって、丸みを帯びてきたんで、そろそろ収穫ですかね」

和也は立ち上がって、額の汗を拭った。

「すごいじゃないか、和也くん。もう立派な有機農家だな」

青山が瞠目した。

「いえ、俺なんかまだまだっすよ」

「俺もさ、今年の春から有機、初めてみたんだけど、いやあ、難しいねえ」

青山は慣行農家だが、前々から有機農法に興味があったらしい。本業の慣行農業を続けながら、少し離れた、農薬に汚染されていない土地で、農薬も化学肥料も一切使わない農法に今春からチャレンジしている。

「青山さんは、なんで有機を始めたんですか」

「有機農法を否定してるわけじゃないからね。だけど、背に腹は代えられないから普通の農業もやっている。農家には様々なあり方があっていいと思う」

「だけど、青山くんは大手の資本が嫌いなんだよな」

須藤が会話に割り込んで来た。

「嫌いじゃないですけど、あいつらに牛耳られるのが、何だかイヤなんですよね。農家でもない連中が、デカい顔して仕切るのが。政治が大企業ばかり優遇するのが許せないんです。トリクルダウン理論っていうんですか？　富裕層が豊かになると、貧困層も豊かになり、全体に富が行き渡るなんて言ってますけど、トヨタや日立を優遇することで、大沼の雑貨屋が儲かると思いますか？　ああいうグローバルな経済と、地方の経済はまったく別物でしょう。違いますかね」

「しかし、それはアグリコ・ジャパンのケースとは少し異なるだろう。彼らは地域に溶け込んでよくやってるよ。わしは、上田さんを応援してやりたいね。もちろん、春菜ちゃんや和也くんも応援したい。きみたちは、わしらの爺さんの代がやっとった農法を、完全に復活させた。見事なもんだ」

「そんなレベルにゃまだ全然達してませんよ」

謙遜ではなく、素直な気持ちで和也は答えた。

「須藤さんはいったい、どっちの味方なんですか」

青山が眉尻を下げ、同意を求めるように和也を振り返った。

「どっちの味方でもあるよ。お前さん自身がさっき、農家には様々なあり方があっていいと言ったばかりじゃないか。少なくとも、松岡の倅みたいなのが仕切っているよりよっぽどましだ」

「まあ、それはそうですけど——」

青山が鼻を鳴らした。

「ところで、和也くんが有機農法で心がけてることは、なんだい」

「野菜の声に耳を傾けるってことっすかね。難しいけど」

「なるほどな。確かに有機は、慣行農法以上に野菜の状態に気を配らなければならないからなあ」

「あとは、ゆっくりと小ぶりに育てるようにしてます。ど素人の頃は、栄養をやり過ぎて失敗しましたから。土は軽く耕すだけ。土中の分解者を殺してしまったらマズイっすからね。それから、ちょっとカッコつけたこと言いますけど、肥料は鶏糞だけで、収穫時に窒素が切れるように調整してます。まだ全然できてないですけど」

スイッチが入った時に言った益子の言葉を、そのまま繰り返した。窒素、リン酸、カリは、植物の栄養三要素と言われているが、この三つは程よくバランスが取れていることが肝要だ。特に窒素は利き過ぎると、生育が乱れて不健康になり、病気になりやすく、虫も寄ってくる。

「カッコなんかつけてないよ。正にその通りじゃないか」

青山が唸った。

「窒素は重要な栄養源だが、やり過ぎると細胞壁の発達が阻害され、もろくなると農業試験場の人間に聞いたことがある。そうか、窒素が原因だったのか。俺の野菜がボロボロになっちまうのは」

「それだけじゃないでしょうけど、その可能性、デカいと思います。有機肥料による栽培って、肥効コントロールが超難しいみたいなんです。これって、春菜さんのお義母さんの受け売りですけど」

「そうだよな。化学肥料とは全然違う。やっぱり有機って奥が深いんだなあ」

青山は辺りをぐるりと見渡した。

「それにしても、栽培品種が多いね」

「しゃかりきになって、きゅうりばかり作って失敗した前科がありますから。それに、色々な野菜を一遍に育てていると、土のバランスが崩れないんです」

「なるほどね。ところで、雑草も結構生えてるようだけど、刈らなくていいの？」

「もちろん基本刈りますけど、刈らなくて放置してる場合もありますよ」

「えっ？　そんなことってあるの？」

「あるさ」

いつの間にやら近くまで来ていた益子が、青山の背中に答えた。

「この花は何だと思う？」

益子がひとつの雑草を指差し、青山に質した。

「えっと、これはタンポポかな」

「違うよ。これはジシバリ。花の形は似てるけど、花びらの数はこっちのほうが少ないだろう。タンポポはこっち」

益子はジシバリのすぐ隣で咲き誇っている、小さな黄色い花を顎(あご)でしゃくった。

「タンポポもジシバリもイネ科の植物なんだ。イネ科の植物は瘦(や)せた土地に生えて来る。土を肥やすためにね。すぐに刈っちまうより、堆肥(たいひ)を少し与えて草に力を与えてからすき込めば、土地は早く甦(よみがえ)るよ」

「ちょっと待って、おばあちゃん」

青山が慌てて、作業着のポケットから手帳を取り出し、メモを取り始めた。

「もしくは、このまま遊ばせて、ムギやトウモロコシを植えるのもいい。ムギもトウモロコシもイネ科の作物だから、こういう土地とは相性がいいんだ」

青山が必死になって、ペンを動かした。

「でもこっちに生えてるのは、ちょっと違うだろう」

益子がタンポポのすぐ脇に生えている、雑草に目を細めた。イネ科の硬そうな草とは反対に、丸っこい葉っぱを生やした柔らかそうな草花である。

「これは、ぺんぺん草に、こっちはハコベですかね」

「そう。全部アブラナ科の雑草だよ。こういうのが生えてる土地は反対に肥えていて、野菜もよく育つ」

「なるほど。だけど、同じ圃場でも、一メートル離れているだけで土の状態が異なるんですねえ」

青山が唸った。

「いやんなってくるな。俺はこう見えても十年以上農家やってるけど、まだまだ知らないことがたくさんあるんだな。ありがとう、おばあちゃん。今後とも、ご指導ご鞭撻――」

益子はもう、青山の言うことなど聞いていなかった。和也の腕にしがみつき「新太郎兄さ～ん」と甘えた声を上げている。

「ねえ、すごろく、やろうよ」

「すごろくはつまんねえ。人生ゲームならやってもいいよ」

「やだよお。すごろくのほうが面白いよお」

益子が和也の腕を取って、ブラブラと揺らした。

「俺はすごろく、嫌いなの。何度言ったらわかるんだよ」

和也は二人に目礼して、歩き始めた。益子は青山と須藤には見向きもせず、和也の後を追いかけた。

すごろく、すごろく～っ　と、子どものように駄々をこねる益子の後ろ姿を、青山も須藤もぽか～んと口を開け、見送った。

その日の晩、和也は久しぶりに悪友二人と酒を飲んだ。

場所はy市に新しくできた若者向けのパブ。酔っぱらい客の高笑いと怒声が飛び交い、タバコの煙が霧のように立ち込める店内で、アパレルに勤める拓馬と、米農家を営む友樹は、いつものごとく、女の話で盛り上がっていた。

拓馬にやっと彼女ができたらしい。客として来たJA勤務の女性と意気投合し、メールアドレスを交換したのをきっかけに、交際が始まったという。

「こういう感じの娘でさ。シャツの第二ボタンなんかもう、弾け飛びそうでよ」

拓馬が、あたかもそこに巨大な乳があるかのように、両腕を胸の前で大きく広げた。

「そんなにデケーのかよ?」

Gと一言、誇らしげに拓馬は答えた。

「いいなあ、俺なんかまるっきりダメよ。出会いの機会すらねえ。やっぱ百姓なんか継がなきゃよかったな。お前みたいに、y市でオシャレな仕事、めっけりゃよかったなあ」

友樹がボヤいた。

「おめーには、アグリコ・ジャパンの社長がいるんだろう」

拓馬がニヤニヤ笑いながら、チューハイのグラスを傾けた。

「社長じゃなくて、部長だよ。あれは、ハードル高いよ。俺じゃどうしようもねえ」

「でもお前、あの女の計画に乗ったとか言ってたじゃん」

「ああ、アグリパークね。うちの親父に、断られてしょんぼりしてたから、今がチャンスっ！て、親父はああ言いましたけど、俺はあなたの味方です、的に攻めてみただけだよ。だけど、ヒットはそれだけだったな。後がまったく続かねえ」

はははははははっ、という甲高い拓馬の笑い声は、たちまち店内の喧騒に掻き消された。ハードロックのリズムに合わせ、客が感電したように小刻みに身体を上下させている。

「ダメじゃんそれじゃ。もっと気合い入れろよ」

拓馬が怒鳴った。

「俺の話はもういいからさ。次、行こうぜ」

友樹と拓馬の視線が、和也に注がれた。

「あ？」

和也が悪友二人を振り向いた。

「和也、何ボーッとしてんだよ。不思議ちゃんとの仲、その後進展あんのかよ？」

「不思議ちゃん？」

一応訊き返したが、春菜のことを言っているのはわかっていた。

ちょうど春菜のことを考えていた。

アグリコ・ジャパンの上田理保子が圃場を訪れた時、春菜は涙を流しながら、有機農業は死んだ夫の遺志だと訴えた。春菜の涙を見たのは、その時が初めてだった。死んだ夫を悼む気持ちを、遺志を全うするという鉄の信念で封じ込め、彼女は今までやってきたのだ。

一見フワフワして見えるが、実は春菜はとても強い女性であることに、和也はずっと前から気づいていた。

一緒に有機農業をして欲しいと懇願された時、春菜は喪に服していてもおかしくない時期にいた。夫が死んでから、まだ八ヶ月しか経っていなかったのだ。あの時春菜は、取り乱すことなく、淡々と説得を繰り返し、ものの見事に和也を自分の陣地に引き入れることに成功したのだった。

「おい、和也。聞いてんのかよ」

友樹に肩を揺すられた。ドラムの音や、笑い声が耳に戻った。

「聞いてるよ！」

怒鳴り返した。

「春菜ちゃんとの仲は、どうなってんだよ」

「どうにもなってねえよ」

「まだキスもしてねえの？」

「だから、俺ら、そういう関係じゃねえって」

「嘘だろう。お前が春菜ちゃんのこと好きなの、ミエミエじゃないか」

和也はむっつりと黙り込んだ。

この仕事を始めた当初は、さほど春菜のことを気にかけていたわけではなかった。

しかし、毎日一緒に仕事をしていくうちに、いつしか彼女のことを他人とは思えなくなっていた。春菜の優しさや気遣い。果菜が成った時の弾けるような笑顔。時折見せる寂し気な横顔。これらすべてに、甘い酒がじっくりと全身に染み渡るがごとく、魅了されていったのだった。

仏壇の前に座り、手を合わせて黙とうしている春菜を幾度か見かけたことがあった。その小さな背中を見る度に、和也の胸はギュッと締め付けられた。

そして上田理保子と対峙した時、春菜が必死になって張り巡らせた心の堤防が、一気に決壊するのを見た。

あの日和也は、はっきりと悟った。

やはり春菜は、まだ死んだ夫のことを愛していたのだと。

「和也さあ、もっと素直になれよ。おめーたち二人っきりで、もう一年以上仕事してんだろう」

拓馬が眉をひそめた。

「ばあちゃんも一緒だ」

「そんなことは、わかってるよ。だけど、毎日畑に出て作業してんのは、お前ら二人だけじゃねーか。傍から見れば、農家の若夫婦以外の何者でもねえんだよ。実際おめーらが結婚してると思ってる、じーちゃんばーちゃんだっていっぱいいるんだぜ。こういう状況で、そんな関係じゃねえなんて、中学生みてえなこと言ってんじゃねーよ」

友樹が膝を詰めた。

和也は手にしていた焼酎のオンザロックを一気に飲み干した。

「わかったよ。俺、覚悟決めるから」

酒の勢いを借り、言い放った。

「どう覚悟、決めたんだよ」

拓馬と友樹が顔を見合わせ、ニヤリと笑った。このままイジり倒されるのは癪に障るので、そろそろ話題を変えようと、耳たぶに沢山のピアスを埋め込んだ、およそ米農家になぞ見えない悪友の顔を、和也はギロリとにらんだ。

「それより、友樹さあ、お前は、アグリコの計画にマジで賛同してんの？」

「いや、してねえって」

友樹の瞳が揺らぎ始めた。和也と春菜が、アグリコ・ジャパンに与しないことを思い出したのだ。

「さっきも言っただろう。単にお近づきの口実にああ言ってみただけだよ。そもそも土地は親父のものだし、俺に何かを決める権限なんてねえから」

「じゃあ、親父さんはアグリパークに反対なのか」

「そりゃ、そうさ。あっ、でも……」

友樹が口をつぐんで、天井を見上げた。

「この間親父に、結構マジ顔で、お前はおれが死んでも、ずっと百姓やっていくつもりかって訊かれたな」

「何て答えたんだ」

「答えようがなかったよ。だって、別に農家が好きなわけじゃねえけど、農業高校出たし、親父も息子に家業継いでほしいの知ってたし、だから極自然に親の手伝い始めたわけじゃんか。それをさ、今さらそんなこと訊かれても、なんて答えたらいいか、わかんねえよな。本音を言えば、米農家なんて儲かんないし、オシャレじゃないし、辞めたっていいとは思ってるよ。だけど、米って案外楽だし、どっかのブラック企業でしゃかりきになって働くより、今のままのほうが、時間の自由は利くし。まあ、そんなこんなで消極的に米農家やってるわけよ。でも、さすがにそういうことは親父に言えなかったから、先のことはわからないけど、現状はそこそこ満足してるみたいに、お茶を濁したんだな。そしたら、これからはもう農家なんて古いかもしれないぞ、なんて言いだしてさ」

「うん。古い古い。十分古い」

農業高校を卒業しておきながら、アパレル企業に就職した拓馬がカクカクと首を上下させた。

「サラリーマンはいいぞー。安定してるし、残業代つくし。ローンだって簡単に組めるし。まあ、正社員に限ってのことだけどな」

「親父さん、アグリコに農地を貸すつもりなのかよ」

和也が眉根を寄せた。

「いや、アグリコ云々じゃないような気がする。親父は、アグリコが言ってるアグリパークとかいうのを、絵に描いた餅だって馬鹿にしてたから。もっと別の考えがあるんじゃないかな」

「別の何かって、ナンだよ」

和也が質すと、友樹はゆっくりと首を振った。

「わからねえ。けど、もしかしたら親父、百姓辞めること、考えてるのかもしれねえ」

「だって、お前のとこ、代々米農家だろう。そんなに経営が苦しいのか？」

「いや、儲からないけど、ちゃんと食っていけてるよ。だからなんでいきなりあんなこと言い出したのか、わかんねえんだよ」

三

春菜が有機農家を営んでいる事情を、理保子はやっと理解した。

遺言であれば、仕方がないという気がしないでもない。だが、理保子はまだあきらめるつもりはなかった。

故人の考えが間違っていたら、たとえ遺言だとしても、訂正すべきではないだろうか。

理保子にとって有機農業とは、農業の近代化にストップをかける、阻害要因以外の何物でもない。とはいえ、そんな農法も一昔前に比べれば、随分と幅を利かせるようになった。国は有機JASなる規格を作り、これにパスした者は、農協のルートで販売が可能になったのだという。有機農法推進法なるものも議会で承認された。

――いったい、政治家や役人は何を考えているのよ？

一方で農業の近代化、六次産業化を謳いながら、他方でそれとは百八十度異なる有機農法を奨励してる。双方にいい顔をしたいという魂胆がミエミエではないか。

これではとても、国が本気で農業の将来を考えているとは思えない。

やる気のない農家にまで補助金をばらまき、必要以上に米を作らなければ金をやるなどと、対症療法以外の何物でもない政策を長年放置してきた国任せにしていては、日本の農業はいずれ消滅する。

いや、消滅するだけならまだしも、外資に乗っ取られ、好きなようにいじり回されてしまうかもしれない。そんなことは断じて許すべきではない。

――だから、あたしたち民間が頑張るしかないのよ。

とはいっても、またすぐに春菜のところに戻って、説得を続けるのは得策ではない。当面のターゲットは別に設定すべきだ。

この袋小路に入ってしまった状況を、打破できるかもしれない大きな影響力を持つ人物とは――。

やはり、松岡か……。

あの男には正直頼りたくはなかった。松岡に話を通すことは、古い因習の復活を意味する。

とはいえ、松岡とて大沼の農家には違いない。計画を実現させるためには、いずれ松岡との交渉も必要になってくる。

　アグリパーク計画を自分の口からきちんと説明し、理解を求め、優柔不断にしている農家を説得してくれるよう、松岡に頼んでみよう。

　どういう反応を示すかは未知数だが、松岡との関係は、少なくとも挨拶を交わすくらいにまでは修復できている。

　それに、あの薺の一件からは、すでに一年余りが経過しているのだ。男というのは女と違って、いつまでも過ぎ去ったことに、こだわらない性質（たち）ではないのか。

　高橋に交渉を手伝ってもらおうか悩んだが、まだ結論は出ていない。特区計画が浮上した当初は、高橋に全幅の信頼を寄せていたが、近頃それが揺らぎつつある。

　一番の原因は、理保子が敵視している有機農法に、高橋が一定の理解を示しているように思われるところだった。

　土地を遊ばせている農家に対しては、前向きに対処するのに、有機農家の前ではなぜか動きが鈍かった。春菜に感化され、有機を始めた農家が出て来たことを愚痴（ぐち）っても、うなずくことすらせず、小さな瞳をさ迷わせているだけなのだ。

　そんなある日、高橋が留守の作業場で、在庫管理をしていた理保子の元に、桜井と小西がやってきた。

　しばらく三人で、ちょっと前に沖縄に上陸した台風の話をしていたところ、突然ポンと桜井が手を叩いた。

「以前、高橋さんが気象を予報するって言ったじゃないですか。もう一人、そんな人に出会ったんですよ。しかも、高橋さんより、正確に当てる人に」

「なんですって」

理保子が瞠目した。

「誰なの？　それは」

「木村さんところの、おばあちゃんですよ。この間、スタスタうちの圃場まで歩いてきて、いきなり、雨が降るねえ、土砂降りだけど三分で止むから、なんて言い出したんです。台風が沖縄に上陸してましたけど、こっちは日本晴れで空には雲ひとつありませんでした。おばあちゃん、ちょっとボケちゃってるって有名でしたから、軽く受け流しましたが、小西君が、雨雲なんか全然ないけど、何時に降るの？　って尋ねたら、三時って即答して。随分正確だねえ、って笑ってたら――」

桜井が小西を振り向いた。小西がうなずき、言葉を継いだ。

「それから一時間後の午後三時きっかりに、本当に雨が降ってきたんですよ。ゲリラ豪雨でした。慌てて防風網を張ろうとしたら、すぐに雨雲がどこかへ行っちゃったんです。本当にほんの一瞬の出来事でした。おばあちゃんの言った通りのことが起きたんです。高橋さんも驚いてました。おばあちゃんが天気を予測した時に、高橋さんも聞いていましたが、首を傾げてましたから」

「それって、たまたまじゃないの。だって、人間が、そんなことを予測することは不可能でしょう」

科学的に結論が出せないことに与するのは、あまり好きではなかった。

「それはそうですけど、独自の感じ方があるみたいですよ。風の吹き方とか、空気の匂いとか、空の色とか。その時からおばあちゃん、うちの圃場にフラフラやって来るようになったんですよ。高橋さんが対応してますけどね」

知らなかった――。

外回りやデスクワークに忙殺されていたため、圃場に気を配る時間が少なかったのが原因だ。

「あの二人、結構話が合うみたいですよ」

小西が言うと、桜井がうなずいた。

「普段はボケたばあちゃんだけど、スイッチが入ると凄いみたいですからね。高橋さんの前では、なんかスイッチがよく入るみたいですね」

「二人ともプロだからな」

――そういうことだったのか。

そんな関係を築いたのなら、有機農家に甘いのも頷ける。

高橋のことを更に知る機会が訪れた。

週末、理保子がｙ市の大型スーパーで買い物をしていた時のことである。須藤にバッタリと出くわし、調子はどうだ、と声をかけられたので、遅々として進まないアグリパーク計画のことを詫びた。

「こういうことは焦るとよくない。人を説得するには時間がかかるもんだよ。あんた一人で頑張りすぎじゃないのか」

「はあ。でも、人手が不足してますから」

「巌がいるじゃないか。あいつは頼りにならないのか」

高橋は企業の誘致活動には向いてない。農家の説得を手伝ってもらうしかないが、それにも近頃疑問符がついている。

「頼りにならないわけではないですが……高橋さんのこと、ご存じなんですか」

「ああ。ガキの頃から知っておるよ。小さな村だからな。大沼は」

「どんな子どもだったんですか」

「うん。まあ、あまり幸福とはいえない、幼少期を過ごしておったと思うよ」

高橋は早くに両親を亡くし、親戚の家に育てられたのだという。

「朝早くから農作業を手伝っている、まだほんのちっこい倅を何度も見かけたことがあったよ。ナスやトマトをたっぷり積んだコンテナを両腕で抱えて、ヨタヨタ農道を歩いておった。まだ小学一年か二年だったから、遊びたい盛りなのにな。け躓いて地面に野菜をバラまいた時なんか、ゲンコツで何発も顔を殴られてな。その時はわしも止めに入ったが、切れた唇をブルブル震わせながら、涙を必死になって堪えている気丈な子どもだったよ」

親戚には中学まで面倒を見てもらった。中学卒業と同時に家を追い出された高橋は、進学などできるはずもなく、働き始めた。

「松岡の家に居候しながら、畑を手伝っておった」

松岡の家？　そんな話は初めて聞いた。

「松岡の先代は、がめつかったが、息子に比べれば筋を通した人間だったからな。集落のリーダーとして薄幸な倅に手を差し伸べてやったんだろう」

「松岡さんの父親は、もうお亡くなりになられたんですか」

「いや。健在だよ。だが、もう随分前から病に臥せっておる。倅が跡を継いだのは、五、六年前からかな」

そうだったのか――。

「ところで、一つ屋根の下に暮らしていた松岡さんと高橋さんって、仲が良かったんですかね」

「松岡とは倅のほうだな？　仲がいいのか悪いのかは、本人に訊いてみなけりゃなんとも言えんが、興味深い話がある」

須藤がニヤリと笑った。

松岡は中学校時代、大層な不良だったらしい。全校生徒が、松岡の子分のような状態だったという。

「小、中学時代は怖いもん無しの松岡も、高校に行ったら勝手が違っていたらしい。うちの息子が同じ高校出なんで、校内での松岡の様子をあれこれ話してくれたよ。y市にあった高校にはいろんな村や町から生徒が集まってくる。そういった連中には、いくら親父が大沼の実力者だろうが、まったく関係がない。入学早々、松岡の倅は上級生に目を付けられたらしい。それで、放課後原っぱまで来いと脅（おど）されて、松岡のビビリようは尋常じゃなかったと息子は言っておったよ」

松岡らしいと思った。偉ぶってはいるが、案外小心者であることを、理保子はすでに見抜いていた。

「ちょうどその頃、巌が住み込みで働いてたから、巌に泣きついたんだろうな。松岡は巌を伴って原っぱに出かけた。相手は高校三年の不良グループ。七、八人はいたらしい。警察沙汰になった事件だったよ。なんせ、全員が病院送りになったからな。松岡を除いて」

「まあ」

理保子が目を見開いた。

「巌は、拳（こぶし）とか顔面を怪我（けが）していたが、比較的軽症だった。片や不良グループのほうはボロボロだったようだな。肋骨が折れたり、顔面が弾けたザクロのようになったり、ともかくヒドかったらしい。松岡は翌日さっそくクラスのみんなに、俺が友だちと二人で上級生をコテンパンに伸してやったと自慢した。奴らは全員入院してるが、俺はまったく無傷だと吹聴して回ったようだが、それはそうだろう。喧嘩のほうは巌ひとりに任せておいて、自分は逃げ回っていただけなんだから」

　ははははっ、と須藤は甲高い声で笑った。

「そんなに高橋さんって、強かったんですか？」

「小さい頃から、農作業で鍛(きた)えられていたからな。四六時中草むしりをやっとったおかげで、リンゴを握りつぶせるほどの握力になったらしい」

　十八歳になった時、高橋は松岡の家を出て独立し、農地を借りて小作人として働き始めた。しかし、うまくはいかなかったという。

「どうしてですか？」

　須藤はコホンと一つ、咳払(せきばら)いをした。

「やつも昔は、有機農業をやっておったんだよ」

　えっ？

　理保子の瞳に動揺が走った。

「といっても、それだけずっとやっていたわけではない。地主から借りた土地が、山奥にあって、周囲には他の農家もなかった。土地は農薬に汚染されてなかったから、すぐにでも有機農法ができる環境が整っておった。恐らくは実験的に初めてみたんだろう」

「有機農法をやっていたのに、うちみたいな会社に来たんですか？」

　自然に言葉が尖(とが)ってしまったが、理保子は気にしなかった。

「まあ、本音を言えば、百姓というのはどこかで有機農家を妬（ねた）んでいる部分があるんだよ」

妬んでいる？

須藤の言っていることがわからなかった。

「化学肥料も農薬も——つまり余計なものを一切使わず、自然のまま、うまい野菜ができるのなら、それに越したことはない」

「でも……」

「わかっておるよ」

反論しようとする理保子を、須藤が制した。

「有機農法は非効率で、コストも高くつく。大規模経営には向いていない。わしはあんたが進めているアグリパーク計画には賛成しておるだろう。これからの農家には、あんたのような考えの若い人材が必要だ。わしは、あんたを応援しとるよ。だけど、それとこれとは別なんだ。有機農家はあえて茨（いばら）の道を進んでおる。悪く言えば変人だが、よく言えば非常に純粋な人たちだ。純粋さこそ、百姓の本懐なんだよ。一般の農家は、彼らの純粋さ、ひたむきさに実は後ろめたいものを感じている。だから、近代化に乗り遅れているだの、経営をわかっていないだのと難癖をつけて、糾弾（きゅうだん）しているのさ」

須藤の言葉が、ゆっくりと胸の奥に染み渡っていった。

「巌の話を続けよう。有機農家を始めた巌だったが、それでは食って行けず、従来の農法に戻った」

つまり高橋は、落ちこぼれ有機農家だったというわけか——。

「まあ、やつには金が必要な事情もあったようだけどな」

「どんな事情ですか？」

「聞いてないのか」

「聞いてないって、何をですか？」

須藤が小さなため息を漏らした。

「まあ、しょうがない。あんたの部下のことなんだから、知っておいたほうがいいだろう。当時巌は、ギャンブル漬けの生活をしておったんだよ。競馬や競輪、ボートレースなんかにもはまっていたようだな。良からぬところから金も借りて、返済に困窮していたらしい。有機農業なんかじゃ、とてもじゃないが返済しきれない額だったんじゃないか。そんな折、あんたの会社、アグリコ・ジャパンが大沼に進出してきた。生産部門を担当してくれる現地社員を探していて、巌に白羽の矢が当たった。ほんのガキの頃から畑に出ていた男だから、農作業は知り尽くしている。巌はアグリコ・ジャパンに救われたんだよ。あんたの会社は、結構いい給料を払っているという噂じゃないか」

以前青山が高橋に、「巌さんは、アグリコ・ジャパン様々なところもあるんじゃないのか」と言っていたのは、このことだったのだ。

「借金の返済は、もう終わったんですかね」

「終わったと思うがの。本人に訊いてみないと本当のところはわからんが」

高橋が無事借りた金の返済を終え、ギャンブルも止めたことを祈るばかりだった。

「アグリコ・ジャパンに巌を紹介したのは、松岡の倅だ。何だかんだいって、巌は松岡には頭が上がらないんだろうな」

高橋がアグリコに雇われた経緯と、高橋の人となりについて、これで大体のことがわかった。

高橋とはやはり、少し距離を置いたほうがいいのかもしれない。

四

Ｙ市にある老舗の料亭。

個室に案内され、暫くすると松岡が現れた。上気した顔をしている。暑いのか。それともすでにどこかで一杯ひっかけてきたのか。

掘りごたつから立ち上がると、理保子は松岡に一礼した。松岡はニヤニヤしながら小さくうなずき、上座の席に腰を落ち着けた。

久しぶりに間近で見る松岡は、何だか急に老け込んだような感じがした。

「随分とご無沙汰だよな。上田部長」

口を開けた途端、発酵した臭いが漂って来た。やはり松岡は酒を飲んでいたのだ。

「ちっとも連絡くれないから、嫌われちゃったのかと思ってたよ」

理保子は松岡の顔を見返した。

――あの一件があった後、すぐに謝りに行ったのに、逃げ回っていたのはアンタのほうじゃない。

無論こんなことは口に出さない。

「その節は、いろいろ失礼なことを言ってしまい、申し訳ありませんでした」

身体を触ってきたのは向こうだが、衆目の集まる中、あれだけの暴言を吐いて、松岡を辱めたのはやはり過ぎだったと反省した。

さて何のことだったかなと松岡は嘯き、注文を取りに来た仲居に、アルコール度数の高い焼酎のロックを注文した。理保子はチューハイを頼んだ。

「まあ、取りあえず、乾杯と行こうじゃないか」

飲み物と突き出しが運ばれてくると、松岡が自分のグラスを掲げた。二つのグラスがチンと音を立て、氷が揺れる。松岡は、ごくりと大きく喉を鳴らして焼酎を飲むと、突き出しの高野豆腐を口に運んだ。

「本日はご説明することがあって、伺いました」

松岡が酔いつぶれないうちに、本題に移ろうと理保子は膝を正した。松岡は片眉を上げたが、無言のままグラスを傾けた。既に三杯目だった。

「すでにお聞き及びかと思いますが、実はわたし、とある計画を考えているんです」

アグリパーク計画の詳細を説明した。松岡は理保子と目を合わせることすらせず、黙々と飲み食いしていたが、聞いていないわけではなさそうだった。

「――ということで、もう少し早くご相談できればよかったんですが、遅れてしまって、申し訳ありません」

話を締めくくると、理保子はペコリと頭を下げた。

松岡は中指と親指で吊り上げるようにグラスを持ち、苦笑いしながら床に視線を落としていた。その姿はどことなくうらぶれた建設現場の、土木作業員のようだった。

「悲しいよな――」

松岡が二本の指でグラスを、ゆさゆさと揺らした。

「何でもう少し前に相談してくれなかったのかなあ。やっぱりあの時のあれが原因なのかな?」

「申し訳ありません」

理保子は今一度頭を下げた。

「まあ、それも仕方ないか。お互い過去のことは忘れて、前を向いて行くべきだよな」

理保子が頭を上げた。

「計画に賛同していただけるんですか」

「まあ、悪くないんでねえの。俺だって大沼の将来のことは、真剣に考えてるよ」

「ありがとうございます。松岡さんのお墨付きをいただければ、他の農家も賛同してくれると思います」

理保子が瞳を輝かせると、松岡はニヤリと笑い、焼酎を飲み干した。

「まあ、取りあえずもう一杯どうだ」

松岡が仲居を呼び、自分と理保子の飲み物をオーダーした。飲み物が届くや、重たそうな瞼(まぶた)をした松岡が「乾杯！」と、グラスを乱暴に突き出した。カチンと大きな音がして、理保子のグラスから酒がこぼれたが、松岡はお構いなしに焼酎をあおった。

「実は俺にも、大沼の農家のための計画があるんだよ」

えっ？

理保子が松岡を見返した。

「心配しなくていい。部長の計画を邪魔するようなモンじゃないから。そればかりか、俺たちはコラボしてやってけるぜ。相乗効果で部長の計画は、もっとやり易くなる。そうだよ。俺たちが手を結びゃ、鬼に金棒だ」

「いったいどういうことです？　松岡さんはどんな計画を考えてるんですか？」

「それはだな――」

松岡はグビリと酒を飲むと、古びた沢庵のような息を吐きながら、説明を始めた。

五

「どうだった？」

和也は春菜が帰って来るや、尋ねた。春菜の後ろから「お邪魔するよ」と青山が玄関口に現れた。

「何だかよくわからなかったんで、青山さんに来ていただきました」

青山が、和也の座っていたキッチンテーブルの正面に、腰を下ろした。春菜は和也の隣に腰を落ち着けた。

益子が台所に顔を出したので、青山が「やあ、おばあちゃん」と挨拶した。益子は洞窟のような瞳で青山を見ていたが、プイと横を向き、行ってしまった。

春菜と青山は、公会堂で開催された地権者の集まりから帰って来たばかりだ。招集したのは松岡である。

「俺もあの人の説明だけじゃ、よくわからなかったけど、大まかに言えば、大沼の農地をもっと使いやすくしたいってことみたいだな」

農地をもっと使いやすくする？

和也は眉をひそめた。

「まあ確かに、大沼の水路は古いからね。用排水の能力は不足している。以前から何とかならないか、と皆考えてはいた」

　和也も水路の不備は気になっていた。老朽化による漏水があったり、未だにコンクリートではなく、土に畝を作って流しただけの土水路も存在する。

　農家にとって水は命なので、水回りが悪ければ収穫にも影響を及ぼす。

「それから水路を整備するなら、農道の拡張もあるだろうな。まあ、農業機械の移動とか、作物の集出荷を円滑に行うためには、道路は広いに越したことはない。有機農家にはあまり関係ないことだけどね」

「でも、農道とか拡張するには土地が必要でしょう」

　和也が尋ねた。

「一部の農地を県が買い取るんじゃないかな。公共事業だから」

「売りたくないって農家がいたら、どうなるんでしょうか」

「う～ん。そこは調整するしかないだろうな。農業っていうのは基本個人事業とはいえ、共同体で行わなければ、どうにもならない部分もあるからね。水路の整備や農道拡張は、大沼の農家全体に関わる問題だ」

「青山さんは、この計画に賛同してるんですか？」

　やや尖った口調で和也は質した。

　圃場を近代化させるメリットはわかるが、先ほど青山が言った通り、和也たち小規模な有機農家には、さほど重要なことではない。それに、圃場の一部を、水路や道路増設のために強制収用されたりするのはゴメンだった。

「具体的な図面を見てみなければ何ともいえないな。次回のミーティングでは県の技術者に説明させると松岡さんは言っていたが」

「この公共事業が実施されると、理保子さんの計画はどうなっちゃうんでしょうか」

春菜が質問した。

「理保子さんて――ああ、アグリパークのことか。そりゃプラスに働くんじゃないか。企業を誘致するなら、近代設備を整えたほうがいいに決まってる」

「もしかしたらアグリコ・ジャパンが、県を動かしたのかもしれませんね」

「あそこにそれだけの政治力があるのかな？　まあ、親会社の東日本フーズはそこそこ大きな会社らしいけど」

「じゃあ、誰が発案したんでしょうか。県が勝手に考えてくれたっていうのも、何だか不思議な気がするんですけど。大沼の誰かが陳情したから、県が動いたってことでしょう。やっぱり松岡さんですか？」

春菜に見つめられた青山は、肩をすくめた。

「松岡さんというか、大沼の農業委員会じゃないのかな。松岡さんの影響力は近頃頓に落ちているからね」

松岡が去年薺で、あの上田理保子に大声で怒鳴られたというのは、有名な話だ。なんでも公衆の面前で痴漢行為を働いたらしい。それからというもの、松岡はあまり表舞台に出てこなくなった。代わりに理保子が精力的に農家を回り「アグリパーク計画」の賛同者を募っている。今回の公共事業を持ち出したことにより、松岡は巻き返しを図っているのかもしれない。

「松岡さん、あまり余裕がないように感じられましたね」

春菜によると、松岡の説明は荒っぽく、具体性に欠けていたのだという。その点を誰かが指摘すると、たちまち癇癪を起こし始めた。以前ならすぐに口をつぐんでいたであろう農家たちも、今回は黙っていなかった。

それでは賛同しようにもできない。もっと詳細な説明が欲しい。

こうして、県の技術者も同席する会合が、次回アレンジされることになったのだという。

「松岡さんの発言力が弱くなったのは、いいことだよ。これでやっと、大沼にも民主主義が根付き始めたんじゃないか。そうだ。次回のミーティングには和也くんも参加したらどうだい？」

「えっ？　俺がですか。でも俺、地権者じゃないですよ」

「地権者じゃなくたって構わないよ。関係者は全員参加したほうがいい。質問や反対意見があったら、どんどん言ってやれよ」

それから数日後、今度は大沼中学校の講堂で二回目の会合が持たれた。

春菜によると、出席者は第一回のミーティング時よりはるかに多いという。ざっと見渡しただけでも、数百人の住民たちが所狭しと、ひしめき合っている。

最初の集まりでは、何が話し合われるのか具体的に知らされていなかったが、今回は議題がはっきりしていたので、これほどの人数が集まったのだろう。

農地の改良は、大沼の農家全員の関心事である。

パイプ椅子（いす）の最前列には、あのいけ好かない上田理保子がいた。アグリパーク計画は、あまり進捗していないと噂されているが、今回の公共事業は、あの女にとって追い風となるだろう。

二列先には、金髪の後頭部が見える。友樹だ。いつの間にやら髪を染めたらしい。よく見ると、耳たぶのピアスも増えている。視線に気づいたのか、後ろを振り返った友樹は、和也を認め、親指を突き立てた。

そういえば、先日y市のクラブで飲んだ際、友樹と拓馬に「俺、覚悟決めたから」と宣言したのだった。何の覚悟か、具体的に言明はしなかったが、言わずもがなだ。

宣言通りのことは、まだ行っていない——。

隣に座っている春菜をチラリと見た途端、小さな横顔が振り向いた。

「何でしょうか」

「い、いや、何でもない」

和也は慌てて正面に向き直った。

壇上には松岡の他、数名の農業委員、それに県から派遣された技術者がいる。松岡がマイクを握り、司会のようなことを始めた。緊張しているのか、何度も言葉を噛んだ。

気心の知れた子分の前では威勢がいいのに、これだけの大人数を前にしゃべることには、慣れていないのかもしれない。

壇上のメンバー紹介と、会合の趣旨が説明された。なんと、今回の事業は、農水省と県による担い手育成事業の一環なのだという。柱となるのは、水路改良、農道拡張、それに農地の区画整備だ。

マイクが技術者の手に渡った。照明が落ち、背後のスクリーンにスライドが映し出される。

「まずは水路の説明から、始めさせていただきます」

画面左に映っているのが、大沼の現在の用水設備だった。老朽化して水漏れが起きているため、通水能力は不十分だという。それが工事後には、立派な用水機場を備えた調整池と、幹線水路に変わるイメージ画像が、画面右に提示されている。

こんな設備があれば、特に稲作は、今よりはるかに効率よく作業を行うことができるだろう。

「このようにして、水田の汎用化を図ることができます。水田の汎用化とはつまり、水田の排水を良くして、麦・大豆等の作物も生産できるようにすることですね」

場内からため息が漏れた。金髪の頭が、うんうんと何度も頷いているのが暗がりの中でもわかる。しかしながら、ため息をついたのもつかの間、聴衆の身体は次第に強張っていった。

農道拡張と、区画整備があまりにもドラスティックに行われていたからだ。現段階では、いびつな形で併存する各人の圃場を、まるで碁盤の目のようにきっちりと整備し直し、そこに広い道路を縦横に走らせる計画だった。

「現段階ではイメージ図に過ぎませんが、基本、この路線で行かせていただきます。このような区画整備は、効率的で安定した近代農場経営には不可欠なのです」

農家の中には、あちこちの飛び地に田畑を持っているものも多い。それを一カ所に集約させれば、作業時間も短縮できるし、集団耕作、転作も可能だというのだ。

しかし、これには様々な権利移動が伴う。おまけに、総工費の五パーセントは農家負担になるという。人数で割ると、一人頭約七十万円の計算になる。

「いくら何でも、それは高すぎやしませんか？」

当然、このような声があちこちから上がった。

「長期的に考えてみてはどうでしょう。計画が実現されると、大沼の農家の生産性は著しく向上します。皆さまの跡取り、つまり孫子の代まで安定的な農場経営を行うことができるのです。これは担い手育成事業なのですよ」

技術者が淡々と答えた。

「跡取りなんて、いねえよ」

誰かが言うと、あちこちから笑い声が起きた。

「だけど、誰も継ぐやつがいないからって、農地をこのまま放っておいていいのかよ」

別の声が言う。

「七十万は高すぎるよ。俺んちにそんな金はねえ」

「もっと安くできないのかよ」

「そうだ、安くしろよ」

「全額税金でやってくれよ。俺たちゃ真面目な納税者なんだぜ」

技術者が困り果てた顔を松岡に向けた。技術者からマイクをひったくった松岡は、壇上から聴衆をにらみ付けた。

「文句ばかり垂れるな！」

ざわついていた場内が、一瞬シーンと静まり返った。

「お前ら自分のことしか考えねえのかよ。大沼の未来を託す人間のことを、少しは考えてやれよ。お前らが今まで払った税金の何百倍、何千倍の予算を組んで、大沼を近代化してくれるって、県が言ってんだぞ。ちったあ感謝したらどうだ。金がなかったら借りろ。ＪＦＣが融資してくれるぞ。車一台買うことを考えれば、安い買い物じゃねえか」

群衆が再びざわめきだしたが、面と向かって疑義を唱える者はいなかった。

和也は天を突くように勢いよく手を上げ、指(さ)されるのを待たず、立ち上がった。

「何だ？」

松岡がギロリと和也を睨んだ。またお前か、というような顔をしている。

「区画整備された後も、有機農業は行えるんですか？」

和也は松岡の顔を見据えながら、大きな声で質問した。

「誰も有機をやっちゃいけないとは言ってないだろう。やりたきゃやればいい。その代わり、他人に迷惑はかけるなよ」

本題とはまるで関係ねーぞ、とヤジが飛んだ。和也は腰を下ろし、大きな鼻息をついた。春菜が心配そうに和也の横顔を見つめている。

次回はさらに精査した開発図面を提示することが約束され、説明会はお開きになった。松岡たち農業委員と県の技術者が舞台の袖に消え、聴衆は椅子を立って出口に向かう列に並んだ。

中学校から春菜の家までは、歩いて五分で行ける。家の門が見えて来た時、ちょっと話さないか、と背後から声がした。青山と須藤老人だった。

「いいですよ。皆さんうちに寄って、お茶を飲んでいかれますか？」

春菜が二人を誘った。


「松岡の倅、何だか焦っておったな」

須藤が出されたお茶を、ずずずと音を立てて啜った。

「今までみたいに農家が盲目的に従わなくなったからでしょう。それにしても七十万は高すぎますよね」

青山が眉をひそめた。

「じゃが、担い手育成事業そのものは悪くない。権利関係を整理できればの話だが、きちんと話し合えば不可能ということはないだろう。それにしても、よく県が動いてくれたな。大沼の農業委員会も、まんざら捨てたモンではないのかもしれんな」

「松岡さんは、自分の実力を誇示したかったんでしょうね。彼にとって、今回の計画を成功させることは、沽券(こけん)に係わる問題なんですよ」

「でもいくらなんでも、七十万を強制的に払わせるってのは、おかしくないですか。金がなけりゃＪＦＣから借りりゃいいって、まるでヤクザの取り立てみたいじゃないですか」

　和也が口を挟んだ。

「うん。確かにそうだ。乱暴だよな」

　青山がうなずく。

「だからわしは、あやつが焦っておると思ったんだよ。これが決定した金額だから、ガタガタぬかさず出せ、ということだろう」

「そうですよね」

「ところで春菜さんは、この計画はどう思ってるんだい」

　一同の視線が春菜に集中した。

「――わたしは、今の場所で有機栽培をやらせていただけるなら、それだけで幸せです。道路や水路のために圃場が削られちゃうのは悲しいですけど、それも未来の農家のためと思えば、納得できます」

「じゃが、春菜さんと和也くんのやっていることに、水路の整備や農道の拡張は関係ないだろう。大型の農業機械は使っていないし、収量が少ない畑だから、水路を整備しなくても十分やっていけるはずではないかな」

「確かにそうですけど、農業って地域のみんなで行うものだと思いますから」

　とはいえ、自分にとって直接メリットのないものに、七十万円も投資しなければならないのだ。

「基本路線はともかくとして、やはり価格で揉めるだろうな」

青山がため息をついた。

「まあ、もっと具体的な図面と数字が仕上がったら、基本路線も文句を言うやつが出てくるだろうがな。先祖代々の農地を集約することはできないとか、現状で十分満足してるとか。春菜さんのように物わかりのいい農家は、少ないいんじゃないか」

須藤が言った。

「もし、反対意見がたくさん出たら、どうやって解決するつもりなんだろう――」

和也がつぶやいた。

「それは、これだろうな」

須藤が親指と人差し指で、小さな円を作った。

六

「どうでした？　昨日の会合は」

事務所に現れた桜井と小西が、理保子を見つけ、声をかけた。

「随分具体的に計画が進んでて、ちょっと驚いた」

理保子が答えた。

「詳しく聴かせてくださいよ」

理保子は、壁時計を見やった。二つの針が、てっぺんで交差している。

「じゃあ、一緒にお昼、行く？」

「いいっすね。薺、どうです」

小西が提案した。自然食レストラン薺には松岡との一件があって以来、行っていない。理保子は反有機栽培の立場だが、それを強調するのも大人気ないので「いいわよ」と答えた。

「決まりっすね。じゃあ、高橋さんも誘って、すぐ出ましょう」

えっ？

高橋も一緒に来るのか――。

桜井と小西の師匠だから仕方ないが、理保子は少し前から高橋とは距離を置いている。

桜井の運転する車に乗り、四人はレストランに向かった。後部座席に理保子と一緒に納まった高橋は、むっつりと黙り込み、現れては消える窓の景色を眺めていた。

レストランに着くと、店長の遠藤が挨拶にやって来た。理保子の姿を認め、「もう、来てくれないのかと思ってましたよ」と相好（そうごう）を崩す。あれから一年以上経っているのに、理保子と松岡の一件をまだ覚えているらしい。

理保子は愛想笑いで答えた。

「夏らしいお勧めのランチがあるんですよ。如何（いかが）ですか」

獲れたてのトマトと鶏のささみ肉のサラダに、蒸したピーマンとニンジンが本日のランチだという。なんともヘルシーな組み合わせだ。

それ以外に昼のメニューはないというので、全員で同じものを注文した。

「客が食べたいものを選ぶのではなく、シェフにお任せってスタイルがメインなんですよ、ここは」

桜井が物知り顔で言った。

「食材の仕入れが安定していないから、メニューのバリエーションが少ないんでしょうね」

「安定してないというのは、有機野菜だからということね」

桜井がうなずいた。

栽培をコントロールできない有機野菜だから、こういう事態に陥ってしまう。とはいえ、その不安定さを容認するレストランや客がいることにも、驚かされる。必死になって、統一規格のメニューを大量生産・販売しているファストフード店が、これを聞いたらなんと思うだろうか。

「みんな有機農家には優しいのね」

皮肉を込めて理保子は言った。

「みんなここにはよく来るの？」

「まあ、たまに来ます」

桜井と小西が口を揃える。高橋は無言でレストランの中庭を眺めていた。

「みんなは有機農業に興味があるの？」

思い切って訊いてみた。

「今はないですね」

桜井が答えた。

「今はというのは、いずれやってみたいってことかしら」

さらに突っ込むと、桜井と小西が顔を見合わせた。

「今は、慣行農業で修行中ですから、とてもじゃないけど、有機まで手が回りません。でも一人前になって独立したら、いつかやってみたいとは思いますね」

桜井の言葉に小西もうなずいた。

「どうして、有機をやってみたいと思うの？」

はっきり言って、理保子には理解できなかった。

「そりゃあ、毎日土に触れていれば、化学肥料や農薬を使わない農法には興味が湧きますよ。いったいどうやってやるんだって」

毎日土に触れていない自分だから、桜井や小西の心情が理解できないのだろうか。

「高橋さんはどうなの」

三人の会話などどこ吹く風で、窓ガラス越しに、大きく茂ったクチナシの木を見ていた高橋が、理保子を振り返った。

「高橋さんは、有機農業をやってみたいと思いますか？」

以前高橋が有機農業をやっていたことは、須藤を通じて知っていたが、黙っていた。

「じ、自分は、やるつもり、ないです」

高橋がむっつりと答えた。

程なく遠藤シェフ自ら、ランチを運んできた。

「どうぞお召し上がりください」

皿を置いても、立ち去ろうとしないのは、こちらのリアクションを期待しているからだろう。

——だけど、思い通りにはいかないわよ。あたしは、食べ物に関してはお世辞を言わないから。

「いただきます」

理保子は箸(はし)を握り、ニンジンとピーマンを口に運んだ。

えっ？

今まで味わったことのない食感が、口の中に広がった。これは、本当にニンジンとピーマンなの？　それとも、一遍に食べるから、こんな味がするの？

今度は別々に食べてみた。

濃厚な味わいが、ゆっくりと鼻腔(びこう)を抜けて行く。

ピーマンはみずみずしく、シャキシャキとして程よい苦みがあった。ニンジンには甘いコクがあり、土の香りがうっすらと漂う。今まで食べてきた野菜とは、まるで別物だ。とはいえ、食べたことのない味なのに、なぜだか懐かしく感じる。これが有機野菜というものなのか……。

「如何ですか？」

笑顔で尋ねる遠藤に、「おいしいです」と素直に答えた。桜井も小西も、「うまい」を連発した。

それにしても妙だ。理保子が以前代々木で食べたマイクロビオティックや、ここ薺で松岡と一緒に食べた自然食には、こんな感動はなかった。

「有機野菜も、慣行野菜も基本は同じなんですよ」

遠藤が面白いことを言った。

「ちゃんとした技能を持った農家が作った野菜なら、どっちもおいしいんです。ところが、いい加減な農家が作った野菜は、有機だろうが慣行だろうが、うまくない。有機の看板を掲げて、粗悪なものを、さも一級品のように販売している農家を、ぼくは『なんちゃって有機農家』と呼んでます」

――なんちゃって有機農家？

以前代々木やここで食べた有機野菜は、「なんちゃって有機農家」が作った野菜だったのだろうか。

理保子は今度は、鶏肉とトマトのサラダに口をつけた。青臭さの残るトマトが、ささみ肉とよくマッチする。甘いだけのトマトもいいが、このように自然な味わいのするトマトも悪くない。

「これらは、どこから仕入れたんですか」

「春菜さんと和也くんの畑から獲れたものですよ」

理保子が瞳を見開いた。

あの春菜と小原和也が、こんなに美味しい野菜を作っていたのか！

「始めてから僅か一年とちょっとしか経っていないのに、大したものでしょう。去年の今頃持ってきたきゅうりなんか、ほとんど売り物にならなかったのに、あれから偉く進歩しましたよ」

小原が、「あんたはまだ、本当にうまいものを食ったことがないんじゃないか」と言っていたことを思い出した。

「彼らは、どうやってこんなものが作れるようになったんでしょうか」

「それは本人たちに訊いてみないと、ナンとも言えないですねえ」

遠藤が目じりにしわを寄せ、笑った。

「山奥に引きこもって、修行をしてたようですが」

「山奥で修行、ですか？」

思わず訊き返した。遠藤がうなずく。

「まあ、それはともかく。彼らは何かを摑んだんじゃないかな。マニュアル化できない何かを」

マニュアル化できない何かですって？

すべてのオペレーションはマニュアル化できなければ意味がないと、常日頃から思っている理保子にとっては、衝撃的な言葉だった。

「野菜に寄り添わなきゃ、うまい野菜は育たない。マニュアル化された技術だけでは、寄り添うことは難しい。要は、ここなんですよ」

遠藤が自分の左胸に掌を当てた。

「野菜を作っていないぼくが言うのは、ナンですけど、少なくともぼくはハートで料理を作っています」

「そ、それは、ゆ、有機栽培や料理だけじゃなくて、慣行農業でも同じです」

黙々と食べていた高橋が、箸を置き、遠藤を見やった。

「か、慣行農業も、ここでやらなきゃならんのです」

高橋が無骨な掌を、胸に当てた。桜井と小西が、小さく頷きあっている。

「ところで、昨日の説明会ではどんなことが話し合われたんですか？」

遠藤が厨房に戻ると、小西が理保子に尋ねた。

「そうそう。それが、今回のテーマだったわね」

理保子は三人に、現在計画されている、担い手育成事業のことを話した。既に大まかなブリーフィングは松岡から受けていたが、それをさらに具体化した内容が、昨日の会合で話し合われたと説明した。

「そいつは、すごいっすねー」

桜井と小西がため息を漏らした。

「そんな感じで、大沼が近代化するなら企業誘致も楽になりますね。部長は計画を支持しているんでしょう？」

大沼の農道が拡張され、水路が改良され、圃場の区画整備も整えば、大規模農業をやるには最適な環境が生まれる。

「本当に実現できるのなら、支持するわよ」

「アグリコ・ジャパンとしても、正式に協賛する立場を取るんですか？」

そうしたい気持ちもあるが、そのためには社長の承認が必要だろう。本件ばかりでなく、アグリパーク計画を立ち上げ、独自に企業誘致を行っていたことも、そろそろ氷川に打ち明ける時期かもしれない。

「ほ、本当に出来るんですかね」

高橋がボソリと言った。

「高橋さんは、出来ないと思っているの？」

理保子が眉を吊り上げた。

「そ、そうは思ってませんが、何だか夢のような話で」

「でも圃場の整備や農道の拡張は、大沼の将来にとってすごく大切なことでしょう」

知らず知らずのうちに言葉が尖っていたが、気にせず続けた。

「物事は前向きに考えなければダメよ。この事業は、あたしたちのアグリパーク計画とリンクしているんだから。是非とも成功に導かないと」


蕎での昼食を終え、帰社すると、駐車場にグレーメタリックのベンツが停まっているのが見えた。

——氷川が来ている。

生産部隊の三人と別れて、オープンフロアのオフィスに入ると、水色ストライプのシャツにピンクのネクタイを締めた氷川が、経理の島でＰＣ画面を覗き込んでいるところだった。

氷川は理保子に気づくと、画面から顔を上げ、ニッコリとほほ笑んだ。相変わらず、不自然なほど白い歯をしている。

「数字を確認させてもらったよ。なかなか順調じゃないか。いいね」

氷川お得意のリップサービスだ。人当たりはソフトだが、腹の底では何を考えているかわからないのが、この男の怖いところであることは既に学んだ。

「ちょっとお話があるんですが、よろしいですか」

「ああ、もちろん。ぼくも、もっと頻繁にこっちに顔を出さなきゃいけないんだが、なにせ支店のほうが忙しくてね。君はもう立派に一人で切り盛りしてるし、何かあったら車で二十分で駆けつけられる距離にいるから、ついつい甘えちゃって――」

氷川は饒舌（じょうぜつ）にしゃべりながら、理保子の肩に手を置き、社長室にいざなった。

扉を締めると、氷川は暫く使っていなかったデスクに座り、足を組んだ。理保子は会議テーブルから椅子を引き寄せ、氷川の正面に座った。

「で、話って何だね」

背もたれにふん反りかえった氷川が尋ねた。

「実はわたし、ちょっと前から考えていることがありまして――」

理保子はまず自らの計画である、アグリパーク構想について語った。

「勝手に話を進めてしまって申し訳ありません。でも、賛同してくれる企業は結構いるんです」

「いやあ、驚いたね。ぼくが不在の時に、そんなことをしていたんだ。でもまあ、いいんじゃないの」

氷川が、あまり興味がなさそうにつぶやいた。

なぜ勝手にそんな話を進めたんだ！　と叱（しか）られることも覚悟していた理保子は、何だか拍子抜けした気分だった。

「実際に初期投資があったわけじゃないし、まだ計画の段階なんだろう」

「はい」

「需要があるなら、企業が一ケ所に固まって、ビジネスをするのも悪くないかもな。そうすれば、大沼自体も栄えるし。だけど、お互いライバル同士だから、近くにいたら軋轢が生まれないか？」

「それは現在の農家でも同じだと思います。わたしは、皆で一丸となって農業を盛り立てていく相乗効果のほうが、大きいと思っています。言うなれば、工業団地の農業版のような発想です」

氷川がフンと鼻を鳴らした。

「問題は農家が土地を貸してくれるかだな」

「そうなんです。そこでもう一つ、重要なお知らせがあるんですが、社長は大沼の担い手育成事業のことはご存知ですか？」

「担い手育成事業？」

氷川が眉をひそめた。

「農水省と県が行う公共工事が、大沼で予定されているようなんです」

「ほう」

氷川が身を乗り出した。噂ぐらいは伝わっていると思っていたのに、何も知らない様子だった。

「そいつぁ素晴らしいじゃないか」

一通りの説明を終えると、氷川がうなった。アグリパークの話を聞いた後とは対照的なリアクションである。

「圃場や農道が整備されれば、わが社の生産性も著しく向上するな」

「はい。わたしが考えているアグリパーク構想にもプラスに働きます」

「まあ、そっちの計画は追々検討するとして、とりあえずはその担い手育成事業のほうだ。農家は説得できそうなのか？」

「それは松岡さんに訊いてみないと、なんとも言えませんが、多分難航すると思います」

農地の区画整備には反対の農家もいるだろうし、何よりも一軒あたり七十万円の出費は大きい。

「もったいないなあ。せっかくの機会なのに、渋るなんて。ただでさえ土地を遊ばせてるやつが多いのに。彼らは担い手のことを考えていないのかね」

理保子もまったく同意見だった。

「農家がどっちつかずでいたら、県もいずれ引き揚げてしまうかもしれない。せっかくチャンスが水の泡になるんだ……」

暫く天井を見上げていた氷川が、理保子に視線を戻した。

「その七十万円、うちが負担してやるってのはどうだ」

えっ？

理保子は氷川の、男にしては色艶のいい顔をマジマジと見つめた。

「つまり、うちが農家から土地を買い取るということだよ」

「だけど、それは……難しいんじゃないですか。農地の賃貸さえ、渋る人たちなんですよ」

「昔とは事情が違うだろう。いずれにせよ、大沼は近代化を免れないんだ。ぐずっている農家も、そのうち音を上げる。七十万を払って担い手育成事業に賛同しなければ、村八分にされてしまうかもしれないからな。だけど、そもそも担い手がいない彼らは、他人のためにそんな大金を払いたくはない。だから、うちで農地を買い取ってやるのさ。もちろん、値段に関してはこちらも考えるよ。相場の二倍出したって構わない」

「そんなにですか？　買い取り資金はどうするんです」

「農地の価格なんか、大したことないじゃないか。うちの運転資金で足りなかったら、本社に話をつけるよ。こういう事情なら、本社も金を工面してくれるさ」

それなら問題はないが、交渉は誰が行えばいいのか。

「交渉は松岡さんに任せればいい。彼がこの計画をアレンジしたんだろう。だとしたら、是が非でも成功させたいんじゃないか。我々の提案は彼にとって渡りに船だろう」

「確かにその通りですね」

整備された圃場がアグリコ・ジャパンの固定資産になるのは、長期的な展開を目論む上で願ってもないことだった。

思わぬ展開に、理保子の胸が躍った。氷川がこれほどまでに、担い手育成事業に理解を示すとは、思いもよらなかった。

「松岡さんには、ぼくのほうから話をしておくから。君は農家との交渉に動く必要はないぞ。うちが直接動いたら、変な誤解を生むからな」

「はい」

氷川が初めて上司に見えた瞬間だった。

七

午前中の作業を終え、春菜の家で一息ついている時、玄関の引き戸が、バンバンと乱暴に叩かれた。

「邪魔するよ」

返事をする間もなく、ガラガラと戸が開き、野太い声が響いた。松岡だ。

和也は足早に玄関に向かった。益子が後からついてきた。

「何か用ですか」という問い掛けは「何だお前か」という苛立った声に掻き消された。

「俺じゃマズいんすか」

和也が白目を剝き出して、松岡にメンチを切った。

「お前じゃ話にならねえんだよ。春菜ちゃんはどこだ」

松岡も太い眉を寄せ、和也をにらみつけた。

「春菜さんは留守です」

嘘だったが、この男を春菜に会わせたくなかった。

「何時に帰ってくるんだ」

「さあ、わかりません」

「わからねえだと～」

「ナンの用ですか？　用があるなら、俺が聞いときますよ」

「だから、おめーじゃ話にならねえって言ってんだろう。日本語理解できねえのか」

「理解できなきゃ、そもそも会話が成立してないでしょう」

二人の男の眉が限界まで吊り上がった時、「あんれ、鬼瓦さんでねえの」と素っ頓狂な声がした。

「やっぱり鬼瓦さんだ」

和也の背後から顔を覗かせた益子が、松岡をジッと見つめ、うなずく。

「で、今日は何を売りに来たの？　靴紐？　それとも輪ゴム？」

「あっ？」

松岡は益子を見やり、次いで視線を和也に戻した。このばあさんはいったい何を言ってるんだと、無言で問いかけている。

「あんたが苦労してるの、わかってるよ。警察のやっかいになったことも。だけど、傷痍軍人だし、ガキはまだ小さいのが三人もいるんだろう。押し売りでもしなきゃ、この世知辛い世の中やっていけないよねえ」

「いや。おばあちゃん。俺は押し売りじゃないし、鬼瓦とかいう名前でも、警察にやっかいになったことも――」

松岡が説明したが、益子は聞いてなどいなかった。

「うんうん。わかってるよ。B29の空爆で右腕が吹っ飛んじゃったんだよね。大の男が利き腕を失うってえのは、そりゃ大変なことだよ。でも家族を養わなけりゃならないからね。だからあんたは押し売りをして、何とか家計を……あんれっ？　あんた腕があるね！　もしかして、生えて来たのかい!?　いやあ、たまげた。トカゲみたいな人だねえ」

益子は両腕で肩を抱き、ぶるっと身震いした。怖がっている益子の傍らでは、和也が爆笑していた。

松岡の顔が見る見る赤く染まった。

「ふざけるなっ！　おれはトカゲじゃねえ。何さっきからわけのわかんないこと言ってんだっ、このばあさんは！」

ザーッと水が流れる音がして、玄関脇の扉が開いた。扉の奥から出て来た春菜が、まあまあ、落ち着いてくださいと、松岡をなだめた。

「春菜ちゃん、いるじゃないか。何だオシッコか？　この野郎、すぐばれる嘘つきやがってー」

松岡が和也を睨みつけた。

「ちょっとお腹の具合が悪かったんです。松岡さんがいらしたことには、気づいてました。すぐに出れなくて、ごめんなさい」

春菜が、真っ赤な顔で弁明した。

「今日は、何のご用ですか」

松岡は、フンと大きく鼻を鳴らすと、担い手育成事業の話を始めた。戸別訪問をして、賛同者を募っている最中だという。春菜は、賛同しますと、はっきり答えた。

「春菜さん、ちょっと待てよ。七十万払わなきゃいけないんだぞ」

和也が春菜を振り向いた。

「皆さんで決めたことなら、仕方ありません。従います」

「だけど、七十万はいくらなんでも高すぎるだろう。もっと負けられないんですか、松岡さん」

和也が松岡に詰め寄った。

「そいつぁ難しいな」

交渉しても無駄だという風に、松岡は肩をすくめた。

「どうして難しいんですか。無駄な工事を削りゃ、もう少し安くなるだろう」

「そんなことは、もうとっくにやったんだよ。やった上での金額なんだ」

「本当かよ」

「本当だ。お前、俺が嘘をついているとでも言いたいのか」

「二人とも落ち着いてください」

今にも摑みかからんばかりの二人の男の間に、春菜が割って入った。

「七十万は何とかしますから。松岡さん、ご相談なんですけど、一括でお支払しなければいけませんか。分割ではダメですか」

「ダメということはないが――」

松岡がコホンと一つ、咳払いをした。

「もし、支払いがきついなら、方法がある」

「どういうことですか」

土地を売るってことだよ、と松岡が眉をひそめた。

「引き取り手はいる。時価の二倍で買ってくれるそうだ」

「お断りします」

春菜が即座に答えた。松岡は人差し指でポリポリとこめかみを搔いた。

「悪い話じゃないと思うけどなあ」

「買い手は誰なんですか？　県ですか」

「いや。そうじゃない」

松岡が言葉を濁した。

「いずれにせよ、春菜ちゃんとこは、担い手育成事業に賛同してくれるってことだな。それで十分だよ。邪魔したな。分割払いの件は、話してみるよ」

春菜にはニッコリと微笑み、和也にはガンを飛ばすと、松岡は大股で去って行った。

「時価の二倍って、いったいどういうことだ」

松岡が去っても、しばらく玄関に突っ立っていた和也と春菜が顔を見合わせた。益子はもう奥に引っ込み、居間のテレビで子供番組を見ていた。

「本当に県が買い手じゃないんでしょうか？」

「その点は、嘘をついていないと思う。行政機関は、相場を破壊するような取引はしないはずだから。そんな価格を付けるのはやっぱり民間だろう」

「じゃあ松岡さん本人、ですかね」

すでに何十ヘクタールもの土地を保有している松岡が、さらに領地を拡大するつもりなのだろうか。松岡の財力なら、農地を二倍の価格で買い取ることも可能かもしれないが、そんなことをするメリットが果たしてあるのか。

「いずれにせよ。春菜さんがきっぱり断ってくれて、俺、うれしいよ」

春菜が和也を見上げた。その大きな瞳に、和也の心が吸い寄せられた。

「俺、ずっとここで仕事したいと思ってるから」

「ありがとうございます」

春菜が小さな頭をペコリと下げた。

――違う！　俺が言いたいのは、そういうことじゃない。他人行儀に、礼なんか言わないでほしい。俺が言いたいのは……。

「俺、ずっと春菜さんの支えになっていきたいから」

「ありがとうございます。もの凄く心強いです」

――だからそういう意味じゃないったら！　何でわかってくれないんだ。

ここは夜景の見えるレストランでも、夕日が沈む浜辺でもない。古い玄関の上がり口で、床板は足を動かすたびに、ギシギシと音を立てている。おまけに和也は、肝心な物を持っていない。春菜の薬指にはめられるべき、大切なものだ。

常日頃から夢想していたシチュエーションとはまるで異なるが、あまりにも唐突に機会は訪れた。今を逃したら、次のチャンスはいつめぐって来るかわからないと、和也は覚悟を決めた。

「俺、春菜さんのことが好きなんだ。だから一生一緒にいたいんだ」

一瞬時間が止まったような気がした。

春菜は無言で和也を見つめていた。自分は今、いったいどんな顔をしているんだろうと思いつつ、和也は春菜を見つめ返した。

春菜の顔から、感情をくみ取ることは難しかった。

喜びも、気まずさも、動揺も、うかがい知ることのできない石膏（せっこう）のような固い表情――。

春菜が視線を逸（そ）らせ、口を開きかけた時、家の電話が鳴った。

「はい」

と見えない相手に返事をして、春菜は足早に廊下を戻った。

ひどい耳鳴りがした。

家の奥で、しきりに春菜が相槌を打っている声が、やけに鮮明に聞こえてきた。

――フラれてしまったか？

そうだろうな。春菜さんはまだ死んだ夫のことを、忘れられないでいるんだ。俺に、あの人の代わりは、務まらない。

奥の部屋にある仏壇から、遺影が和也に向かって微笑んでいた。

あんなに爽やかで、大人の落ち着きのある、優しい笑顔なんか、俺には到底できない。

和也は木偶のように突っ立ったまま、亡夫の写真を見つめていた。

「小原さん」

振り向くと、春菜が受話器を抱えたまま廊下に出て、和也の名前を呼んでいた。受話器のコードが目いっぱい伸びている。さっきから何度も呼びかけていたらしい。

「今から青山さんと須藤さんがここへ来たいと言ってますが、小原さんは大丈夫ですか」

先ほど起きたことなど、とっくに忘れたかのように春菜が声を上げた。

「松岡さんが来た件で、話があるみたいです。小原さんは時間、大丈夫ですか」

時計を確認すると、夕方の六時だった。本日の作業はすでに終了している。

「大丈夫ですよ」

春菜はコクリと頷き、受話器を耳に当てると、部屋の中に戻った。


程なくして、青山と須藤がやってきた。

「やっぱりここにもあの男が来たか、で、春菜さんと和也くんは、どう答えたんだ」

家に着くなり青山が尋ねた。和也と春菜の顔を交互に見ている。

「わたしは一応賛成しました」

春菜が答えると、「優しいね、春菜さんは」と須藤が眉尻を下げた。

「皆さんのところにも松岡さんが来たんでしょう」

「ああ、俺と須藤さんは、自分の農地が著しく侵害されなければという条件付きで、承認したけどね。この間のラフな図面じゃまだ、圃場の整備が具体的じゃなかったから」

須藤がむっつりとうなずいた。

「七十万は支払うんですか？」

和也が尋ねた。

「まあ、それは仕方ないよ。わしらが死んでも農地は残る。引き継ぐ者が誰かは知らんが、あまり恥ずかしい状態で託したくはないからの」

須藤が年配者らしい所見を述べた。

「だがまあ、俺たちみたいに物分かりのいいのは、少数派だよ。大多数の住民は結論を保留にしてるか、ゴネてる」

「やっぱり七十万がネックなんですかね」

「まあ、そうだろうな」

「でも、払えないなら農地を売ればいいと言われましたよ。二倍の価格で買ってくれるところがあるみたいです」

「聞いてるよ。だけど、したたかな農家はそれでも納得しないんじゃないかな。ゴネれば価格が吊り上がると思っている連中もいる。百姓の矜持を忘れちまったんだろう。もはや不動産屋だ」

青山がため息をついた。

「それにしても、農地を二倍の値で買うやつって、いったい誰なんでしょうね」

「わからぬか？」

須藤が片眉を上げた。

「大沼の農地を、そうまでして手に入れたい人間。しかも資金力があるところといえば、一つしかないだろう」

「アグリコ――ですか」

和也がつぶやいた。

「そうだよ。アグリコが計画しているアグリパーク計画のためには、自社で農地を保有しておいたほうが都合がいい。松岡ははっきり言わんが、アグリコのために動いておるのは確かだ。アグリコに自分の農地も貸し出しているからな」

「あんなことがあっても、まだアグリコとの縁を切らないでいるんだよ」

青山が、クククッと笑った。

あんなこととは、去年の夏、松岡が薺で上田理保子に破廉恥（はれんち）行為を働き、反撃された事件を指しているのだろう。

「相手がアグリコなら、いくらでも金を出せると踏んでるんだろう。だから、二倍の価格を提示されてもゴネ続けてる。どっちもどっちだけどな」

そういえば、須藤はアグリコ・ジャパンの計画に賛同していたことを、和也は思い出した。

「須藤さんは交渉しないんですか。アグリパークに賛同しているなら、いずれアグリコのグループに、農地を貸し出すか売ることになるんでしょう。だったら、今売っ払っちゃうほうが、賢くありませんか」

「わしもそれは考えたよ」

須藤が素直に認めた。

「じゃが、さっき青山くんがいみじくも言ったように、わしは不動産屋にはなりたくない。明治時代から続く野菜農家としての誇りがある。須藤家の百姓の血はわしの代で途絶えるが、畑は残るんだ。先祖代々受け継がれた畑を安心して託せる人間を、この目ではっきり見極めることができた時、初めて売る決断をしようと思う。さもなきゃご先祖様に申し訳が立たんからな。あの世に行ったら、皆に袋叩きに遭うわ」

須藤は、かっかっかっ、と水戸黄門のように笑った。

八

その場所に松岡が呼ばれるのは、今回で三度目だった。

Y市の外れにある、何の変哲もない古民家。生垣に囲まれた裏門から入り、灌木が生い茂る庭を抜けると、茶室の躙り口程の小さな戸口がある。松岡は巨体を丸めて、戸口をくぐった。誰も出迎えに来ないが、ここの流儀は心得ている。

三和土で靴を脱ぎ、すぐ目の前にある階段を登った。廊下の突き当りのふすまを開けると、そこは八畳の和室。いつも使う部屋だ。中にはまだ誰もいなかった。どうやら一番乗りらしい。

部屋の中央にしつらえられた掘りごたつに腰を下ろし、他のメンバーを待った。正面の床の間には、「一期一会」と書かれた掛け軸がぶら下がっている。

これでも立派な、料亭の一室である。

芸能人がお忍びで通う隠れ処よりさらに閉鎖的な、一般客をまるで受け入れない、厳選されたメンバーだけの空間だった。

十分程待つと、五十がらみの恰幅のいい男性が部屋に入ってきた。名前を石黒という。職業は経営コンサルタント。胡散臭い男だが、貫禄がある。

石黒は「よう」と片手を上げると、当然のように上座に納まった。見る者を圧倒させずにはいられない眼光で、ギロリと松岡を見る。

石黒の次に現れたのが、アグリコ・ジャパンの社長、氷川だった。氷川は石黒の隣に腰を下ろし、キラキラ光る前歯をこれ見よがしに剝き出しながら「残暑が厳しいですね、今日も。どうですか調子は」と相好を崩した。

調子というのは、体調のことを言っているのではない。与えられたミッションをきちんとこなしているのか、という問い掛けだ。

山吹色の色無地を来た仲居が現れ、ビールと突き出しをお膳の上に置いた。丹波黒大豆を品種改良した最高級枝豆である。松岡はすかさずビールを手に取り、石黒と氷川のグラスにトクトクと注いだ。

最後に手酌で自分のグラスを満たすと、全員で乾杯をする。冷えたビールが喉に心地よかった。

それにしても――と、枝豆を女のように上品につまんでいる氷川を見ながら、松岡は考える。以前は、自分が上座で氷川が下座にいるような関係だった。それがいつの間にやら立場が逆転している。

この氷川と石黒という対照的な二人の関係は、いったい何なのだろうか。

担い手育成事業は、松岡が会長を務める大沼の農業委員会が発案し、県や国を動かしたと思われているが、実は違う。発案者は氷川と石黒だった。

ある日、氷川に呼び出され、当該事業の概要を説明された。関係行政機関にはすでに話を通してあるという。氷川の隣に座った初対面の石黒が、むっつりと頷いた。

少ない県の予算の中から相当な額を、大沼の事業に割り振るのだから、それなりの政治力が必要だろう。この石黒という男が、フィクサーらしい。

「で、松岡さんに一つお願いがあるんです。いや、二つだな。一つ目は、大沼の農家を本計画に賛同させること。時間はあまりかけたくないんで、早急にお願いしますよ。むろん、報酬は弾みます」

あの日、氷川はこう切り出した。氷川が提示した報酬は、信じられないほど高額だった。

「そして、二つ目は本件にわたしたちが絡んでいることは、内密にしておくこと。松岡さんが仕切っている案件ということで、対外的には広めて頂きたい」

「この件には、上田部長も絡んでいるんですか」

松岡の質問に、氷川はかぶりを振った。

「上田は何も知らない。彼女にも内密にお願いします」

やがて、七輪が部屋に運び込まれた。

たすき掛けした仲居が七輪の上で、サイコロ状に切った肉を焼き始める。A5ランクの最高級黒毛和牛のステーキだ。

石黒が野菜を盛った皿の中からニンニクを見つけ、生でかじった。サクッという音と共に、生臭い香りが部屋中に漂う。

「ところで、どうなの?」

石黒が肉を頬張りながら、大きな眼を松岡に向けた。分厚い唇が、脂でギトギトに光っている。

「農家の説得のほうは」

初対面の時から石黒は、松岡に対して横柄な口を利いた。根が小心者の松岡は、こういう態度で接してくる人間には卑屈になる。

「はあ。残念ながら、なかなかうまくは進んでません」

「そいつぁ困るねえ」

石黒が太い眉を吊り上げた。松岡が身を縮め、小さく頷いた。まるでヤクザの親分に叱られている子分のようだった。

「何が問題になってるの？」

「百姓というのは、自分の土地にあまり触れられたくない人種ですから」

「だから君がいるんじゃないの」

石黒が鼻を鳴らして、隣にいる氷川を見やった。

「氷川くんに聞いたよ。君が大沼のボスなんだろう。だからぼくらは君しかいないと、まとめ役を頼んだんじゃないか」

「もう少し、時間をいただければ、何とかなるとは思うんですが」

松岡は肉の切れ端を口の中に放り込んだ、うまいはずなのに、味をまるで感じなかった。

「時間って、どれくらいだ？」

「はっきりと約束はできませんが、まあ、最低半年ぐらいかと……」

「そんなんじゃ話にならんよ！」

クワッと瞳を見開き、石黒が松岡を睨んだ。雷に打たれたように、松岡の背中が震えた。

「まあまあ。松岡さんも一生懸命やっておられると思いますから」

氷川が間を取り成した。

「うまく行かない原因はどこにあると、松岡さんはお考えですか」

「やはり価格ではないかと思います。七十万は貧乏な百姓には少々きついです」

松岡は素直に所見を述べた。

「んなこたあ、ないだろう」

たちまち石黒に一蹴された。

「君ら農家は、結構稼いでいるじゃないか。いろんな補助金だってもらえるし。特に兼業でやってる連中は、普通のサラリーマンより収入は多いはずだ。七十万は決して高い金額ではない。これ以上削ることはできないんだよ。七十万で交渉を続けろ」

前回会った時も、石黒は同じようなことを言っていた。そうは言っても、大沼には半分引退した老齢農家も多いのだ。彼らにとって七十万は大金である。

「土地を売却する農家は、どれくらいいそうなんですか」

氷川が質問した。二倍の価格で農地を引き取ると明言したのは、氷川だった。

「売ってもいいと言っている農家はいますが、まだ少数です。大多数は答えを保留にしています」

足元を見られていることは承知しているが、松岡にはどうすることもできなかった。

「ならば、三倍ではどうですか?」

氷川の言葉に耳を疑った。それほどの額を払ってまで農地を確保したいのか。農業生産法人が自社保有の農地を増やしたいという理由は、わからなくもないが、時価の三倍で買い取るというのは、気前が良すぎはしないか。

「いやらしい言い方ですが、大企業にとって農地の価格など大したことはないんですよ」

相場の三倍で買ってくれるなら、自分の農地も売り払ってしまいたいと松岡は思った。土地をすべて現金化して、どこかの町に引っ越し、新たな人生を送るのだ。大沼での自分の評価は地に落ちていると、今回の説得工作を通じて松岡は身に染みて感じていた。もうこの土地に、未練などない。

「当然、松岡さんの農地も同じ価格で買いますよ。売っていただけるんでしょう」

松岡の心情に気づいたらしい氷川が、ニヤリと笑った。

「考えておきます」

農地の所有者は松岡本人ではない。農地売買には、病に臥せている父親の承認が必要だ。

「だけど、仕事のほうはきっちりとこなして下さいよ。われわれは、松岡さんを信頼してるんですから」

氷川が釘を刺した。

「アグリコがこれだけ言ってくれてるんだ。期待に応えてくれなければ困るぞ、松岡くん」

石黒が太い眉をひそめた。はい、と松岡は神妙に頭を下げた。

その姿勢のまま、上目遣いに窺うと、氷川と石黒が顔を見合わせ、ニヤリと笑っている。

氷川が理保子にも内緒で、この怪しげな男と組んで案件を進めているのはどうしてなのかと、松岡は今さらながら訝しんだ。いったい、この石黒という男は何物なのか？

公共事業に利権はつき物だが、石黒も松岡と同じように、本件によって何らかの報酬を受け取るのだろう。

石黒が公共工事を陰で操っていることは、疑いようもない事実だった。

とはいえ、見たところ彼は、一民間企業のコンサルタントに過ぎない。なぜこの男に、それだけの権限があるのか。

それとも、この男のバックには、決して表には出て来ない、本当の権力者が控えているのだろうか……。

九

つば広の麦わら帽子に、すっぽりと隠れてしまうほど華奢（きゃしゃ）な背中が、草だらけの圃場に見え隠れしていた。春菜がしゃがんで、農作業をしている。

「精が出るわね」

農道から理保子が声をかけると、小さな顔が振り向いた。すっぴんの春菜は、高校生といっても通用するほど幼い。

春菜が立ち上がり、首にかけたタオルで額の汗を拭った。理保子は圃場を横切って、春菜に近づいた。

「今日は、パートナーはいないの？」

理保子が訊いた。

「パートナー？　ああ、小原さんのことですね」

春菜が訊き返した。

「そう。ビジネスパートナーのことよ。それとも別の意味に捉（とら）えた？」

「どういうことですか？」

「近所の農家は、あなたたちのこと、若夫婦だと思ってるみたいよ」

春菜は口をつぐみ、うつむいてしまった。気まずい空気が流れたので、理保子は慌てて「今のは忘れて」と取り繕（つくろ）った。

会話の糸口を摑もうと、ついこんな話題を振ったのだが、却って逆効果になってしまったようだ。

「小原さんは今、ホームセンターに資材を買いに行ってます。あの……何か、ご用でしょうか」

案の定春菜が警戒心をあらわに尋ねた。

「用は、特にないのよ。あなたが何をしているか、ちょっと見てみたいなって思っただけ。迷惑かしら」

「迷惑ではないですけど……」

「これ、ピーマン？」

理保子がしゃがみ込んで、緑色の果菜に目を細めた。

「いえ、それはトウガラシです。万願寺トウガラシ」

春菜もしゃがんで、緑色の細長い果菜に手を触れた。

「こっちのは大きく育ってるけど、こっちは元気ないわね。変色してるし、今にも朽ち果てそう。葉っぱも虫に食われてボロボロだし」

「化学薬品を使っていませんから、どうしてもこういう個体差が出てしまうんです」

春菜が果菜から手を離し、言った。

「この子は、元気溌剌ですけど、こっちの子は残念ながらもう先がないでしょう」

春菜は野菜のことを「子」と呼ぶのか……。

「でも、農薬や化学肥料を使えば、こっちの子も救われたんじゃないかしら」

「そうかもしれませんが、それだと本当に健康に育った野菜と、無理やり健康に育てた野菜の区別がつかなくなります。無理やり健康に育てた野菜は、やはり風味に差があると思います」

「そうかしら」

反論しかけたが理保子だったが、薺で食べた春菜の作った野菜の味を思い出し、口をつぐんだ。無理やり健康に育てた野菜からは、あの素晴らしい風味は出せないということか。

「わたしたちは愛情を持って野菜を育ててますけど、決して甘やかしてるわけではありません。生存競争に負けてしまった個体を、人工的に蘇らせるようなことはしないんです。かわいそうだけど、淘汰って本来そういうものですよね。でも、この元気のない子だって、朽ちた後は土の中に漉き込まれて、肥しになるんです。その肥しを栄養にして、別の子が育つ。みんな繋がっているんです」

理保子は立ち上がって、周囲を見渡した。

「何だかジャングルみたいな畑ね。いえ、馬鹿にして言ってるんじゃないのよ。草は刈らないの？」

「刈ることもありますけど、全部じゃないです。ここは、雑草といろいろな種類の野菜が共に助け合う、共生菜園なんです」

共生菜園？

そんな言葉は初めて聞いた。

「失礼なこと訊くかもしれないけど、儲かってるの？」

「はい。おかげ様で、レストランや個人で注文してくれるところが、増えています。近頃では増えすぎて、お断りするところも出てきています」

客を断る!?

そんな発想は理保子にはなかった。客が増えれば人員を増強し、供給体制を需要にマッチさせるのが、ビジネスの基本である。

春菜によると、野菜のお任せパックなるものを、宅配しているのだという。お任せなので当然、不作の時は売るものが減る。自分の嫌いな野菜や、同じ野菜ばかり入っていることもある。それでも客は不平を言わないらしい。そういうものだと割り切っているのだ。

「でも、理保子さんみたいに、素敵な外車を買えるほど儲けてはいないですよ」

春菜が路肩に停めてある、理保子のクロスポロに目を細めた。

「東京で生活するなら、今の収入では足りないと思います。でもここは大沼ですから、これで十分です」

「売上をどんどん上げて行こうとは思わないわけ？」

「貧乏は嫌ですけど、大金持ちになるつもりもありません。分相応でいいと思ってます」

「欲がないのね」

これが春菜の世代の特徴なのかと思った。

「金銭的な欲は、そんなにないと思いますけど、幸せになりたい欲はありますよ」

「今は幸せ？」

「はい。とっても幸せです」

春菜がニッコリと微笑んだ。

外回りから戻って来ると、フロアには氷川がいた。近頃頻繁に、こちらのほうに顔を出すようになった。

氷川は理保子の姿を認めると、社長室に誘った。

「買い取り価格を三倍にしたよ」

デスクに座るなり、氷川が切り出した。

「三倍ですか?」

理保子が瞠目した。

どれだけの農家が土地を手放すことを考えているかは知らないが、三倍となればアグリコ・ジャパンだけの運転資金だけではさすがに賄いきれないだろう。

「資金が足りなくなったら、本社に相談するんですか。でも、適正価格ならともかく、時価の三倍で土地を買い取ると言ったら、さすがに出資を渋るんじゃないでしょうか」

「いや、そうは思わないな。担い手育成事業は、うちにとっても多大なメリットがあるから、本社も金に糸目はつけないだろう」

三倍の価格で農地を買うなとは言わないが、そんな初期投資をしたら、回収するまで何年もかかる。それよりも、アグリコ・ジャパンのキャッシュフローが改善するのを待って、自己資金で徐々に農地を購入するほうが賢明ではないのか。

「うちが農地を保有すれば、何かと融通が利いて便利ですけど、賃借だってやってけないわけじゃありません。今焦って土地を買わなくてもいいんじゃないですか」

「そうかね。まさか、農地の賃借で一度とんでもない危機に見舞われたことを、忘れたわけじゃあるまい? きみのせいで」

氷川が眉尻を下げ、顎を突き出した。

松岡を怒らせてしまったことを言いたいのだろう。薺での騒動があった直後、松岡はもう農地は貸さないと息巻いていた。

「まあ松岡さんの怒りが収まったから、事なきを得たが、今後また似たような問題が発生しないとも限らない。そのためにも農地は自社で持っていたほうがいい」

「おっしゃることはわかりますし。わたしも農地は借りるより所有してるほうが安全だと思います。問題は価格です。三倍の値をつけるのが果たして妥当かどうか」

「ビジネスは、機会を逸すると、後々取り返しがつかなくなることは、きみもよくわかっているだろう。七十万を出し渋っている今だからこそ、売買を持ちかけるんだ。農家の連中も天秤にかけて、考えるだろうさ。今回のチャンスを逃したら、もう農家は二度と土地など売ってくれんぞ。金のことなら心配ない。既に本社に話をつけてある」

「本社に話をつけてあるって――本社は三倍の価格で農地を買うことに同意してるんですか？　そのために出資する用意があるんですか？」

「ああ。問題はない」

理保子が以前伺いを立てた、高生産性トマト栽培に関する出資依頼に関しては軽く一蹴されたのに、こちらのほうは、いとも簡単にＧＯサインが出たというのか？　売り上げ予想や配当計画をきちんと精査したプロジェクトがダメ出しを食らい、博打のような農地売買が容認されるとは……。

「よく本社がＯＫしましたね」

「まあ、日頃からの信用が物を言うんだよ。こういう時は」

氷川がニヤリと笑った。

「ところで、例のアグリパーク計画の件ですが――」

理保子が口火を切るや、氷川が「それはまだ、先のことだろう」と話の腰を折った。

「今の状況で話を進めるのは時期尚早じゃないか。農地の権利関係は、大きく変わる可能性があるんだから」

「それはおっしゃる通りですが、新たに進出を希望する企業が現れたので、お知らせしようと思ったんです」

プライベートブランド立ち上げを模索しているローカル大手のコンビニチェーンが、アグリパーク計画に興味を示したのだ。関東甲信越を中心に、幅広く業務展開をしているコンビニで店舗数も多い。彼らの販売網は魅力的だ。一緒に組めば、相乗効果を期待できる。

熱意を込めて説明する理保子とは対照的に、氷川の態度は冷ややかだった。

「――だけど、そんなに大きいところが出てきたら、うちが喰われちゃうんじゃないの?」

「それはないと思います」

「どうだかね。きみの計画そのものを否定するつもりはないが、あまり派手にやるのは如何なものかと思うよ」

氷川が、最初からこの計画に乗り気ではなかったことは感じていた。

「といってまあ、一緒にやりたいという企業を断ったら角が立つか。じゃあ、こういうのはどうだろう――」

氷川が提案したのは、大沼に進出希望の企業に、短期的に農地を貸し出すというものだった。

「貸す、だけですか?」

理保子が問い質した。

「短期で貸す、または農地の賃貸借を仲介するということかな」

それだけでは、理保子の計画のほんの一部にしか過ぎない。

「農地を貸すだけなら、誰にでもできます。わたしたちが進めているのは、そんな小さな事業ではないんです」

　理保子は今一度、アグリパーク計画の要諦を説明した。

　農地を貸すだけではなく、進出してくる企業に種や機材を貸し与え、農作業のノウハウを伝授する。その代わりに、企業は農家に経営を指南し、互いに不足する部分を補充し合う一大共同体を、大沼に創る。

「そんなに仲良くやれるのかね」

　氷川が懐疑的な目を向けた。

「やれます。利害が一致してますから。全員が一丸となって外国企業を迎え撃つんです。守るばかりじゃなく、積極的に輸出もしていきます。世界の大沼を目指すんです」

「随分と壮大な計画だが、それは君の個人的野望じゃないのか？　デカい計画を成功させて、本社にアピールしたいだけだろう」

「それは違います！」

　叫んでしまった後で、ハッとなり、「すみません」と小さく謝った。

「おっしゃる通り、昔のわたしは、個人的野心しか持っていませんでした。早く帰還命令を貰い、本社に返り咲くことしか考えていませんでした。でも今は違います。この計画が成功するまで、大沼を離れるつもりはありません。会社の収益を上げることはもちろん大切ですけど、それ以上にこの国の一次産業のあり方について考えるようになりました。私益ばかりではなく、公益にも貢献することが企業の使命だとわたしは考えます」

　氷川が鼻から大きく息を吐いた。

「きみはやっぱり、まだ若いね」

「青いと言われるのは承知の上です。でも物事を根本的に変えるには、青さも必要だと思います」

「いずれにせよ、派手に立ち上げるのはダメだ。まずは、農地の短期賃貸借から始めたまえ。二、三年それで様子を見て、うまく行きそうだったら、徐々にきみの言うような計画にシフトしていけばいい」

「でもそれじゃあ……」

「言われた通りに進めたまえ。これは業務命令だ」

氷川にしては珍しく、強権を発動した。

十

三回目の住民説明会の席で、住民たちの不満は爆発した。

県の技術者が土地を精査し、より具体的な開発図面を提示したことがきっかけだった。開発後に各人の所有地がどのように変形し、面積はどれくらいになるのか、今回のプレゼンではかなり踏み込んだ数字の発表があった。

農地を著しく削られてしまう者。日当たりのいい南向きの畑が農道に潰されてしまう者。水の使い勝手が以前より悪くなる者……。各人の不満はそれぞれだが、これだけドラスティックに変えてしまうことに、疑義を呈する人間は多かった。

「変わるというのは、こういうことなんだよ」

松岡が聴衆を見渡し、言った。

「だけど、これはやり過ぎじゃないのか」

「まるで別世界のようだぞ」

「おれの田んぼなんざぁ、三分の一が削られてるぞ。これじゃおまんまの食いあげた！」

　不満の声があちこちから上がった。

「削られた分はちゃんと補償があるから、心配すんな」

「何でも金で解決かよ」

「ああ、そうだよ。金以外にどんな解決法がある？　あったら言ってみろ」

　松岡が住民たちを睨（ねめ）つけると、ざわめきが収まった。

「古いものをぶっ潰して、新しく作り変えるのが改革ってもんだ。改革しなきゃ、俺たちはずっとこのままだぞ。大沼は多分、俺たちの代で終わりになる。みんな、それでもいいのか？」

「よかあないけど、圃場をズタズタに切り刻まれた挙句、七十万払えってのはちょっと乱暴過ぎやしないか」

「中途半端な計画じゃ、逆に予算が下りにくいんだよ。こういうものは派手にやらなきゃダメなんだ」

「それにしても、七十万は高すぎるだろう。負けることはできないのかよ。交渉する余地すらないのか」

「仕方がないな――」

　松岡が大きく息を吸い込んだ。

「先日みんなの家を戸別訪問して、内々に伝えたことだが、金銭的に余裕のないやつや、これを機会に農家を引退することを考えてるやつのために、誰かが二倍の価格で土地を買い取ってくれることを話したよな。もうほとんどバレバレだとは思うが、買主に名乗りを上げているのは、アグリコ・ジャパンだ」

全員の目が、会場の最前列に座っている上田理保子に集中した。松岡が目で壇上に上がるよう促したが、なぜか上田は岩のように動こうとはしなかった。

「あの時、俺が提示した買い取り価格より、さらに高値で引き取ってくれることが社内決定されたそうだ。詳細を知りたいやつは、後で俺のところに来てくれ」

説明会の会場を出ようとする時、背後から声をかけられた。髪を黄色に近い金髪に染めた友樹だった。

「おい、和也」

「ちょっと、話せるか」

「いいけど……」

和也の前を歩いていた春菜が、二人を振り返った。

「それじゃあ、わたしはこれで。今日はお疲れ様でした、小原さん」

クルリと背を向けると、春菜が足早に遠ざかった。

本日の作業は終了したし、仕事が終われば、各人の家に戻る。だから、春菜が一人で帰ってしまうのは不思議なことではなかった。

とはいえ、近頃ずっと、春菜との関係はギクシャクしている。何の下準備も無いまま、いきなり想いをぶちまけてしまったことが原因だ。あの晩は死ぬほど後悔して、一睡もできなかった。

翌日から、何事もなかったように振る舞うことに務めた。春菜もあの件には一切触れようとしなかった。

　こうしてお互いよそよそしい態度を重ねていくうちに、いつしか二人の間に溝ができた。

「あれ？　春菜ちゃん、帰っちゃったよ。なんか、つれなくね？」

　友樹が春菜の小さな背中を見送りながら、つぶやいた。

「俺、お邪魔だったか」

「そんなことねえよ。それより話ってナンだ」

「さっきのプレゼンの件だよ。お前んとこはいったいどうするつもりだ」

「おれんところじゃなくて、春菜さんのところな。春菜さんは、圃場を売るつもりなんか、ねえよ。七十万払っても百姓を続けるだろうな」

「不必要に馬鹿でかい農道のために圃場を削られても、黙ってるってのか？　おまけに七十万まで払わされて」

「大沼の未来のためなんだろう」

　松岡は事あるごとに、そんなことを言っている。

「それって、詭弁ってやつじゃねーの。あれほど圃場を変形させるのが、果たして大沼の未来のためになるのかよ」

「じゃあ、お前んとこはどうすんだよ。田んぼ、売っちまうのか？　アグリコがまた価格を吊り上げたっていうじゃないか」

「俺、値段知ってるよ。三倍って噂だ」

「何だって!?」

　友樹が和也を小突いた。会場から帰る農民たちで、周囲はまだごった返していた。

「デカい声出すな。俺の親父、松岡と通じてるんだよ。だから情報は早いんだ」

「そういえば、お前んとこの親父、そろそろ農家を辞めるみたいなこと、言ってたんだろ」

「松岡から事前に話があったんだよ。二倍の価格を出すって言われりゃ、考えるだろう。今は三倍になったけどな」

「じゃあお前も、今季限りで米農家引退か」

「いや」

友樹が暗くなりかけた空を見上げた。

「俺、真面目に将来のこと、考えてみたんだよ。親父が農家だったし、農業高校出たし、都会でおしゃれな仕事してみたいと思った時期もあったけど、ちゃんと吟味しないとブラック企業に当たる確率高いって拓馬に脅されたし。だから、農家になったのは一番楽な道を選んだだけで、要はヘタレなんだよな。自分の知らない世界に飛び込む勇気がなかっただけだ」

「じゃあ、これを機会に土地を売って、新しいこと初めてみたらどうだ」

「正直、それも考えた。親父も松岡に囁(ささや)かれて、農地を売る気になってたからさ。米農家に未来なんてないし、関税撤廃されたら生き残れるかどうかさえ怪しいもんな。だけど、ある日テレビ見てたら、新潟のとある米農家のルポ、やってたんだよな。独自の製法で作った米で、国内ばかりか海外にもファンはいるらしい。農協を通さず、自前のルートで販売して、がっぽり稼いでる。その農家に関税なんて一切関係ないんだ。国に保護してもらわなくても、十分な競争力があるからさ。おれ、その時気づいたんだよ。米農家辞めるのはいいけど、俺はいったい米農家の何を知ってるんだって。農業って奥が深いだろう」

「ああ、深い」

和也が頷いた。

やればやるほど、わからないことが出て来る。おまけに、ひとつの事実を確認するのに最低三ヶ月、長くて一年はかかる。種から成長するのを待たなければ、自分の取り組んだ農法の可否が、わからないからだ。

「お前、有機農法にのめり込んでるもんな」

「俺にはこれしかねえから」

「和也、変わったよな。昔のお前はもっとちゃらんぽらんだったのに、いつの間にか差をつけられてる気がするよ」

「そうかな」

「俺、実は奥が深いってことの意味さえまだ理解できていない、農業の入口の、そのまた入口辺りでウロチョロしてるだけの、素人に毛の生えたような人間だからさ。そんな状況で辞めて新しいこと初めたって、きっと失敗すると思うんだ。もう少し、あがいてみる気になったんだよ。お前みたいな有機農法じゃないけど、俺は、俺なりの農法でうまい米を、世界に通用する米を作ってみてえ。それで、どうしてもダメだったら、その時に農地を売って廃業するよ。この件は親父に既に話したんだ。親父は、土地を継ぐのはお前だから好きなようにしろと言ってくれた。その代わり厳しいぞって、釘を刺されたけどな」

「いいじゃないか」

「だから、俺は農地を売らねえ。三倍の価格を提示されてもな。だけど、今のままの計画でうちの田圃をいじられるのも納得いかねえ。水回りが大して良くなるとは思わねえし、ど真ん中に道路通されて、田圃を寸断されるんだぜ。それで七十万払えって、冗談も休み休み言えっての」

友樹は、担い手育成計画を根本的に見直すべきだと息巻いた。

「だけど、時価の三倍で土地を買うっていわれたら、売っちゃう農家も多いんじゃないか。特に年寄りで後継ぎがいないところなんかは」

和也が言った。

「そりゃそうかもしれないけど、抵抗するやつだっているさ」

「アグリコは当然、開発に合意してるんだろう。農地売買が成立したら、松岡とアグリコで大沼の農地のほとんどを所有するようになるから、一気に押し切られそうな気がするけどな」

「和也、他人事みてえにしゃべるの、止めろよ」

友樹が眉を曇らせた。

「お前は地権者じゃないけど、立派な大沼の農家だろ。もしこれが、お前の土地だったらどうする?」

「そりゃ、一言言ってやるだろうな」

「一言どころじゃねえだろう。ガンガン言ってやれよ。やつら、春菜ちゃんの農地をズタズタにして、おまけに七十万も払わせようとしてるんだぞ」

「――そうだよな」

友樹の言っていることもわかる。好きなように圃場をいじられるのは、癪に障る。金ですべて解決できると思ったら、大きな間違いだ。

「俺は戦うぞ。和也も力貸せよ」

「わかった」

和也が唇を引き締めた。

十一

「お前はいったい何を考えているんだ！」

久しぶりの父親の剣幕に松岡は身を縮めた。昔に比べ、随分と痩せてしまったが、迫力は健在だった。

「親父、そんなにデカい声を出すと、身体に触るぞ」

「出させているのは誰だ」

八年前に糖尿病を患い、合併症も併発し、今では週三回の人工透析が欠かせない。そんな父親だから、当時まだ三十代だった一人息子に、地盤を譲らざるを得なかったのだ。

しかし父親は、息子がまだまだ不甲斐ないことに、常日頃から憂えていた。

「やつらとは、距離を置いて付き合えといったはずだ。それが何だ、お前は今や手先となって動いているというじゃないか」

「いや、手先じゃないよ」

東日本フーズが農業進出を考えていた時、大沼に誘致したのは松岡の父親だった。大沼に大手の資本を入れておけば、過疎化に歯止めをかけることができると判断したためだ。

しかし、大手の資本はもろ刃の剣であることも、十分承知していた。権限を与えすぎると、大沼の農業を実効支配されてしまう。だから、農地は貸し出すだけで売却はしない。そして高橋というスパイを潜入させ、彼らのやらんとしていることを逐次報告させた。

「手先だろうが。農地売買の仲介をしてるともっぱらの噂だぞ。やつらに土地を売るなと、口を酸っぱくして言ったはずだ」

「時代は変わったんだよ」

松岡はげっそりと痩せた父親の顔を見た。

「担い手育成事業で、大沼が劇的に変わろうとしてるんだ。これを契機に農家を引退したがってる連中もいる。土地を売るにゃ、いい機会だろう」

三倍の価格で買ってくれるのだから、農地を手放さない馬鹿はいない。自分だって本当はもう百姓を辞め、都会でビジネスでもしたいと思っている。

土地など持っていても、ろくなことはない。管理が面倒だし、汎用性がない。土地に支配され、生きているようなものだ。金に換えてしまえば、あらゆる可能性が生まれる。金には土地にない汎用性がある。

このようなことを父親に言ってやりたかったが、「まさかお前も、アグリコに土地を売りたいなんて、馬鹿なことを考えてはいないだろうな」と釘を刺された。

「百姓が土地を売ってどうする。俺たちは土地と共に生きることを定められた人間なんだぞ」

「だけどそれじゃ、ちっとも進歩がないじゃないか。アグリコが担い手に名乗り出てるんだから、任せりゃいいんだよ。ただでさえ担い手が不足してるんだ。あそことは長い付き合いだから、いい加減信用してもいいだろう」

「お前はまだ甘いな」

「親父はアグリパーク計画には賛成なんだろう。あれとこっちの計画はリンクしてるんだぜ。アグリパークだって担い手育成事業と似たようなモンじゃないか」

「いや、違うな」

「どうしてだよ」

松岡が膝を詰めた。

「アグリパークのほうは、巌から説明を受けておる。あれは企業と農家がきちんと共存共栄できる計画だ。だが、今回の土地売買は違う」

「アグリパークだって、担い手のいない年寄り農家は、いずれ企業に土地を売るしかないんだから、同じことだろうが」

「たわけが！　全然違うとさっきから言っておるだろう。なぜわからん」

父親の迫力に、思わず口をつぐんだ。

「アグリパーク計画では、農家は共同で仕事をする企業の顔が見えておる。彼らに農地を任せても大丈夫と判断すれば売ればいい。だが、今回のこれはナンだ。アグリコはまるで不動産屋じゃないか。そんな高値で見境なく土地を買うとは、いったい何を企（たくら）んでおる？　やつらに購入した農地すべてを運営するだけのマンパワーがあると思うか」

「だからそれは、これから誘致する農業法人のために、土地をキープしておくということだろう」

「いや。そうではない。何かもっと別の企みがあるはずだ。そのために、どうしても土地を確保しておきたい事情があるんだろう。さもなきゃ、時価の三倍なんて馬鹿げた価格を提示するわけがない。ともかく、わけのわからんものには手を出すな」

「わけがわからないものじゃないよ。国と県が牛耳ってるちゃんとした公共事業だよ」

「公共事業にゃいろんな利権がつき物だ。まさかお前も、その恩恵を被っている一人じゃあるまいな」

父親がギロリと息子を睨んだ。

松岡は身をすくめ、押し黙った。確かに売買仲介の手数料として、破格の金額の提示を受けている。

しかし、そうでもしなければ、松岡には自分が自由に使える金がないのだった。松岡家の収益は、未だ父親の管理下に置かれている。息子だからといって、勝手な投資や散財は許されない。

「ともかく、この案件からは手を引け。さもなくば勘当だ」

有無を言わせぬ口調で父親が言った。

十二

「調べてみたんだが、よくわからないんだよなあ」

電話口で大矢が声をひそめた。そうですか、と理保子は嘆息した。

東日本フーズ本社の業務管理部課長の大矢には、日ごろから世話になっている。理保子がもっとも信頼する、本社の人間だった。

その大矢に、今回の農地取得に関する出資の件について尋ねてみた。業務管理部ではそんなことは把握(はあく)していないと言われた。本社内の他の部署でも同様だった。

氷川はハッタリをかませただけで、本社に出資する予定などないということなのだろうか。それにしては、自信たっぷりに話をしていた。

「財務部にも伝わっていないんですか」

「ああ。伝わっていないようだ」

「でも、普通ならそんなこと、ありえないですよね」

出資関連なら当然本社の財務部が知っていなければおかしい。

「土地の取り引きが先の話なら、まだ話が通っていないってことも、あるんじゃないか？」

「いえ。もう事は動き始めているんです。うちが三倍の価格で買うと言ったんで、売却に合意した農家も出てきています」

「三倍だって……!?」

受話器の奥から息を飲む気配が伝わってきた。

「きみらはいったい何を考えてる？」

「わたしではなくて、氷川社長です。わたしは本件には何も関与していません。社長が一人で進めている案件です。だから調べて欲しいと内密にお願いしたんですよ」

「それにしても三倍とは破格だな。そんな値段を提示したら、農家はもろ手を挙げて、買ってくれと詰め寄るんじゃないか」

「いえ、それがそうでもないんです。売却に合意しているのは、一部の農家だけと聞いています。それでも、相応の金額になるので本社の出資が必要になります。だから現段階で財務部が知らないというのは、ありえないことです」

「なるほどな……」

受話器の奥で暫しの沈黙があった。

「ところで、なんで農家はそんないい条件なのに反対してるんだ」

「理由は様々だと思います。村のまとめ役だった人物の信用力が低下したことも、大きな要因の一つです。まとめ役には、社長がいろいろ便宜を図っているようですが、農家の説得は難航しているようです」

「何だかきな臭い話だな。そういう話をうちの上層部が知らないわけがない。なのに我々現場の人間には伝わってこない。出資の稟議ひとつ回ってこない。つまり、これはあまり人に知られたくない案件ということかもしれんな」

「本社で本件を知ってる人間というのは、いったい誰なんでしょうか」

「氷川さんと個人的にパイプを持った、誰かじゃないのかな」

「社長と個人的にパイプを持った誰か――ですか？」

氷川が親しくしている本社の人間のことは、まったく知らなかった。

「もう少し調べてみる。ちょっと時間をくれないか」

「了解しました。ご協力感謝します」

受話器を置いて、一息ついた。

理保子の席からは、社長室の机が見える。机に氷川の姿はなかった。近頃また留守にすることが多い。支社のほうにもあまり顔を見せていないようだ。いったい氷川はどこで何を画策しているのか。

電話が鳴った。農地売買の問い合わせだという。氷川がいないので、どう答えていいものやらわからなかった。

「申し訳ありませんが、まず松岡さんにご連絡いただけませんか」

それはもうやったよ、というイラついた声が受話器の奥から聞こえて来た。松岡に連絡を取ろうにも、ちっとも捕まらないので、こちらにかけているのだという。

担当者が不在なので、後日こちらから連絡するということで納得してもらい、電話を切った。

こんな電話がかかってくるのは、これで三度目だ。

いったい松岡は何をやっているのか。

理保子は松岡の携帯に連絡を入れた。不在の音声が流れたので、「いい加減、連絡をください。お願いします」と怒りを含ませた声でメッセージを残した。このように松岡に伝言するのもこれで三度目だった。

暫くすると電話が鳴った。松岡からだった。

「いやあ、ゴメンな部長。ちょっと忙しくて、電話に出れなくて。なんか用かい？」

理保子は、農地売買の問い合わせが直接こちらに届いて困っていると説明した。

「だけど買うといったのは、アグリコだろう。そっちで対応してくれればいいじゃないか」

「でも仲介役は松岡さんでしょう」

「それはそうだけどさ。俺だっていろいろ忙しくて、全員を構ってる暇はないんだよ。当事者なんだから、電話ぐらい出てやればいいじゃないか」

グッと言葉に詰まった。自分は知らない、これは氷川が勝手に進めている話だと言い訳したところで、それはアグリコ内部の問題だと一蹴されるだけだ。

「氷川は本件については、わたしたちが前面に立つことを嫌っています。だから松岡さんに仲介をお願いしたんです」

「前面に立つのが嫌だって言ったって、みんなアグリコが三倍で買うことを知ってるんだから、直接そっちにコンタクトが行くのは当たり前だろう。買いたがってるのは、あんた方なんだから、きちんと対応したらどうだ」

悔しいが、正論だった。とはいえ、言葉の端々から、松岡がもうこの仕事から手を引きたがっている様子が窺えた。

「わかりました。ところで質問があるんですけど、土地を売らない農家はやはりゴネてもっと、価格を吊り上げようと目論んでいるんでしょうか」

「いやあ、さすがにそれはないんじゃないか。農地を売らないやつらの大多数は、担い手育成事業そのものに反対はしないが、もう少しコンパクトにできないかと文句を言っている」

この間の会合の際にも、そのような意見が出た。理保子自身も詳細図面を見た時、これは少しやり過ぎではないかと思ったのは事実だ。あれ程たくさんの道路を張り巡らせなくても、農場経営はできるはずだ。

「みんなには計画の変更はできないと伝えたが、本音を言えば、俺ももう少し予算を削って作ってもいいと思ってる。なんであんたらは、あんな派手な工事をやりたいんだ」

は？

この計画を牛耳ってるのは松岡ではないのか？　なぜこちらに、そんなことを訊いてくる？

「い、いや、ともかく、俺におんぶに抱っこはもういい加減やめてくれということだ。忙しいから、もう切るぞ」

答える間もなく、ブツリと電話が切れた。


それから数日経って、再び大矢から連絡があった。

「いろいろ調べてみたんだが、やっぱり氷川さんっていうのは、ちょっとクセのある人物みたいだな」

そんなことはわかっていると、理保子は心の中でつぶやいた。

「頭は切れるが、キザでええ格好しいで、嫌っている人間も多かったらしい。アグリコ・ジャパンは、当時の農ブームの影響から、とりあえずこういう会社を作って、時流に乗り遅れないようにしようという発想から設立された子会社なんだ。きみには悪いが、出世コースからは外れている。当然誰も行きたがらなかった場所に、飛ばされたのが氷川さんだ」

「何か政治的な圧力でもあったんですか？」

理保子がここに左遷させられたのは、上のほうで勝手に行われていた権力闘争のとばっちりを受けたからだった。

「氷川さんは、財務や経理、総務畑を主に歩んできた人だから、会社創立時にはうってつけの人材というのが理由らしいけど、まあ、それだけじゃなかったんだな――」

大矢はここで一呼吸置いてから、先を続けた。

「女性関係でトラブルを起こしたんだよ。既婚なのに、取引先の若い女性に手を出して、妊娠させてしまったんだ。相談を受けた女性の上司が、氷川さんの上司に連絡して発覚したらしい。手切れ金を積んで堕胎してもらって一応決着がついたようだが、まあ、これであの人も出世街道から脱落してしまったわけだな」

そんなことがあったのか――。

「一部の人間しか知らないことだけどね。こういう経緯があって、氷川さんにアグリコ行きの切符が切られたわけだ。氷川さんは、懇意にしていた上司に泣きついたが、異動は免れなかった。いずれ本社に戻すと言われたらしいけど、なかなか難航してるみたいだな。信越支社との兼務が、限界だったんじゃないか。とはいえ氷川さんが、ずっと泣き言を言い続けたおかげで、じゃあ補佐を送ろうという話になって、君が出向してきたというわけさ」

「もしかして、氷川さんの上司というのは……」

「会田社長だよ。前の経営企画部専務だ。氷川さんが出向したころは、総務本部の取締役をやっていた」

「そうだったんですか。まるで気づかなかったです」

自分がここに飛ばされた経緯が、ようやくこれでわかった。

「当時の会田取締役は序列で言えば、氷川さんの上司の上司だったから、直接の繋がりはないはずなんだが、二人は仲が良かったという噂だ。氷川さんは、おべっかもうまいし、ジジイ受けがいいからな。下には厳しく、上には優しいのがあの人のモットーなんだろう」

「当たっている部分はあります」

理保子が苦笑いした。

「今回の出資も会田社長に直接話をつけた可能性が高い。社長案件だから一部の人間しか知らないんだろう」

「だけど、なぜ秘密にしておく必要があるのでしょうか」

「あまり人に知られたくない話なんじゃないか。何かきっと裏があるんだよ。そもそも時価の三倍で土地を取得したいなんて稟議、まともに上げたら通るわけがない」

確かにその通りだ。

「今のところ、わかったのはこれくらいかな。また何か判明したら、そっちに連絡するよ」

「わかりました。いろいろありがとうございます」

礼を言って電話を切った。

氷川と会田はいったい何を企んでいるのか。農地を三倍の価格で購入せよと指令を出したのは、恐らく会田だろう。本社にとって、ほとんど捨て駒のような子会社の固定資産を増やすためだけに、そんな命令を下したとは考えにくい。何か別の意図があって、土地を保有したいのだろう。大矢が言ったように、やはりこの話には裏がある。

「郵便です」

庶務のアルバイト社員が、理保子宛ての郵便物を持ってきた。山のように届いた封書の中には、東日本フーズの社内報もあった。

本社を離れてかなり経つが、大手町で起きていることは、やはり興味をそそる。

理保子は社内報を手に取り、ペラペラとページを捲った。

一面や二面は、新規事業や業績見通しなどのお堅い記事で占められているが、それ以外は比較的ソフトな話題を取り上げている。社内サークル紹介や、お勧めレシピのページを捲っていくと、巻末に「わたしのプライベート」というコーナーがあった。主に役員の私生活を、写真入りで紹介する特集記事である。

今月号で紹介するのは、会田社長のプライベートだった。

「夏休みはお孫さんと一緒に、庭でバーベキューパーティー」という見出しと共に、小学校低学年くらいの男の子とその両親、会田社長がカメラに向かって微笑んでいる。「娘の貴子（たかこ）さんに、孫の博人（ひろと）君。そして娘さんの夫の、杉浦幸一（すぎうらこういち）さん」と若い家族が紹介されていた。理保子とさほど年が違わないように見える貴子は、なかなかの美人だ。

あれ？

杉浦一家はｙ市在住と書いてある。

ここからさほど遠くないところに、会田社長の娘夫婦は居を構えていたのだ。もしかしたら、東日本フーズ信越支社の近くかもしれない。娘婿もやはり、食品業界に身を置いているのだろうか。

ちょっと興味が湧いて、PCを立ち上げ、杉浦幸一、y市と入力し、検索にかけた。杉浦幸一はとある会社の役員をやっていた。食品業界ではなく「石黒コンサルティングファーム」という経営コンサルタント会社である。

さらにいろいろ検索してみると、興味深い事実が発覚した。

杉浦幸一は、y県知事、杉浦雄三の長男だったのだ。

十三

「いったい、どういうことになっているのかね。なぜこんなにしこってるんだ」

受話器の奥から響く石黒の声は苛立っていた。氷川は見えない相手に向かって頭を下げつつ、土地売買は動き始めていると説明した。

「既に資金は調えましたので、支払いはできる状態にあります」

「いったい何軒の農家が土地の売買に合意したんだ」

「正式に合意したのは五軒です」

「それじゃ、まるで足らんだろう！　と雷が落ち、氷川は危うく受話器を落としそうになった。

会田から紹介を受けた石黒だが、ともかく押しが強くて、迫力のある男だ。怒鳴られ役は、今まで松岡が引き受けてくれていたが、いつの間にやらトンズラしてしまったので、氷川が後釜を務めている。

そもそも松岡が農家の説得にまごついているから、担い手育成事業が、ちっとも先に進まないのだ。

「基本合意している農家は結構いるんです。ただ最後の調整に手間取っていまして」

「松岡は何をやってる」

「連絡してはいますが、なかなか捕まりません」

「どういうことだ？」

「――よく、わかりません」

トントンとドアをノックする音がした。返事を待たず、上田理保子がドアの隙間から顔を覗かせた。先ほどから話をしたがっているようだが、石黒とのやりとりに忙しくて、今はそれどころではない。

野良ネコを追い払うように、手の甲を乱暴に振った。理保子は一瞬ムッとした顔を見せたが、大人しく引き下がった。

「まさかやつに、何故、我々が三倍の価格で農地を購入するか、理由を話したわけじゃあるまいな」

「とんでもない。そんなことするはずがないじゃないですか」

氷川がブルブルと首を振った。

土地購入の目的はトップシークレットだ。今誰かに知れたら、とんでもないことになる。

「三倍でダメなら、五倍で買ったらどうだ。資金ならたっぷりあるだろう。農地なんぞ、安いもんじゃないか」

「いいえ、いくら何でもそれはマズいと思います。三倍でも疑った目で見る輩がいるんです。五倍なんて価格を提示したら、必ず何か裏があると怪しまれます」

「じゃあ、どうしたらいいんだ。農地を売らないばかりか、居座って事業そのものに反対している農家もいると聞いているぞ。これじゃ、計画はちっとも先に進まないじゃないか」

「………」

「松岡の代わりに、君が農家をまとめることはできないのか」

「それは……少々難しいかと」

普段から大沼にほとんど顔を出さず、農家との交流にも乏しい氷川が、松岡の代役を務めることは不可能だ。

「使えねえな」

低くつぶやく声に、氷川は思わず目を瞑った。

「じゃあ、そっちでは不可能ということなんだな。きみらには農家をまとめる力がないという理解でいいんだな」

「恥ずかしながら……」

絞り出すような声で氷川が言うなり、大きく鼻を鳴らす音が受話器の奥で響いた。

「時間がないんだよ。これ以上、チンタラやってるわけにはいかないんだ。きみができないんなら、こっちでやるぞ」

「ちょっと待ってください……」

不穏なものを感じ、氷川は慌てた。

「社長に相談させてください」

「きみんとこの社長だって、急いでるはずだろう。他に何か方策はあるのか」

氷川は口をつぐんだ。

「ともかく、もうこっちで進める。こういうことに長けた連中を知ってるんだ。少々高くつくかもしれんが、東日本フーズの体力からすれば、屁みたいなもんだろう」

ガチャリと電話が切れた。

慌てて掛け直そうと、リダイヤルのボタンを押しかけたが、結局諦めた。

氷川は椅子から立ち上がり、上着に袖を通した。

社長室から出ると、待ってましたとばかりに、上田理保子が近寄って来た。口を開きかけた理保子を「あとだ、あと」と邪見に蹴散らし、事務所を出た。

新しく買い換えたばかりのベンツＥクラスの本革シートの匂いを嗅ぎながら、松岡邸を目指した。

——確か、あそこだったな。

松岡の家には行ったことがなかったが、県道沿いある一際大きな豪邸であることは聞いていた。車を路肩に停め、近づくと、切妻屋根のついた屋敷門の脇に「松岡」と書いた御影石の表札が見えた。

インターホンを鳴らし、返事を待った。お手伝いさんらしき女性が出たので、松岡と面談したい旨を伝えた。

暫く待つと、門扉が開き、中年女性が出て来た。女性に先導され、庭に入り、置石を踏みながら玄関まで歩いた。よく管理された、小さな日本庭園さながらの庭だった。

案内された居間で、仏頂面をした松岡に迎えられた。

松岡の隣には、高橋巌がいた。

「なぜ、君がここに?」

「ちょうどこいつと、担い手育成事業のことを話していたところなんだ。まあ座ったらどうですか」

松岡に椅子を勧められた。

「迷惑かけてるのは知ってます。途中で職場放棄みたいになっちまったことについては、面目ないと思ってる。だけど、これ以上俺に仕事をして欲しいなら、あんた方もすべてぶちまけてくれなきゃ困る」

松岡が鋭い眼差しで言った。

「どういう意味ですかな」

心の動揺を悟られないように、平静を保って氷川が問い返した。

「あんたたちは、なんでそんなに農地を買いたがるんだ」

「うちは農業生産法人なんで、農地を持ちたいと思うのは至極当然だと思いますが」

「にしても、時価の三倍ってのは、気前が良すぎるんじゃないか」

「そのくらいの価格にしないと、あなた方農家は、よそ者に土地は売ってくれないでしょう。松岡さんの農地だって対象に含まれているんですよ。全部とはいいません。一部だけでもいいですよ。松岡さんだったら、さらに勉強しても構いませんよ」

氷川が媚びた眼差しを向けたが、松岡は表情ひとつ変えなかった。

「そ、そんなにたくさんの農地を仕入れたって、う、うちには管理する人間がいません」

今まで黙っていた高橋が、口を開いた。

「きみは黙っててもらえないか」

氷川がまるで昆虫でも見るように、高橋を一瞥した。

「こいつは黙らないよ。巌はあんたと違って、真実しか言わないからな」

松岡がギロリと氷川をにらんだ。

「巌は、アグリコ・ジャパンの社員である前に、大沼の農家なんだ。とはいえ、こいつがいなかったら、アグリコ・ジャパンなどとっくに潰れていただろう。なにせ、あんた等は素人に毛の生えた集団に過ぎないからな。そうだろう」

「それは……」

確かに農家の手を借りなければ農作業が不可能なことは、氷川も認めざるを得なかった。

「社長は巌に感謝しなけりゃいけない。邪見に扱ったら罰が当たるぜ」

高橋は黒目勝ちの小さな目で、ジッと氷川を見ていた。

「正直、あんたが三倍で買うと言った時、俺も自分ちの土地を売ることを考えたよ。だけど、そんなことはうちの親父が許すわけがなかった。親父にどやしつけられたよ。さっきそのことをこいつに打ち明けたら、こいつにも叱られた。お前は百姓の本懐を忘れたのかって」

氷川は耳を疑った。いつも自信たっぷりの松岡から出た言葉とは思えなかった。高橋が松岡を叱ったとは、いったいどういうことだ？

「巌は、うちの親父が大沼で一番信用している男だ。親父がこいつをアンタの会社に送り込んで、内部を探らせていたんだよ。あんたらが暴走をしないよう、ずっと目を光らせていたんだ」

なんだって⁉

氷川の目元が引きつった。

「だが、単なるスパイじゃないぜ。こいつはちゃんと、アグリコ・ジャパンの収益に貢献してるだろう。あんたらにとって、かけがいのない戦力でもあるわけだ」

「お、お前の言ってることは、ちょっと違う。お、おれはアグリコで働かせてもらって、随分金銭的に助かってるんだ」

　高橋が言った。

「それはそうだろう。人の三倍働いてるんだから、貰う物は貰わねえとな」

　松岡が氷川を睨みつけた。

「う、上田部長が練っているアグリパーク計画は、す、素晴らしいと思います。だけど、に、担い手育成事業はよくわからない。毅に問い質しても、大したことは知らないようだった。しゃ、社長。あんたが、この件を牛耳ってるんだろう。きちんと説明してください」

　氷川は口を半開きしたまま、呆けたように高橋を見ていた。

「聞いてるのかよ、社長」

　松岡がすごんだ。

「ぶっちゃけ、俺はもう矢面に立たされるのには、ウンザリしてるんだよ。農家の負担金七十万を、あんたらは一切引き下げようとはしなかった。みんなから、なぜ価格の交渉ができないんだと散々責められたぜ。だけど、それはあんたらが土地を是が非でも欲しかったからだと、頭のあまりよくない俺でもようやくわかった。誰だって七十万も払って農地を削られるくらいなら、三倍の価格で売っ払っちまったほうが得だと考えるだろう。俺も、そのカラクリに危うくはまるところだったよ。だけど、もう騙されねえ。俺たちをコケにするのもいい加減にしろ。さあ、あんた等はいったい何を企んでるのか、はっきりこの場で答えろ」

「それは、できない……」

　顔面蒼白になった氷川が、震えた声で答えた。

「できなきゃ、巌が手を引く。今こいつに去られたら、アグリコ・ジャパンは潰れるぞ。いや、それだけじゃねえ。大沼の全農家に、あんた等に土地を売るなとお触れを出す。俺が出すんじゃねえぞ。俺の親父の名前で出すんだ。農家は百パーセント従うだろうよ。そうなったら、あんた等の企みはとん挫する。それが嫌なら、今この場で全部ぶちまけるんだ」

十四

久しぶりにアグリコ・ジャパンに姿を見せたと思ったら、社長室に閉じこもり、長時間誰かと電話をしている氷川に、理保子は苛立っていた。

氷川に確認したいことは山ほどある。だが、氷川が理保子を避けているのは明らかだった。いつまで待っても出てこないので、ノックして返事を待たず、扉を開けた。氷川は臭い生ゴミでも見るかのように顔をしかめ、しっしっと理保子を追い払った。ムッとなったが、ここは一旦退くしかなかった。

やっと電話が終了したと思いきや、社長室から出て来た氷川は、取り付く島もなく、大股でオフィスから出て行った。

理保子は大きくため息をつき、主のいなくなった社長室に入った。たった今、電話会談を終えたばかりなので、電話機のディスプレイはまだオレンジ色に光ったままだった。

ふと思い立って、リダイヤルボタンを押してみた。ディスプレイには、石黒コンサルタントという発信者の名前と電話番号が表示された。

——やっぱり氷川は会田社長と繋がっていたのだ。

おそらく社長の指示で、社長の息子が勤める会社ともコンタクトを取っているのだろう。

しかし、なぜそんなことをする必要がある？

本社の出資と、社長の息子――というより、石黒コンサルタントは、何か関係があるのだろうか？　もし関係があるとすれば、それはＹ県知事杉浦雄三にも関わりのあることなのか？

杉浦知事のことは、既にネットで調べていた。

工学部出身の理系知事は、巨大なアーチ型ダムを建設し、地域経済を活性化したり、限界集落だった村を別荘地に蘇らせたりして、高い評価を得ていたが、その反面、自ら旗振り役となって公共工事を推し進めたので、利権が集中しているとの批判も浴びた。事あるごとに、業者との癒着も取り沙汰された。

噂の絶えない杉浦知事とは裏腹に、息子の幸一が勤める石黒コンサルティングは、よくわからない会社だった。ホームページは存在するが、お座なりの宣伝文句が並べられているだけで、何を主力にして収入を得ているのか、はっきりとした記述はない。


それから暫く経って、経理部の女子社員が理保子のところにやって来た。

「一応、部長には報告しておこうと思いまして――」

経理畑が長いベテランの女子社員が話しずらそうに、口を開いた。

「本社からもの凄い額の送金があったのですが、何だかわからなくて困っていたところ、氷川社長から直接わたし宛に電話があって、本社出資扱いで計上しろと言われました。御存知でしたか？」

「噂なら聞いたことがあるわ。多分、農地の買い取り資金でしょう」

「でもこんな莫大な額の出資だったら普通、株主総会の議事録とかがあるじゃないですか。会社の資本金が増える重要事項ですよ。誰かの鶴の一声で、億単位の金が右から左に流れるなんて、乱暴過ぎやしませんか」

その点についてはまったく同感だった。

「でも、それだけじゃないんです」

女子社員は左右を見回し、声をひそめた。

「出資金を受領したらすぐ、送金を実行しろと、社長に言われました」

「何の送金？　農地の買い取りかしら」

「いえ、そうじゃないです。相手は農家ではなく、会社です。六曜（ろくよう）エンジニアリングというところで、技術顧問料支払いという名目になっています」

六曜エンジニアリング？　技術顧問料？

そんな会社は聞いたことがなかった。金額を尋ねると、五千万円というので、思わず声を上げそうになった。

「何なのよ、それ？　そんな大金を、聞いたこともない会社に支払うなんて、いったいどういうことなの？」

「やはり部長は、ご存じなかったんですね」

理保子はその場で、氷川に連絡を入れた。携帯電話も信越支社の内線も、留守番電話になっていた。

今度は生産部に電話をかけた。桜井も小西も、六曜エンジニアリングのことは知らなかった。高橋はどうかと尋ねると、ずっと外出中だと答えた。

いずれにせよ、高橋がこの件に絡んでいるとは思えない。これは多分、東日本フーズの上層部と氷川のみが知っている企てだ。

「報告ありがとう。後はこっちで処理するから、取りあえず出資金は社長の言いつけ通りに記帳をしておいて。だけど、五千万は送金する必要ないから。もし社長に何か言われたら、あたしの指示で送金をストップしたと言っていいから」

女子社員はうなずくと、自分のデスクに戻った。

理保子はＰＣを立ち上げ、六曜エンジニアリングの検索をした。地質・土質調査や環境調査や水路設計などを行っている、農業エンジニアリング会社だ。

この会社に何を氷川は発注したというのだろう。農地の土質調査でも依頼したのか。だとしても、五千万円の調査費というのは、いくらなんでも高過ぎやしないか。

六曜エンジニアリングの資本関係なども調べてみたかったが、ネットの情報だけでは限界があった。

ふと閃(ひらめ)いて、理保子はスマホの電話帳をスライドさせた。以前、取引先の信用調査で使ったことのある調査会社のことを思い出したのだ。

番号を探し当てると、理保子は通話アイコンをタップした。電話に出た担当者に、大至急調べて欲しいことがあると切り出した。

調査結果は早くも翌日の午後、理保子の手元に届いた。

調査レポートには思った通りのことが書かれていた。

六曜エンジニアリングの株主のそのまた株主の主要取引先が、石黒コンサルティングだったのだ。

つまり、アグリコ・ジャパンが支払う予定だった五千万は、様々な会社を経由して石黒コンサルティングに辿り着くということだ。典型的なマネーロンダリングである。

そして、恐らく石黒コンサルティングからは息子経由で父親に金が届く。

――なんとなく、読めてきたわよ。

理保子は大きく深呼吸した。

十五

「とんでもねえことになったんだよ」

夜半に和也の家を訪ねた友樹が、顔をしかめた。

昨日の午後、アグリコ・ジャパンの営業部員を名乗る二人の若い男が現れ、友樹を夕食に誘ったのだという。

「先方は親睦のためとか言ってたけど、まあ、何の話が出るか予想がついたし、俺も言いたいことがあったから、一緒に出かけたんだけどさ――」

友樹はy市内の高級中華に連れて行かれた。

「担い手育成事業の疑問点を追求したのに、糠に釘でさ。まるっきり話に乗ってこねえ。その代わり、流行のアイドルとか、サッカーとか、そんなどうでもいい話題ばっかり振って来やがって。最初は興味ない振りしてたけど、酒がまわってきたら、もうどうでもいいやって感じになって話合わせたら、地下アイドルの話で予想外に盛り上がっちゃって――」

彼らと意気投合した友樹は、二次会に誘われ、秘密クラブのようなところに連れて行かれたのだという。

「そこから先のことは、恥ずかしくて身内にゃぜってえ話せねえけど、お前だから打ち明けるよ」

クラブには接待係の女性がいた。

「両脇に、ほとんどサスペンダーみてえなブラをしただけの女が二人ついて、テキーラをガンガン飲まされたんだな。で、俺の腕を取って、自分の胸元に近づけたりするわけよ。んなことされたら、ここは、そういうことOKな店なんだなって、普通思うだろう?」

友樹は同意を求めるように和也を見やった。

「やったのか?」

「いや。最後までやったわけじゃねえよ。ただ、自然にあちこちに手が伸びたんだ。かなり酔っぱらってたし、女はまったく抵抗しなかったから、どんどんエスカレートしちまって。そしたら、今までニコニコしてた女がいきなり、キャーッて悲鳴上げたんだな。で、椅子から飛び退いて、俺のこと、ゴキブリを見るように指さしながら、『いやらしいことされた!』って騒ぎ出したんだ」

「ぼったくりバーかよ」

いや、ちょっと違う、と友樹はかぶりを振った。

「すぐにおっかねえお兄さんたちがきて、奥の部屋に連れてかれて、『うちの大切な従業員に何をしたんだ! 警察に突き出すぞって』怒鳴られて。俺はそれだけは勘弁してくれって土下座して謝ったら、暫くして一枚の紙を持ってきて、拇印(ぼいん)を押せって言うんだ」

もう二度とこんな真似はしないこと、そしてもう二度とこの店を訪れないことを約束した念書だと説明を受けた。早くしろと言われたので、ろくに内容を確認せず、友樹は拇印を押した。こうして友樹は無事解放された。

「金は要求されたかったのか？　なかなか良心的じゃないか」

「とんでもねえ」

友樹が眉をひそめた。

「今朝おれんちの郵便ポストに、札束が突っ込んであってさ。スゲー額だったから、いったいナンだと思ってたら、携帯が鳴って。出ると、昨日の連中だった。昨晩は楽しめたかとかヘラヘラ笑っていやがって。俺は、この金はあんたらが置いてったのかと問い質した。相手は手付金だよと答えた。何の手付金だと訊いたら、農地売買の手付金だとかぬかしやがった」

友樹は、農地を売るつもりないと抗議した。しかし、先方は冷静な声で、お前、昨日念書に拇印押したじゃないか、と言い放った。

「やられたって思ったよ。あいつらは店とグルだったんだ。酔っぱらって細かい文章読めるような状態じゃなかったし、怖かったからともかく早く解放されたかったし。だから内容なんてろくに確認しないまま、拇印押しちまった俺が馬鹿だった。あれは農地をアグリコに売却するっていう、念書だったんだ」

そんな念書は無効だ、自分は騙されて拇印を押しただけだと友樹は言明した。すると先方は、そう公に主張するのは構わないが、そうなればお前は強姦罪に問われることになると脅してきたという。

「強姦罪じゃねえだろ。そこ、セクキャバみたいなところなんだろう。ちょっとぐらい触るのは有りじゃねえか」

和也が眉を吊り上げた。

「確かにそれっぽいとこだけど、俺もかなりきわどいことやっちまったから。それに、こんなことが家族にバレんのは、やっぱイヤだよ。相手は、売買は既に成立したと言って譲らねえ。俺、さっき現金持って、アグリコへ乗り込んでったよ。で、こんな金は受け取ることができねえって抗議したら、ナンのことだかサッパリわからないって驚かれて。昨日うちに来た営業部員を出せって言っても、そんなやつに心当たりはないの一点張りで」

「ひでえな」

「そうこうしてるうちに、例のセクシー部長がやってきて、本当にうちはそんなことはしてないって言うんだな。じゃあ、この手付金はどうしたらいいって訊いたら、うちじゃ受け取れないから、取りあえず弁護士に相談して供託してもらえって。念書だけで正式な売買契約書がないんだから、まだ売買は成立してないって」

どう思うよ、と友樹は和也の意見を求めた。

「どうって、訊かれても……」

アグリコの上田理保子はいけ好かない女だが、悪いことをするような人間には見えなかった。

「上田部長が本当に知らないなら、アグリコ内部で意見の対立でもあったんじゃねえのか」

「そうかもな。それから、その秘密クラブで、知ってる顔をチラホラ見かけたよ。全員大沼の農家だった。やつらも罠(わな)に引っかかったのかもしんねえ。気の弱い奴なんかは、もう四の五の言わずに農地なんか売っぱらっちまえって思っただろうな。なにせ三倍の値で買ってくれるんだから」

和也は考え込んだ。

「どうしてそうまでしてアグリコは、農地を欲しがるんだろう。――やっぱりこの話には何か裏があるな」

「ああ。近頃では松岡もばっくれてるよ。県の土木課に問い合わせても、松岡と話をつけてくれって逃げ回ってるって話だし。これじゃらちが明かねえ。こっちの交渉にまったく応じず、是が非でも農地をコマ切りにして水路や道路を整備したがってる誰かが、バックにいることは前からわかってたが、それがやっぱりアグリコだったたってことだよな。いや、アグリコは単なる隠れ蓑（みの）で、そのまたバックに本当に悪い奴が隠れてるのかもしれねえな」

　和也はむっつりとうなずいた。

「ところで、お前んとこは大丈夫なのかよ。変な奴が訪ねてきたりしなかったか」

　友樹にそう言われて、急に心配になり、和也はその場で春菜に連絡を入れた。

「どうしましたか？」

　春菜はすぐに電話に出た。

　不審な男たちが来なかったかと訊くと、春菜は「不審な男たち……ですか？」と不安気に尋ねた。

「来てないなら、気にしなくていい。戸締りはきちんとして、知らない人間が来ても、家の中に入れちゃダメだ。わかったね」

「はい。わかりました」

　春菜は多くは訊かず、素直に頷いた。

「春菜さんとこにはまだ、誰も来てないようだった」

「そいつはよかった。だが油断するなよ。お前が春菜ちゃんを守るんだぞ」

　和也は唇を噛みしめ、うなずいた。

「友樹も気持ちをしっかり持てよ。お触りバーでちょっと女の乳を揉（も）んだからって、強姦になるわけがねえから。そういう店は違法営業にちげーねーし、訴えられたら向こうだって困るはずだ。負けるんじゃねえぞ」

翌日、やはり彼らは春菜の圃場にもやって来た。

和也が家の中で用を足している時に、二人の男が畑を訪れ、一人収穫をしていた春菜に話しかけたのだ。

小窓からその様子を窺っていた和也は、水を流すのもそこそこに、トイレから飛び出した。

「おい、何やってるんだ！」

ダークスーツを着た二人組が和也を振り向いた。

若い男と友樹から聞いていたが、確かに二人とも若かった。和也と同世代だろう。どこぞのホストのように細身で、ミルクティー色に染めた髪を、怒ったヤマアラシのように逆立たせている。

春菜が不安気な面(おも)持(も)ちで和也を出迎えた。

「この人たち、アグリコ・ジャパンの社員だそうです」

和也が春菜と男たちの間に立ちはだかった。

「何の用だ」

「まあまあ、そんなに肩肘(かたひじ)張らないで」

男たちは眉尻を下げ、営業スマイルを見せた。

「ご主人ですか」

一瞬返答に詰まったが、和也は「そうだ」と答えた。

「立派な畑ですねー。有機栽培ですか」

背の高いほうの男が、圃場を見渡し、ため息をついた。

「それに、ここは立地も抜群だ。見晴らしもいい」

「何の用だと聞いてるんだよ。用がないんなら帰ってくれないか。俺たち、忙しいんだ」

「ヒアリングを行ってるんですよ。農家の皆さんは普段、何を考えているのか。困ったことはないか。将来設計はどうなっているのか。ぼくら、アグリコ・ジャパンの営業部員なもので、いろいろ知っておかなければならないと思いまして」

「あんたら本当にアグリコの社員かよ？　見ねえ顔だぞ」

「雇われたばかりなんです。だから、まず農家さんの気持ちを理解して来いって上から言われて、あちこちを回ってる最中なんです」

「立ち話ではナンですから、食事でもしながら、いろいろお話を伺えませんか？　今晩あたりどうです」

もう一人の背の低いほうが、揉み手をしながら誘った。

「断る」

「まあ、そう言わずに。面白い店、知ってるんですよ」

「ワンパターンだな。ちったあ別の戦略考えろよ」

「えっ？」

「あんたらが農家にやってることは、お見通しなんだよ。俺らを馬鹿にすんじゃねえ」

「どういうことですか」

あくまでも、しらばっくれたいようだった。和也は彼らが昨晩、友樹に対して行ったことを話した。

「――そんなことがあったんですか？　確認しないと詳しくはわかんないですけど、もしぼくらの仲間に失礼があったら謝ります。ぼくら、何も知らないんですよ。雇われたばかりだし。アグリコの営業部って結構たくさん社員がいるみたいだから、中にはちょっとヤバ目な人もいるのかもしれませんね」

農道を歩いている別の二人組に気づいた。農家ではない。目の前にいるホストコンビのように、スーツを着た見知らぬ男たちだった。

二人組は立ち止まり、こちらの様子に目を細めた。春菜が和也の袖を摑んだ。和也が春菜の腕をポンと叩き、大丈夫だと合図した
「確かに近頃ヤバい奴らが増えたようだ。もう一度訊くが、あんたら本当にアグリコの社員なのか？　営業部長はあんたらなんか、知らねえって言ってるぞ」

「それはおかしいな。そんなことはないはずなんだけどなあ」

二人の男は、顔を見合わせた。

「ぼくら契約社員で、アグリコ・ジャパンの社長に直接雇われましたから。多分、下まで連絡が行ってないのかなあ」

別の二人が農道から降り、畑を横切ってこちらに近づいてきた。和也は拳を握りしめ、正面の男たちに向き直った。

「ともかく、俺たちは農地を売らないからな」

後ろを振り返ると、春菜が唇を引き締め、頷いていた。

「だから、ここにいても無駄だ。とっとと帰れ」

「いやいや、そういうことじゃないんですよお」

ホスト男たちが、細く整えられた眉を下げた。

「ぼくらは、皆さんとお近づきになりたいだけなんです。農家のご苦労とか、いろいろお聞きし

て、業務の参考にしたいんです。ですから――」

「しつけーよ」

和也は男の言葉を遮った。

「帰れよ。でなきゃ、警察を呼ぶぞ」

別の二人が、和也たちから二メートルばかり距離を置いた場所で止まった。男の一人がポケットからスマートフォンを取り出し、ホスト男に小さく合図した。

「大人しくしてりゃ、いい気になりやがってえ、ふざけんなよ、ガキが～」

ホスト男の態度が豹変した。

「お前のことは知ってるよ。単なる雇われだろう。おれたちゃ、こっちの地権者のお嬢さんに話があるんだよ。そこをどけ」

和也は春菜を庇った。

「どけって言ってるのが聞こえねーのか」

「どかねえ。話なら、俺が聞く」

和也の頬に、生暖かいものが飛んだ。顔面に唾を吐かれたのだ。ホスト男がニッと笑う。気が付いたら拳を振り上げ、躍りかかっていた。ホスト男が別の男に「いいぞ」と合図した。

男がスマホの画面を和也に向けた。

「この野郎！」

和也の放ったフックはホスト男にブロックされた。次に放ったアッパーも、軽くいなされた。動体視力が異常に発達している。一見なよなよして見えるが、この男は拳闘のプロだ。にも拘わらず、男はまるで攻撃をしかけず「痛いっ！」と大げさな悲鳴を上げた。男の相棒が

「やめてください！　警察を呼びますよ！」と大声で叫んでいる。

「うっ」

突然ホスト男が腹を押さえ、地面に突っ伏した。パンチが当たった気配などなかったので、これも演技だ。相棒がひざまずいて、男に覆いかぶさった。

「もうやめてください！　殺すつもりですか？　ひどすぎますよ！」

「よし、カットおー」

人を小馬鹿にしたような声を発したのは、さっきまで腹を押さえてうずくまっていたホスト男だった。

「いい映像が撮れたぜ」

スマホを掲げていた男が、録画を終え、ニヤリと口角を上げた。

「買ったばかりのディバイナーのスーツが台無しだぜ。これ、高かったんだからな。クリーニング代請求すっからな」

ホスト男が立ち上がり、土埃で汚れたダークスーツをパンパンと叩いた。

「で？　農地は売ってくれるんだろう？」

男のふざけた物言いに、和也は眉を吊り上げ、再び拳を握りしめた。

「おいおい。また繰り返すつもりかよ。頭悪いなあ。この映像が公開されたら、お前だって困るだろう。だけど、俺らは優しいから、そんなことはしねえよ。なっ？　土地売るんだろう」

「断る」

「断るだー？」

男が白目をひん剝き、下あごを突き出して、和也の顔を覗き込んだ。

「断ったら、傷害罪で捕まるぜ。お前が先にかかってきたんだ。無抵抗の俺をボコボコにしてるところは、すべて動画に撮ってある」

「捕まったってかまわねえよ。お前らのクサい演技を見抜けねえ馬鹿がいるとは、思わねえしな。けどこれを公にしたら、お前らだって困るんじゃねえのか。警察沙汰になって、本当に大丈夫なのかよ」

「ンだと、ごらあ～」

ホスト男が合図すると、男たちの腕が伸びた。

「放せ！」

和也は男三人に、背後から羽交い絞めにされた。

「乱暴は止めてください！」

春菜が叫んだ。

ホスト男の拳が、和也のみぞおちにめり込んだ。巨大な鉄の塊が、ゆっくりと胃に落ちて行くような痛みだった。この男は、やはりプロの拳闘家に違いない。近くにいるはずの春菜の悲鳴が、遠くに聞こえた。

二発目を顎に食らった時、電気が消えたように、すべての景色が一瞬にして暗闇の中に落ちた。

十六

自分の名前を呼ぶ声で、和也は目覚めた。

すぐ目の前に、涙で濡れた春菜の顔があった。

「よかった！　大丈夫ですか？」

半身を起こすと、ずっしりとした胃の痛みが蘇り、思わず和也は顔をしかめた。

大丈夫ですか、と再び泣き顔になった春菜に、無理やり笑顔を作り、大丈夫と答えた。

顎をさすってみると、僅かな痛みが残っていたが、みぞおちほどではない。

「俺の顔、どうなってる？」

「内出血はしてないようですが、痛みますか？」

「いや」

和也は立ち上がり、身体についた泥を落とした。

顎を一発殴られた時は、痛いというより、むしろ気持ちよかった。強制的に眠らされたような気分。初めて経験したが、あれがＫＯというものなのだろう。

やつらはプロだ。

傷が残らないように殴った。何が起きたと問われても、自分たちは無抵抗だった、一方的に殴ったのはこいつだと、動画を見せて主張する腹積もりなのだ。

——くっそー、ふざけやがって……。

「おれが気絶してからどの位経ってる？」

「三分ぐらいでしょうか」

たったそれだけなのか。

「やつらはどこに？」

「車に乗って、去っていきました。明日また来るって」

「どっちの方向へ行った？」

「どうするつもりですか」

春菜の顔が心配そうに曇った。

「もう、危ないことやめてください。警察を呼びましょう」

「いや――」

今の段階で警察に連絡しても誤解を招くだけだろう。拘束されるのは和也のほうだ。

「警察に言っても無駄だ。俺、行ってくる。車のキー貸してくれ」

「ダメです。小原さん、また殴られちゃいます」

「今度はそんなヘマはしないよ。あいつらは危険だ。他の農家が被害に遭うかもしんねえ。止めなきゃ」

「ダメです」

春菜にしては珍しく、頑なに拒んだ。

「新太郎兄さん、ボコボコにされちゃったねえ」

いつの間にやら益子が傍らにいて、ニコニコ微笑んでいた。

「ボコボコはオーバーだろう」

ムッとなって言い返した。

「兄さんはよく、近所のガキ大将グループと喧嘩してたもんねえ。多勢に無勢だったけど、どんなにボコボコにされても、めげずに向かってって、終いにゃ子分たちは怖がって逃げ出して、ガキ大将と一対一になったよね。お岩さんみたいに腫れ上がった顔で、脚をもつれさせながら突撃していく兄さんを見て、さしものガキ大将も、参ったって負けを認めたわね」

新太郎兄さんというのは、随分と性根が座った人だったらしい。

「この人は、こういう性分なんだから、止めても聞かないよ、歌江ちゃん」

「ダメです……」

春菜の瞳に涙が盛り上がった。

「小原さんにもしものことがあったら、どうするんですか……さっきだって、あたし、もうどうしたらいいいか、わからなくて……生きた心地がまるでしなくて、あたしをこれ以上心配させないでください」

濡れた瞳を向ける春菜に、ぐっとなった。

「大丈夫だよー、歌江ちゃん。兵隊さんに行くわけじゃないんだから」

相変わらず笑顔の益子が、春菜の肩をポンと叩いた。

「そうだよ、春菜さん。大丈夫だ。戦争に行くわけじゃないんだ」

「危ないことしないって、約束してください」

春菜が和也の目を見据えて言った。

「約束するよ、春菜さん」

キーを受け取ると、ハイゼットに飛び乗り、エンジンをかけた。

——ゴメン、春菜さん。俺、嘘ついた。

ハンドルを切りながら、和也はつぶやいた。

——それにしてもやつら、どこに行った？　今度見つけたら、ただじゃ済まねえ。

五分ほど農道を走っていると、前方に見慣れないセダンが停まっているのが見えた。すぐ隣に駐車し、車を降りた。

向こうの畑に、スーツ姿の男たちがいる。対峙しているのは、青山と須藤老人だ。和也は大股で畑を横切り、男らに近づいた。

「まだ下手な工作してんのかよ」

和也が怒鳴ると、一同がこちらを振り返った。スーツの男たちは五人。先ほど和也にパンチを見舞った、あの背の高い細身のホストも一緒だった。

「青山さん、こいつらに何を言われたんだ？　聞く必要なんて、ねえぞ」

「大丈夫だよ、和也くん。今、お引き取りを願っていたところだから」

青山が親指を立てた。

三人の男たちが、和也に近づいてきた。先ほど後ろから羽交い絞めしてきた連中だ。

――ゴメンな、春菜さん。

もう一度、心の中で春菜に謝り、仰々しく拳を振り上げ、気炎を揚げた。

「さっきは、よくもやってくれやがったな、てめーらっ！」

威嚇（いかく）する和也に焦った男の放った拳が、唇を直撃した。和也が吐いた唾には、血が混じっていた。ホスト男と違い、こいつのパンチはまるでデタラメだ。お陰で暴行を受けた証拠ができた。ならば正当防衛をするまでだ。

大声を上げ、男の胸倉を摑むと、頭突きを食らわせた。男は鼻血を噴き出しながら、後ろ向きに吹っ飛んだ。

もう一人の男が、腰にタックルを仕掛けてきた。倒されそうになったが、踏ん張って体勢を整えると、しがみついている両腕を力ずくで引き剝がし、顎に膝蹴りを食らわせた。

「和也くん、無茶するな！」という青山と「やれやれ！　大沼の男の怖さを思い知らせてやれ！」という須藤の声が交差した。

和也のターゲットは一人だった。

和也を小馬鹿にした、あのホスト野郎だ。いくら拳闘に秀でていようが、一対一なら負けはしない。もう大沼には二度と近づけないよう、叩きのめしておかなければ気が済まなかった。

前進する和也の前に、スーツ姿の男たちが立ちはだかった。先ほどはいなかった顔だ。男たちの肩ごしに、次々に路肩に停車する車が見えた。助っ人が集結しているらしい。

「どけ！　怪我するぞ」

和也が大声で怒鳴ると、男たちがひるんだ。男たちの脇を通り抜けようとする時「和也、あぶねえ」と声がして、とっさに身を低くして、頭を庇った。男が振り回した警棒のようなものが肩に当たった。

棒を奪い取って、遠くに放り投げた。

「この野郎！」

和也が拳を握りしめるや、たちまち男たちは逃げていった。再び正面に向き直ると、なんと友樹が男たちとバトルを繰り広げていた。先ほど、あぶないと声を上げたのは友樹だったのだ。

しかし、すぐにぶちのめされてしまった。倒れた友樹に覆いかぶさろうとする二人の男の首根っこを掴み、シンバルのように顔面を叩きつけた。男たちは、友樹と一緒に仲良く川の字になって、地面に伸びた。

「おい、大丈夫か。友樹」

友樹の胸倉を掴み、揺さぶった。友樹は半身を起こし、頭を押さえながら小さく頷いた。

「こいつらに秘密クラブに連れてかれて、念書にサインさせられたんだ。間違いねえ」

突然背中を蹴られた。

振り向くや否や、顔面にパンチを食らった。先ほど逃げて行った連中が、仲間を引き連れ、戻って来たのだ。ダークスーツ姿の男たちは、十人を超えていた。

ホスト男が薄笑いを浮かべながら、大勢にぶちのめされている和也と友樹を見ていた。

「わ、わかった。わかったから、もう……やめてくれ」

友樹が悲鳴を上げた。

和也は亀の子のように身を縮め、後頭部をガードしながら、ひたすら攻撃に耐えた。背中に男たちの容赦ない蹴りが飛んだが、この体勢ならダメージは少ない。格好はよくないが、今はこれしか取る術がなかった。敵が疲れるのを待って、反撃してやる。

傍らでは友樹が、和也に倣って同じポーズを取っていた。男たちは、ニヤニヤ笑いながら友樹の尻を何度も踏みつけている。

――この野郎……！

ガードを解き、立ち上がろうとした途端に、さらなる集中砲火を浴びた。あばらや顔面に激痛が走る。悔しいが、どうすることもできない。

もう一度亀の子に戻ろうとした時、突然相手の攻撃が止んだ。顔を上げると、ダークスーツの集団相手に、つなぎ姿の大男が暴れている。

松岡だった。

「俺の島で勝手な真似すんじゃねえ！」

角材をぶん回している松岡に、男たちはタジタジの様子だった。松岡の乱入に勇気づけられたのか、友樹が立ち上がり、大声で叫びながら男たちに飛び掛かって行った。

和也は正面に向き直った。

ホスト男の顔からは、余裕の薄笑いが消えていた。

ようやくこれで勝負できる。先ほどの借りは必ず返す。

唇を引き締め、和也は男に近づいた。ホスト男が拳を握り、構えた。わざとらしくシャドウボクシングを始め、威嚇してくる。

体勢を低くし、頭から突っ込んだ。

振り子のようなパンチを下から食らったが、大したダメージはなかった。

ホスト男の腰に食らいつき、力任せに押し倒した。寝かせるのは簡単だった。拳で殴るのは得意だが、体幹はあまり強くないらしい。

一緒に倒れた和也は、男の顎に腕を回した。ホスト男はジタバタもがいたが、両脚で腰をロックし、逃がさないようにした。横にしてしまえば、こちらのものだ。自慢のパンチもこれで封印できる。

いわゆる裸絞めの要領で、男の頸動脈を絞めた。今度はこちらが気絶させる番だ。

「落とされんのが嫌なら、もう二度と大沼に近づかないと誓え！」

ホスト男は、和也の腕を引き剝がそうと、必死になって抵抗した。

「無駄だ！　お前らの親分が誰かはしんねえが、そいつに言ったれ。大沼の人間はぜってえ農地を売らねえって。ちゃんと伝えるつもりがあんのなら、放してやる」

和也はギリギリと首を絞めながら、男の耳元でがなり立てた。

突然、後頭部に衝撃を感じ、和也はうめいた。誰かに後ろから頭を蹴られたのだ。ホスト男がその隙に脱出を試みたが、逃がさなかった。

喧騒と悲鳴が錯綜していた。

和也たちのすぐ脇に倒れた松岡を、男たちが踏みつけている。

その向こうでは再び劣勢になった友樹が、集中砲火を浴びていた。

こちらは三人なのに、敵は十数名いる。これでは圧倒的に不利だ。

二発目の踵（かかと）が、和也の側頭部を捉えた。一瞬気が遠くなりかけたが、和也は歯を食いしばって耐えた。ホスト男を死んでも放したくなかった。

朦朧（もうろう）とした意識の中で、スーツ男たちの合間を縫う、黒い影が見えた。影は驚くべきスピードで移動し、影に触れた者はまるで糸の切れた操り人形のように、その場に崩れ落ちた。

スーツ姿の男たちが全員、地面にへばるまで一分もかからなかった。

最後に残った一番大きな男が倒れると、その背後から、小柄だががっちりした体躯（たいく）の男が姿を現した。

高橋巌だった。

第三章　未来農家

一

これから公民館に集まった全大沼農家の前に出なければならないと思うと、さしもの理保子も胃がキリキリと痛んだ。

既に会場では、怒号や野次が飛び交っている。「早く社長を出せ！」と息巻いている声も聞こえた。

「そ、そろそろ時間です。い、行きましょう」

舞台の袖からホールの様子を窺（うかが）っていた高橋が、理保子に合図した。

「お、俺も一緒に出ます。話すのは苦手ですけど」

高橋の申し出は心強かったが、理保子はかぶりを振った。社員とはいえ、大沼の人間には迷惑をかけたくない。これは、アグリコ・ジャパンというより、東日本フーズがしでかしたことなのだ。

「だ、大丈夫です。俺も出ますから」

高橋にしては珍しく、強引だった。

高橋が先頭を切って、舞台に足を踏み出した。そのしっかりした足取りに遅れないよう、理保子も背筋を伸ばし、大股で歩いた。

二人が登場すると喧騒がピタリと止んだ。舞台中央に設えられた会見席に座った時「なんだ、巌さん。アンタ、そっち側の人間になっちまったのかよ」と、小さな野次が飛んだだけだった。

会場が静かになったのは、理保子の発言を一言でも聞き漏らすまいと、皆息を凝らしているからだろう。

隣に座った高橋が、心配そうに理保子の横顔を窺った。理保子はハンディマイクを手に取り、小さく深呼吸すると、スイッチをオンにした。

まず、本日集まってくれたことに対する礼を述べ、報告会がこれだけ遅れてしまったことを詫びた。アグリコ・ジャパンの営業部員と称する男たちと、大沼の農家の乱闘事件があった日から、既に十日余りが経とうとしていた。

男たちが立ち去った後、警察が来て事情聴取を受けたが、怪我を負った小原和也や後藤友樹、それに松岡毅は、なぜかアグリコ・ジャパンの名前を一切出さなかったという。警察では村人同士の喧嘩ということで取りあえず処理されたが、理保子は状況を説明するため、本社に足を運ばなければならなかった。

本社に召喚された理由は、他にもあった。事件以来氷川がどこかに行方をくらまし、まったく連絡が取れなくなっていたのだ。事情に明るい大矢課長が本社内に調査委員会を立ち上げ、理保子に委員の前で説明させた。

傍聴席の最前列には、後藤と小原、そして春菜がいた。あちこちに打撲傷を負ったと聞いていたのに、小原も後藤もすっきりした顔をしている。若いので回復が早いのだろう。

松岡の姿を探したが、どこにも見当たらなかった。もっとも彼の立場からすれば、傍聴席にいるより、理保子と一緒にこちら側のテーブルに着いているべきだろうが。

「それでは、ご説明したいと思います」

数日前、姿を晦ましていた氷川とやっと連絡がついた。本社に出頭した氷川は、観念したように様々なことを語り始めた。氷川の告白により、本社は蜂の巣をつついたような騒ぎになった。

「アグリコ・ジャパンは今回の担い手育成事業を利用し、莫大な利益を上げようと画策していました。杉浦雄三y県知事と共謀し、大沼の農道拡張、区画整備、水路改良を計画しましたが、実はこれは農家のためなどではなかったのです」

観念した氷川がぶちまけた内容に驚愕したことを、理保子は今でも鮮明に覚えていた。

「農家のためというより、農家つぶしのプロジェクトでした。確かにこの事業により、農業機械が動かしやすくなり、生産効率は上がるでしょう。しかし、それ以上にメリットがあるのが農外転用です。道路が広がり、土地の形状が整えば、家を建てるには理想的な環境が生まれます。担い手育成事業は、農地を宅地転用するためのものだったのです」

会場がどよめいた。

農地の転用許可を出せるのは、農林水産大臣と都道府県知事である。会田社長の指示により、氷川は石黒にコンタクトを取り、杉浦知事にこの策略を持ちかけた。

知事さえこちらに取り込んでしまえば、天下無敵である。公共工事も思うがままに進めることができる。県の技術者たちは言われた通りの計画図面を作成しただけで、交渉ごとには一切関わらなかった。すべて知事からの指示によるものだったのだ。

「無論、区画整備をしたすぐ後に、宅地転用してしまえばバレバレになります。三、四年のインターバルを置いてから、徐々に宅地の転用を目論んでいたのでしょう」

氷川が、アグリパーク計画を却下し、企業には短期間で土地を貸すだけに留めろと強弁したのは、こういった事情からだった。宅地に転用するまでの数年間、農業をする振りだけをしていればいいというのが、本音だったのである。

「宅地にすれば、農地の百倍近い単価がつくこともあります――」

「だから三倍でも買うって言ったのか！」

言い終わらないうちから野次が飛んだ。

「きったねえぞ！」

農地をズタズタにするような派手な工事を画策し、負担金を甚大にして、一切交渉に応じなかったのも、これを機会に農家から土地を吸い上げるための企てだった。

「多額の公費助成で、ただ同然に農地を宅地仕様に整備し直し、かつ原価の百倍の価格で売却しようとしていたのが、今回の陰謀の全容です」

高橋の携帯電話が振動した。ディスプレイを確認した高橋は、理保子に目配せして立ち上がり、舞台の袖に消えた。

一人壇上に残された理保子は、再び深呼吸した。やはり高橋がいなくなると、心細い。

「先日の大乱闘の引き金となったのは、地上げのために雇った業者の暴走が原因です。皆さま方には本当にご迷惑をおかけしました」

理保子は立ち上がり、深々と頭を下げた。最前列で理保子をジッと見つめている小原和也と一瞬視線が交差した。

「謝まりゃ済むって、問題じゃねえだろう！」

怒声が、理保子の後頭部に浴(あ)びせられた。

「確かに謝って済む問題ではありません。でもわたしには謝ることしかできません。今回の謀略は、アグリコ・ジャパンもとい東日本フーズと杉浦雄三y県知事、それに知事の息子が務めている石黒コンサルティングという会社によって企てられました。本当に申し訳ありませんでした」

「謝るのはあんただけかよ？」

「下っ端に頭を下げさせて、上の連中は知らんぷりか？　それとも逃げ回ってるのか」

「知事や、東日本フーズのお偉いさんや、その何とかコンサルタントの連中は、今日はここに来てねえのかよ」

聴衆は口々に不満を表明した。

「知事や石黒コンサルタントは、多分皆さんの前に姿を見せることはないでしょう」

杉浦知事は、来る県知事選に向け、資金作りに奔走していた。石黒が、あんなヤクザまがいの業者に地上げを依頼したのも、早く計画を進め、報酬を得たいがための勇み足だった。

ところが入手した情報によると、杉浦と石黒は別件で検察にマークされ始めたという。

ダム工事の談合絡(から)みで、業者から口利(き)き料を受け取ったことが、どこかから漏れ、捜査機関が動き始めたのだ。それ以来、彼らはきっぱりと大沼から手を引いた。

「いい気味じゃねえか。悪い奴は、とっとと捕まればいいんだ」

「昔からあの知事は、胡散(うさん)くせえって噂(うわさ)されてたもんな」

「やつら政治家は本当に懲(こ)りねえな。これで知事も終わりだろうよ。政治家連中のことはわかったが、アグリコや東日本フーズのほうはどうなってるんだ」

「そうだよ。氷川社長は謝りに来ないのか？」

聴衆が理保子に詰め寄った。

事情を知った東日本フーズの経営陣は真っ青になったが、確認していくうちに、仮に大沼の件が話題に上っても、アグリコ・ジャパンは無罪を主張できるのではないかと考え始めた。

現段階では担い手育成事業案が立ち上がっているだけで、公には何も起きていない。本社から石黒に流れそうになった資金は、ギリギリで理保子がカットしたため、少なくとも賄賂（わいろ）の事実はなくなった。

本社は理保子の功績を称え、後は農家に余計なことはしゃべらぬよう、口止めさえすれば、東日本フーズが汚職に関与した事実が公になることはないと結論づけた。

このように理保子は、農家を懐柔するために大沼に戻されたわけだが、そんな命令に従うつもりなど毛頭なかった。

自分の使命は、事実を包み隠さず開陳し、謝罪すること以外にない。

「本件の首謀者は氷川と、東日本フーズ社長の会田です。当社グループ内でそれ以外の人間の関与は認められませんでした。氷川は既に辞表を提出しているので、この場には来ません。会田は次の株主総会で辞任することになっています」

理保子を左遷（させん）した会田の末路だった。

「それって、逃げただけじゃねえか。辞任したって責任取ったことにはならねえだろう」

「そうだよ。卑怯（ひきょう）じゃねえか……」

ざわついていた聴衆が、静まり返った。

舞台の袖から、姿を現した人物がいたからだ。

高橋と、そして会見席にも傍聴席にも姿を見せないと思われていた、松岡だった。

松岡は高橋が座っていた席に腰かけると、マイクを手に取り「そうだよな。卑怯だよな」と相槌を打った。高橋が予備のパイプ椅子（いす）を広げ、松岡の隣に座った。

「だけど、どうしょうもねえだろう。今の時点じゃ警察も動けねえ」

松岡が続ける。

「俺たちが、アグリコもグルだってチクれば、警察も動くんじゃないか」

聴衆から声が飛んだ。

「本当にそうするか?」

松岡が声がした方をギロリとにらんだ。

「まあ、外野が如何（いか）にわめこうが、物的証拠がなけりゃ起訴は難しいよな」

別の声が言った。

高橋が松岡の腕を小突いた。松岡が「わかってるよ」と言わんばかりに、面倒臭そうにうなずいた。

「アグリコの話はひとまず置いといて、今日はみんなに詫びを入れに来た。言うまでもないが、アグリコに土地を売るよう説得していたのは俺だ。あたかも担い手育成事業を県と共同で立ち上げたような振りをしていたのも、俺たち大沼の農業委員会だった。だが、そうして欲しいと俺に直接頼んだのは氷川社長だ。氷川ともう一人、いけ好かない野郎がいたが、そいつは今、知事と一緒に捜査の対象になっている。いずれ刑務所送りになるだろう。ま、そんなことはどうでもいいが」

松岡は一旦言葉を切って、聴衆の反応をうかがった。小原和也が、松岡の顔をじっと見つめていた。

「他の農業委員は何も事情を知らない。だから、やつらは責めないでくれ。正直に言おう。俺は、農地売買を仲介することによって、アグリコから報酬を貰おうとしていた。だが、信じて欲しい。計画の裏にこんな陰謀が隠されていたなんて、まったく知らなかった。まさか、農地を宅地転用の後、売却して、百倍の利益を上げようとしていたなんてな」

「本当かよ。本当になんにも知らなかったのか？」

「あんたも一枚嚙んで、一儲け企んでいたんじゃねえのか」

非難の声が、あちこちから上がった。

「本当だ。信じてくれ」

松岡が一同を見渡した。

「担い手育成事業の話が、氷川社長からあった時、大沼の農家にとっては願ってもないことだと思った。公費で農地を近代化して貰えるんだ。断る理由はないだろう。それに、上田部長が推進していた、アグリパーク計画の地盤を整える事業でもあったから、何も疑わなかった。いや――」

松岡が言葉を切って、虚空をにらんだ。

「氷川は、この件は、まだ上田は知らないから内密にして欲しいと言ってたな。あの時、裏に何かあると疑っておくべきだった。いずれにせよ、おれは担い手育成事業の旗振り役になることに同意した。現役農家にとっては画期的な事業だし、百姓を辞めて、事業を始めたがってる奴や、老後は農地より現金を持っていたほうが安心だと考える年寄りには、莫大な金が転がり込んでくる話だ。俺だって、三倍で買ってもらえるなら、所有地を半分くらいなら売っても構わねえと思ってた。だが親父にはこっぴどく叱られたよ。ここにいる巌にもな。今日はここに来る予定はなかったんだが、巌から呼び出しを食らった。みんなの前で部長と一緒に釈明しろって。こいつにゃ逆らえねえ」

松岡が振り向いたが、高橋は表情一つ変えず、岩のように押し黙っているだけだった。

「計画の全貌を知らなかったとはいえ、俺が氷川たちの手助けをして、金を貰おうとしていたことは事実だ。反省してるよ。責任を取って、俺は農業委員会の会長を辞任する。今まで、俺の家が大沼農家のリーダーだったけど、それも返上する」

「じゃあ誰が、大沼のリーダーをやるんだよ」

聴衆から質問が飛び、松岡がチラリと理保子の横顔を窺った。

「アグリコだと？　あんなことがあった後だぞ」

「あんなことをしでかしたのは、東日本フーズの一部の人間だろう。部長じゃねえ」

「部長の考えを聞こうぜ。氷川社長が辞任して、アグリコは今後、どうなっちまうんだ」

「そうだ。アグリコ・ジャパンは今まで通り、業務を続けるつもりなのかよ」

皆に促され、理保子は再びマイクを握った。

「アグリコ・ジャパンというより、これはわたし個人のことですが、ここに来るまで、アグリコ・ジャパン、というより東日本フーズを辞職するつもりでいました。皆さまに多大な迷惑をかけたのだから、自分も責任を取らねばならないと思っていたのです」

「あんたが辞めたら、アグリコは今後どうなるんだ」

「わたしが辞めても、代わりはいますが、正直どうなるかわかりません。これを契機に本社のボードメンバーはアグリコ・ジャパンを畳んで、大沼から引き揚げることを検討するかもしれません」

た。

「それこそ責任逃れだろう」という声と「彼女の好きなようにさせてやれ」という声が交錯した。

理保子は会場の奥に目を細めた。桜井と小西が、立ったまま、心配そうにこちらに注目している。横を見やっても、高橋は視線に気づいていないのか、むっつりと口を結んだまま、前を向いていた。

「アグリパークはどうなっちまうんだい」

会場から質問が飛んだ。

「こんなことがあったのだから、担い手育成事業が白紙に戻ることは否めません。それに伴い、アグリパークも、残念ですが、立ち消えになる可能性があります」

「本社ではどうなってるんだ？　もうそんな計画は止めろと言ってるのか」

そこまではっきりしたことは、言われてなかった。大矢には計画の概要を話し、好意的な意見を貰っている。続けるつもりなら、本社の役員を説得してくれるだろう。

「俺は、アグリパークを実現してもらいたい」

松岡が言った。

「だけどそれは、大勢の巨大資本に、大沼を食い散らかすのを許す計画じゃないのか？」

「あんただって、最初は懐疑的に見てたんだろう、松岡さん」

「アグリコみたいな大手企業の子会社が、俺たちの農地をぶん取ろうと企んだんだぞ。別の資本を入れたら、また同じことが起きるんじゃねえのか？」

「それは考え過ぎだろう」

「俺たちは大資本と組まなきゃ、もはや生き残れねえ。アグリコを信じるしかねえ」

人々が口々に所見を表明した。

「アグリコは信用できる」

今まで押し黙っていた高橋が、初めて口を開いた。

「ア、アグリパークは、お、大沼の未来にとって、必要な計画だ。お、俺が保証する」

高橋にしては尊大な物言いに、一同は押し黙った。

「まあ、巌さんは部長と一緒に農家を説得して回ってたしな」

「だけど、ちっとも前に進んでなかったじゃねえか」

「原因は何だ？」

「今あそこに座ってる、おっかねえオジサンにみんなが気を使ってたんだよ。オジサンは何も知らされていないようだったから、へそ曲げてるんじゃないかって」

場内から笑いのさざ波が起きた。

「だけど、元大沼のリーダーは、結局アグリパークには賛成だったわけだ」

「いったい、どういう風の吹き回しだよ？」

「だから反省してるって言ってるだろう。大沼の将来のことを誰よりも真剣に考えていたのは、俺じゃない。この上田部長だ」

突然の言葉に、理保子は驚いて松岡を振り返った。

「だから俺は、大沼のリーダーを返上したんだ」

「大沼のリーダーは、大沼の人間でなければいけないと思いますが」

こう発言したのは、農家の中でも際立ったインテリの青山だった。青山は、大資本にアレルギーを持っている。

「巌と一緒なら大丈夫だ。巌は大沼の人間だろう」

松岡が答えた。

「一旦上田部長抜きで、話し合ったほうがいいかもしれんな」

青山の隣に座っていた須藤が提案した。

「じゃが、その前に訊いておかねばならぬ。もし、われわれがアグリコ・ジャパンに引き続き大沼に残って欲しいと決断を下したら、あんたはどうする？　上田さん。やっぱり会社を辞めるのか？　それとも、我々の期待に応えて、大沼のために一肌脱いでくれるか」

理保子は背筋を伸ばし、小さく深呼吸した。

「皆さんが望むなら、わたしは大沼に残ります。本社を説得して、アグリコ・ジャパンを存続させ、必ずやアグリパーク計画を実現に導きます」

二

上田理保子が帰った後の住民集会では、活発な意見が交わされたが、結論が出るのは案外早かった。皆、なんだかんだ言っても、考えていることは一つだったのだ。程なく会はお開きとなり、住民たちは家路についた。

「ちょっと、寄り道していきませんか」

春菜に誘われ、和也は腕時計を見た。

もうすぐ六時になる。辺りは既に暗くなりかけていた。

「いいけど、大丈夫なのか？」

益子が家で一人、春菜の帰りを待っているし、今晩は宅配便の宛名書きがあるはずだった。

「いいんです。宛名書きなんか、明日やってもいいし。それにお義母さんは、別にあたしがいなくても大丈夫な人なんですよ。ちょっと頭の中が混乱してるだけで、炊事だって後片づけだって、ちゃんとできるんです。たまには、自分のことは自分でやってもらいましょう」

普段は生真面目な春菜からすれば、意外な言葉だった。

「キーを貸してください。あたしが運転します」

和也からキーを受け取るなり、春菜はハイゼットの運転席に乗り込んだ。座席を前にずらし、エンジンをかける。

初めて春菜の運転する車に乗った時は、冷汗が出たが、あれからもう既に一年半。随分と器用にギヤチェンジをし、ハンドルを操れるようになった。

「大沼はよい方向へ向かってますよね？」

春菜が前を見つめながら、自問するようにつぶやいた。

「ああ。利権目当てのやつらは、いなくなったし。この事件をきっかけに、みんなが一致団結できたんだから、大沼もまんざら捨てたもんじゃないってことさ」

和也が大沼に見切りをつけ、上京した頃とは状況はかなり異なってきている。

暫く春菜は無言で運転に集中した。和也は、座席に深く腰かけ、周囲の景色に目を細めた。

暮れゆく太陽が、山々の頂きをオレンジ色に染めている。日輪をバックに、カラスの群れが目まぐるしく旋回していた。収穫を終えたばかりの田圃のいたるところに、藁束がテントの形に積み上げられている。

緩やかな丘陵に位置する大沼は、美しい村だ。

この村に生まれてよかったと和也は思った。

ｙ市に向かう国道を走っていた春菜が、途中で右に折れ、山道を登り始めた。

「どこへ行くの？」

和也が尋ねると、「知らないんですか」と逆に訊き返された。

「もう少し登ったところに、すごく素敵な場所があるんです。知られざるデートスポットですよ」

ほら、あそこです、と春菜が指さした。ヘッドライトに照らされ、白い小さな看板が光っているのが見えた。

僅（わず）かなベンチしか置いていない、小さな展望台のようなところだった。辺りに人影はない。

車を降りるや、和也は、お〜っとため息を漏らした。

二十万都市、ｙ市の夜景が眼下に広がっている。

「やべえな。こんな場所があったのかよ。全然知らなかったぜ」

「本当ですか。小原さんなら、デートとかでよく来ていたと思ってましたけど」

春菜がいたずらっぽく笑った。どうも今晩の春菜はいつもと様子が違う。

「きれいな夜景だな」

「ああいう場所に住みたいですか？」

ＹＥＳと答えそうになって、危うくかぶりを振った。

「おれはかつて、もっと凄いネオンだらけの大都会に住んでいたんだ。だけどやっぱり合わなくて、田舎（いなか）に戻ってきた。ああいう場所は、遠くから眺（なが）めている分にゃいいが、中に入ってみると、色々具合の悪い部分が見えてくるもんだ」

「あたしはずっと田舎にばかりいましたから、都会の生活って知らないんです」

「何でこんな場所を知ってるの？」

「大沼に越してきたばかりの頃、夫と車であちこちを探索したんです。その時に見つけました」

久しぶりに、春菜の口から夫という言葉を聞いた。

「座りませんか」

春菜が、木目を模したコンクリートのベンチに腰を下ろした。和也も春菜の隣に座った。虫の音が、そこかしこから聞こえてくる。

「あたし、小原さんに申し訳ないことをしたとずっと思っているんです」

春菜が夜景を見つめながらつぶやいた。

――申し訳ないこと？

和也には春菜の言わんとしていることが、よくわからなかった。

「あたし、凄く心細かったんです。農業のことなんか全然知らなかったのに、圃場(ほじょう)を切り盛りしなければならなかったし。お義母さんの面倒も見なければならなかったし。そんな時、あたしの前に現れたのが、小原さんでした。始めてあたしたちが出会った日のこと、覚えてますよね」

覚えている。忘れるわけがなかった。自家栽培した野菜を抱え、春菜は道の駅の直売所にやって来た。虫食いだらけのサニーレタスを見てこれはダメだと思った。そんな春菜と、いつの間にか一緒に有機農家をやっている。

「あたしのせいで、松岡さんと口論になりましたよね」

「春菜さんのせいじゃないよ。昔からあのオッサンのこと、気に食わなかったんだ。でもまあ、近頃結構まともになったけどな」

「だけど結果的に、直売所をクビになってしまったでしょう。あたしは、責任を感じて小原さんを自分の農園に雇い入れようとしました。でも、そんなのは言い訳で、本当は誰かに手伝ってもらいたかったんです。独りで行き詰まってましたから」

それはわかっていた。

「小原さんは、死んだ主人の若い頃に似ていました。主人があたしと結婚したのは、四十の時でしたから、若い頃のことは知らなかったんですが、主人が二十歳の頃は、きっとこんなだったんだろうなって、小原さんを初めて見たとき感じました。もしかしたら、主人があたしのために、このような巡り会わせを用意してくれたのかなあって、勝手に解釈しました。だから、一緒に仕事をするなら、この人しかいないと心に決めたんです。でもこれって、随分身勝手な話ですよね」

冷たい秋風が吹き、木々がカサカサと音を立てた。標高の高いところでは、既に紅葉が始まっている。

「あたし、小原さんを利用してるって、後ろめたさをずっと感じていました。条件のいい職場は他にたくさんあるのに、無理やりうちみたいなところに繋ぎ止めておこうとしたわけですから」

「それは違うよ」

和也が眉を吊り上げた。

「春菜さんのところで働こうと思ったのは、俺の意志だ。俺は春菜さんと一緒に有機農業をやりたかったんだ」

春菜は小さく頷くと、風の音に耳を澄ませた。

「──あたし、恋愛のこととか、まったく考えてなかったんです」

突然春菜がこう切り出したので、和也の心臓が小さく撥ねた。

「恋愛とか、結婚とか、そういう物には蓋をして、ともかく、農家として一人前になることだけを考えていました。それが主人の遺言でしたから」

「ご主人のこと、今でも愛してるの？」

今まで何度も訊こうとしては、ためらった質問だった。

「愛しています。でも主人は、もうこの世界にはいません」

春菜の大きな瞳が、うるうると揺れた。

「小原さんに告白された時、あたし、なんて答えたらいいか、わからなかったんです。すごく突然のことだったから。あたしはバツ一で、小原さんより年上です。小原さんだったら、もっと年下の可愛い子がお似合いだし。それにあたしは、小原さんを利用してきた人間……」

「だからおれ、利用なんてされてねーし」

和也が遮った。

「春菜さん、本気で俺を利用してるって、思ってるのか？　だとしたら、俺、すっげえ悲しい」

春菜はうつむき、かぶりを振った。

「小原さんに答えなければいけないって、ずっと思ってました。でも、心の整理がつかなかった。いつまでもこんなことじゃいけないですよね。アグリコの件が一段落したら、小原さんと真剣に向き合うつもりでいました」

春菜が顔を上げ、和也を見た。

「小原さんが、あの悪い人たちに襲われた時、身体が張り裂けるよう痛みを覚えました。小原さんの身体が傷ついたのと同じ分だけ、あたしの心が傷ついたんです。あたし、小原さんが男たちの後を追って行ってしまった後、主人の遺影と向き合いました。泣きながら、『どうしたらいいの』と主人に訴えました。そうしたら声が聞こえたんです。幻聴だったのかもしれません。でも、確かに聞こえたんです。こんなことは、初めてでした」

　春菜が小さく息継ぎをした。

「紛れもない主人の声でした。主人は泣きじゃくるあたしに言ったんです。『大丈夫。あの男はそんなにやわじゃない』って。そして、こうも言いました。『もっと、自分に素直になれ。俺のことはもう忘れていいんだ』って」

　雲に隠れていた十五夜の月が、ぽっかりと空に顔を出した。

　春菜が急にトーンを変えた。

「ここは、ホント、素敵なところですねぇ」

「何回か来たことありますけど、いつもカップルで一杯だったんですよ。ここで、カップルになった男女もいるんでしょうね。ロマンチックな場所ですからねえ」

「そうだね。ここは穴場スポットだね」

　和也が同意した。

「玄関のトイレ脇よりずっといいですね」

　えっ？

　春菜はクスクスと笑っていた。

「もう一度、聞かせてもらえませんか」

　春菜の瞳が、再び真剣みを帯びた。

　聞かせるって、何を？　と口を開きかけた途端、野暮なことは訊くなと天啓が下った。

　トイレの脇に突っ立ったまま、何の脈絡もなく、いきなり愛の告白なんかしたって、女性は途惑うばかりだ。

物事には段取りというものがある。

本来なら和也がすべき段取りを、春菜が整えてくれたのだ。

「春菜さん」

「はい」

大きな瞳が和也を見据えた。

「俺と結婚してくれ。二人で一緒に、じいちゃんばあちゃんになるまで、ずっと農家をやっていこう」

「はい。よろしくお願いします」

三

上田理保子の元に、大沼農家代表として現れたのは、須藤と青山だった。

須藤はともかく、青山はアンチ大資本の急先鋒である。どんな厳しいことを言われるのかと、理保子は身構えた。

ところが、蓋を開けてみれば、彼らの希求は、アグリコ・ジャパンの存続と、アグリパーク計画の推進だった。

「但し」

と青山が眉をひそめた。

「企業と農家は、共存共栄しなければいけないよ。僅かでも農地をだまし取ろうとするような態度が見えた場合は、即契約解除。わかりましたね」

「それはもちろんです。農業参入企業は厳しい審査を経て、選別されます。皆さん方農家と、企業のニーズをマッチさせ、農場経営のお手伝いをするのが、わたしたちアグリコ・ジャパンの使命ですから」

「大沼には耕作放棄地も多いから、そういうところを企業に貸し出したい者も結構おる。伸び放題だった草を刈って土地を蘇らせ、さあこれからという頃合いを見計らって、いきなり土地を返せと言ってくるような農家も、確かに以前はいた。そういう意味ではお相子だよ」

須藤老人がニコニコしながら、青山の肩をポンと叩いた。

「お互いフェアープレイで行きましょう」

青山が差し出した掌を、理保子は握り返した。

「どうやら大沼の新しいリーダーは、お二人のようですね」

青山と須藤は顔を見合わせ、とんでもない、とかぶりを振った。

「便宜上、今回は農家代表のような顔をしてここに来ているが、今回が最初で最後だよ。俺は徒党を組むのは得意じゃない。指導力だってない、単なる平凡な百姓だ」

青山が言った。

「わしもこの年だし、もう引退しておる。ゆっくりさせて欲しいよ。集会の時にも言っただろう。大沼のリーダーはアグリコ・ジャパン、つまり、あんただよ、上田部長」

でも——。

自分は大沼出身ではない。青山にも指摘された。そのことを二人に質した。

「俺がリーダーになれない理由は、そこなんだよ。大多数の農家は、上田部長だけは信用していた。空気を読めない俺は、あの後みんなから吊し上げられたよ。で、罰として弁が立つお前がアグリコに行って、話をつけてこいということになった」

青山が苦笑いした。

「あんたと巌がおれば、農家を束ねることはできる。じゃが、本社のほうは大丈夫なんだろうな。アグリコを潰して引き揚げろなんて、言わないだろうな」

「それは大丈夫です。任せてください」

理保子は胸を張って答えた。

——さあ、忙しくなるわよ。

二人が帰るなり、理保子は東日本フーズ本社に電話を入れた。

電話に出た業務管理部の大矢に、急いで事情を説明した。

「そうか。やったじゃないか」

大矢の声は弾んでいた。

「結局農家は、余計なことはしゃべらないことに決めたんだな。これで、本社もアグリコ・ジャパンも救われる。きみの人望のお陰だよ」

「そうでしょうか」

未だに理保子は、自分に人望があるなんて思えなかった。

「そうだよ。ヤクザみたいな連中に襲われた時、農家はアグリコの名前を一切口に出さなかったというじゃないか。きみを窮地に陥らせないためだよ。きみがコツコツと農家を回って、大沼の将来のために、アグリパークの必要性を説いて回った成果なんじゃないか。ともかく、説得材料は揃ってる。きみは裏金の送金をストップさせ、本社の関与をもみ消した。さらに、農民たちが余計なことを当局にしゃべらないよう、説き伏せることにも成功した」

「ちょっと待ってください――」

事実とは少し違いますと、異論を唱えたが、大矢は、いいからいいからと笑った。

「そういったほうが、通りやすいんだよ。そんな上田理保子がアグリコ・ジャパンを存続させたいと嘆願する。これはほぼ問題なく受け入れられるだろう。第一段階はこれでクリアだ。次に第二段階のアグリパークだが、俺個人は面白いアイデアだと思ってる。上席にも相談したが、好意的な感触を得た。とはいえ、油断は禁物だ。目新しいことを始めようとすると、必ず文句を言うじいさんどもが現れる。前例がないだの、慎重になれだの、採算は取れるのかだの――」

その点は理保子もよく理解していた。

「だが、我々には強力な助っ人がいるんだよ。誰だと思う？」

「さあ、わかりません」

本社で大矢以外に自分の力になってくれそうな人間になど、心当たりはなかった。

「堀越だよ」

えっ!?

堀越は以前理保子が、高生産性トマト栽培プロジェクトを本社に具申した際、ぼろ糞に貶(けな)した人物ではないか。

「アグリパークのほうは偉く気に入ったようだ。日本農業の再生を賭けるプロジェクトだとベタ褒(ぼ)めしてた。もしよかったら、やつに収支予測を弾いて貰おうか」

「いえ、それは――」

アグリパークは、アグリコ・ジャパンの利益のためだけに行うものではない。すぐに儲けが期待できるようなプロジェクトではないことを、大矢に説明した。

「それはわかってるさ。だけど、取りあえず説得力のある数字は必要だろう。そういうのは、頭のいい奴に任せときゃいいんだ。奴なら、役員たちが納得するような数字を弾き出せる」

堀越は元財務官僚の秀才だ。

「だけど堀越くんに本当に頼めるんですか？　部署だって違うし。彼の仕事とは直接関係ないでしょう」

「なに、問題はないさ。そういうガチガチのセクショナリズムが嫌で、役所を辞めた人間なんだから。奴を仲間に引き込んでおいたほうがいい。堀越は上の受けもいいし、何より本人は是非手伝いたいと言っている」

昨日の敵は今日の友、というのは、本当にあることだった——。

「アグリパーク専門のプロジェクトチームを本社内に立ち上げ、きみをバックアップすることも考えている」

大矢に深く礼を言って、受話器を置いた。

孤軍奮闘していた頃に比べ、格段の進歩だ。仕事は一人で行うものではないということを、改めて思い知らされた。

理保子は上着を羽織り、オフィスを出た。クロスポロを駆って、春菜の圃場を目指す。

圃場では春菜と小原和也が、追肥を行っていた。少し離れたところでは、高橋が老婦人と立ち話をしている。春菜の義母で、有機農業の匠(たくみ)と名高い益子だ。

クロスポロを路肩に停め、畑に降りた。春菜と和也が同時に顔を上げ、理保子に注目した。

「こんにちは。精が出るわね」

二人に声をかけた。

「これは、ピーマン？」

理保子が着果を始めた株を指さし、尋ねた。

「いいえ、シシトウですよ」

春菜が笑顔で答え、額の汗をピンクのタオルで拭う。

「あんた。ホントに野菜のこと知らねえな」

和也が苦笑いした。

確かにその通りだ。理保子は野菜のことは何も知らない。

「あなたたちが作った野菜、齊で食べさせてもらった」

和也が続きを促すように、小さくうなずいた。

「おいしかった、凄く。これが本物の有機野菜の味なんだって、初めてわかった」

「よかったです」

春菜が満面の笑みを浮かべ、和也を振り返った。

「さっき、青山さんと須藤さんが来たわ。大沼の農家が決議したことを伝えに。皆さんの気持ちに心を打たれました。わたしでよろしいのなら、大沼の未来のために力の限り頑張ります」

理保子は二人に向かってペコリと頭を下げた。

「何だよ。いつも自信たっぷりのあんたが、随分しおらしいこと言うじゃねえか」

そうかもしれない――。

「それから、あなたたちにまだこの間のことを、謝ってなかった。特に和也くんには、怪我まで負わせてしまったみたいで、本当に申し訳なく思ってます」

「別にあんたが謝るこたあねえよ」

和也が鼻を鳴らした。

「警察が来た時、どうしてうちの名前を出さなかったの？」

「さあな」

和也はポリポリと頭を掻いた。

「警官が来たのは、やつらが逃げちまった後だったし、厳さんが、村人同士の喧嘩って真っ先に言ったから、俺も友樹も松岡のオッサンも口裏合わせただけだよ。なにせ、厳さんが来てくれなかったら、俺らマジでボコボコ、ベコベコにされてたからな」

高橋は畑の向こうで、老婦人と一緒に土をいじっていた。

「まあ、それと、あんたが関与してないことは、わかってたから。余計なこと話して、面倒くせえことにしたくなかったし」

「ありがとう」

「礼なんか言われる筋合いはねえよ」

「それから、是非二人にお願いしたいことがあるんです」

理保子は小さく深呼吸した。

「アグリパーク計画に参加してください」

えっ？　と和也と春菜が顔を見合わせた。

「でも、理保子さんたちのやってる農業と、あたしたちの農業は根本的に違うじゃないですか。理保子さんたちの農法をやれと言われたら、お断りするしかありません」

春菜が表情を曇らせた。

「農家の集会では、アグリパークに賛同はするけど、有機農家はそのまま残すということが決まったはずですけど」

「もちろんその通りよ。有機農家として参加してほしいのよ。有機農業をやりたがっている企業の、指南役になってほしいの」

「でも……」

「企業はわたしたちのほうで、厳しくセレクトします。有機栽培で一儲けを企んでいたら、そういうものではないことを、きっちり叩き込むわ。儲かる農業をやりたいなら、別のやり方があるんだから。今まで有機に参入して大失敗した企業は、そこのところが全然わかっていなかったの。あなたたちの元に送るのは、有機農業とは何かを十分理解した上で、それでもトライしてみたいっていう企業だけ。もちろん報酬はきちんとお支払いします。その点は心配しないで」

「けどよお、俺ら、有機の専門家っていえるほど経験積んじゃいないぜ。それに毎日忙しいから、とてもじゃねえけど、他人の面倒まで見切れねえし」

「受注とか配送手配とか、お礼状とか、そういう事務作業ならわたしたちがお手伝いできます。だから、是非検討していただけるとありがたいの」

「だけど、有機農法が大嫌いだったあんたが、なんでそこまで考え方を変えたんだ？」

「ちょっと前までのわたしは、異質なものをまるで受け入れたがらない石頭だったの。あなたたちには負けるけど、わたしだってまだ十分若いはずなのに、頭の中は昭和生まれのおじいちゃんみたいにカチカチに凝り固まっていたのね。でも今は違う。物の見方をちょっと変えただけで、世界は随分と広がりを見せることを学んだの。有機農業も慣行農業も必要なのよ。それがわからなければ、アグリパークなんて名乗れない」

「あんた、ソフィア・ローレンかね」

横から突然老婦人がにょきりと顔を出した。

「はい？」

理保子が益子に問い返した。

「ラ・マンチャの男に出てたよね。ソフィア・ローレンって、日本語しゃべれたんだねえ」

「え？」

ソフィア・ローレンというのは確かイタリアの女優だ。若い頃の写真は見たことがある。美人だがキツい顔をしていた。

「いや、でもよく見ると日本人だね。おっかない顔してまくし立ててたから、てっきりソフィア・ローレンかと思っちゃった。あの人、化け猫みたいな顔してるからねえ」

和也が噴き出した。春菜も笑いを堪えている。

「お義母さん。理保子さんはまくし立ててなんかいませんよ。有機農業の話をしていたんです——」

春菜が益子に説明すると、生気のなかった瞳に、見る見る活力がみなぎった。

「それはいい考えじゃないか」

まるで別人になったかのように、益子は話し始めた。

「有機農業を学びたいんだったら、教えてあげればいい。あんたたちは、まだまだ半人前だけど、相手もずぶの素人だから、一緒になって切磋琢磨すりゃいいのさ。何を迷っているんだい」

春菜は暫く考えていたが、やがてコクリとうなずいた。

「わかりました。あたしたち、理保子さんのお手伝いをします。前に理保子さんに言われたことを思い出しました。農家がどんどん衰退していくのを尻目に、自分たちの殻に閉じこもってばかりじゃいけないって。その通りですよね。日本の農家に担い手が不足してるなら、育ててあげればいいんです。そうですよね、和也さん」

春菜は傍（かたわ）らにいる和也に同意を求めた。

「春菜さんがやるっていうんなら、俺もやるよ」

若い二人はお互いを見つめ合い、うなずいた。

「ありがとう春菜ちゃん、和也くん」

理保子は二人の若者と固い握手を交わした。

益子にも握手を求めたが、差し出された掌をすり抜け、鼻歌を歌いながらどこかに行ってしまった。

「ス、スイッチが入ると凄い人なんですが」

圃場からの帰り道、年老いた妖精のように畑をさ迷っている老婦人に高橋が目を細めた。

「さっきはあの人と何を話していたの？」

理保子が尋ねた。

「土の具合とか、いろいろです。あ、あのばあちゃんはホント、凄いです」

「高橋さんだって、凄いじゃない」

「お、俺なんてまだまだです」

「そうかしら。あたし、やっと気づいたわ。大沼の本当の実力者は、松岡さんなんかじゃない。あなただったんだって」

「そ、そんなこと、ありません」

高橋は小さな目をパチクリさせた。

「俺なんて、厄介者ですよ」

理保子は小さくかぶりを振った。

「農家のみんなも、あたしがあなたと一緒に動いているから信用してくれたのよ」

理保子と高橋は水路を跨いで土手を登った。

農道に上がり、後ろを振り返ると、寄り添って作業をする小さな二つの影が見えた。

「あの二人、何だかとってもいい雰囲気ね。そう思わない？」

高橋を見やったが、ムスッとしているだけだった。こういうことには、疎い人間だったと気づき、理保子はため息をついた。

「ねえ、高橋さん」

理保子は立ち止まって、高橋のジャガイモのような顔を見つめた。

「な、何ですか」

「いろいろどうもありがとう。高橋さんがいたから、あたし、ここまでやってこれたんだわ。そのことに今まで全然気づかなくて、変な誤解もしてた自分が、本当に情けない」

「い、いえ、そ、そんな……」

高橋の小さな瞳がうるうると揺らいだ。いつもの見慣れた表情が、何だか今日は愛しかった。

「あたし、無意識のうちに高橋さんに甘えていたのよ。それで、甘えついでに、もう少しだけ甘えさせて欲しいの」

理保子がいたずらっぽい眼を高橋に向けた。

「あたしに農業を教えて」

「の、農業を教えてって、ぶ、部長は、農業生産法人の部長じゃないですか」

「そういう職責は担っているけど、現場のことについてはまるで素人なのは、あなたもよく知ってるでしょう」

「げ、現場なんか誰にだってできます。部長は、もっと難しい仕事をしているじゃないですか。ほ、本社との調整とか、取引先との交渉とか、し、資金繰りとか」

「確かにそういうことをやってるけど、それだけじゃ本質が見えないでしょう。野良仕事をやってみなければ、本当の農家の苦労はわからない。わたしに一番欠けていたことね」

「で、でも忙しいんじゃないですか」

「忙しいけど、時間なら調整できる」

「し、しかし――」

「なによ」

　理保子が声を荒らげた。

「あたしには教えたくないっていうわけ？」

「そ、そんなことは……」

「じゃあ、どうしてウジウジ悩んでるのよ。あたしのことが気に食わないの？　嫌いだから教えたくないの？」

「い、いえ、そんなことはないです。ぶ、部長が嫌いだなんて、そんな――」

　目を白黒させている高橋を見て、理保子は噴き出した。

「あたしは大沼に骨を埋める覚悟を決めたのよ。つまりみんなと同じ百姓になるってこと。農作業を知らない百姓なんて、いちゃいけないでしょう」

「はあ」

まだ納得していないような様子で、高橋がゆっくりと首肯した。

和也と春菜が、雑草だらけの畑から顔を上げ、こちらを見ていた。

なんだ、まだあんたら、そこにいたのか。二人仲好く並んで何をやっている？　とでも言いたげな顔をしている。

二人の横では益子が、しゃがみ込んで土いじりをしていた。土くれをすくっては、しきりに匂いを嗅いでいる。

人々の向こうには、赤や黄色に染まり始めた美しい山々が、農地を守るように連なっている。

「きれいねえ」

思わず声が漏れた。

ここから望む風景は、まるで十九世紀のフランス絵画のようだ。

大沼という土地に巡り合えた喜びを、理保子は改めて噛みしめた。


（完）

参考・引用文献

『キレイゴトぬきの農業論』　久松達央著　新潮新書
『日本農業への正しい絶望法』　神門善久著　新潮新書
『ほんとうの「食の安全」を考える』　畝山智香子著　化学同人
『マネージメントで儲かる農業を』　丸山康幸　竹書房
『有機・無農薬のおいしい野菜づくり①』　桐島正一著　農文協
『有機農業の技術と考え方』　中島紀一　金子美登　西村和雄編著　コモンズ
『わら一本の革命』　福岡正信著　春秋社
『プロフェッショナル農業人』　大澤信一著　東洋経済新報社
「農業ビジネスマガジン Vol.3」　イカロス出版
「農業ビジネスマガジン Vol.4」　イカロス出版

取材協力

WWOOF JAPAN　http://www.wwoofjapan.com/main/index.php?lang=jp
おかげさま農場　http://www9.ocn.ne.jp/~okage02/
オーガニック農場　キノカフェ　http://kinocafe.jimdo.com/

黒野伸一（くろの しんいち）

一九五九年、神奈川県生まれ。『ア・ハッピーファミリー』（文庫化にあたり『坂本ミキ、14歳』に改題）で第一回きらら文学賞を受賞し、小説家デビュー。過疎・高齢化した農村の再生を描いた『限界集落株式会社』（小学館文庫）がベストセラーとなり、二〇一五年一月にNHKテレビドラマ化。近著に『脱・限界集落株式会社』（小学館）、『長生き競争！』（廣済堂文庫）、『経済特区自由村』（徳間書店）、『格闘美神（ミューズ）』『格闘女子（ジョシカク）』『綾香』（以上光文社）、『極貧！セブンティーン』（理論社）など多数。

となりの革命農家

二〇一五年三月一日　第一版第一刷

著　者　黒野伸一
発行者　清田順稔
発行所　株式会社　廣済堂出版
〒一〇四-〇〇六一
東京都中央区銀座三-七-六
電話　〇三-六七〇三-〇九六四（編集）
〇三-六七〇三-〇九六二（販売）
FAX　〇三-六七〇三-〇九六三（販売）
振替　〇〇一八〇-〇-一六四一三七
http://www.kosaido-pub.co.jp

印刷所
製本所　株式会社　廣済堂

定価はカバーに表示してあります。
落丁・乱丁本はお取り替えします。

ISBN 978-4-331-05969-2 C0093